吕 新作品系列

荒书

吕新/著

山西出版传媒集团 北岳文艺出版社
BEIYUE LITERATURE & ART PUBLISHING HOUSE
·太原·

图书在版编目(CIP)数据

荒书 / 吕新著. —太原:北岳文艺出版社,2018.1
(吕新作品系列)
ISBN 978-7-5378-5437-5

Ⅰ.①荒… Ⅱ.①吕… Ⅲ.①中篇小说—小说集—中国—当代 Ⅳ.①I247.5

中国版本图书馆CIP数据核字(2017)第275852号

书名:荒　书
著者:吕　新

策　　划:续小强
责任编辑:马　峻
助理编辑:薄阳青

项目统筹:马　峻
装帧设计:张永文
印装监制:巩　璠

出版发行:山西出版传媒集团·北岳文艺出版社
地址:山西省太原市并州南路57号
邮编:030012
电话:0351-5628696(发行部)　0351-5628688(总编室)
传真:0351-5628680
网址:http://www.bywy.com　E-mail:bywycbs@163.com
经销商:新华书店　印刷装订:山西人民印刷有限责任公司

开本:890mm×1240mm　1/32　字数:169千字
印张:7.75　版次:2018年1月第1版　印次:2018年1月山西第1次印刷
书号:ISBN 978-7-5378-5437-5
定价:36.00元

目录

荒　书

西望京城之一

董相如醒来以后，发现自己睡在一道潮湿的台阶上，雨不知什么时候已经停了。时光似乎已过了午后，明亮的树木在午后的阳光里披泻着湿漉漉的青翠欲滴的枝叶，大道上隐隐传来了辚辚的车声。董相如撑着石阶上的苔痕坐起来，眼前一阵发黑。不远处有一个人正在高声朗诵白居易的《琵琶行》，董相如睁开眼后，耳边只听到了全诗的最后三句。那个人一边朗诵，一边用眼睛不时地向董相如这边瞟着。这会儿，他忽然看见董相如坐了起来，急忙走过来，向董相如深深地施了一礼。

董相如大梦初醒。眼前的这个人年纪与董相如相仿，眉清目秀，翩翩而来，手里掂着一把扇子，董相如隐隐闻到他的衣服似乎用香熏过。看到董相如苏醒过来，他的脸上露出一片舒心的笑容。董相如心里轻轻一动。这个人似乎从前在哪里见过。董相如向四周环顾了一下，几棵稀疏的杨柳之中隐现着一个朱顶的亭子，眼前这座客栈的大致轮廓多少勾起了他的一点模糊的回忆，他用充满感激的口吻说道：

“是你救了我？”

“我叫高长卿，”那个人说，“你也是上京赶考的吧！我怕你误了考期，一边温习文章，一边在这里等你，我的几个朋友已先期走了，此去京城，已经不远了。”

“我是不是在这里睡了很久了？”

董相如拉着高长卿的手，感激之余又不禁有些黯然神伤。他不知道自己是什么时候入睡的，又怎么会睡到这里，记忆中最清醒的那段时光里，外面正下着滂沱大雨，他焦虑不安地注视了一阵灰色的雨雾，之后便失去了知觉。现在，临睡前的那场大雨早已收场，记忆中的许多凌乱的杯盘也已全部撤走，不知去向了。太阳出来了，暖融融的光芒照耀着潮湿的大地，那些一度被雨雾淹没了的屋脊重新现出了原有的轮廓和色彩，山墙上遍布着斑驳的霉点。

“你好像喝多了酒，”高长卿说，“你醉得很厉害，不省人事。”

“高兄，昨夜是谁把我灌醉的？”

高长卿摇摇头。他们几个人是今天早上才路过这里的，旅途的劳累使他们几个人在这个路边的客栈里稍事停留，吃饭、喝茶，为随行的马匹饮水、添加草料。高长卿从马上下来，刚走进客栈的前院，便看到了醉卧在台阶上的董相如。最初，高长卿以为是一个死人。

“你醒来就好了。”高长卿说，“你曾一度灼热，呓语不断。”

董相如一惊，“我说什么了？”

高长卿微微一笑，没有下文。客栈里现在显得空荡而冷清，大雨之前曾经滞留在这里的一些人现在大都走了。院子里拉起了几道绳子，客栈里的一个伙计走进走出，正在往绳子上晾晒受潮的被衾，几乎所有客房的门窗全都大开着，里面熏着香烛，午后的阳光使那些空荡荡的房间看上去雾蒙蒙的。

董相如从台阶上站起来以后，感到腰部一阵阴湿，阳光晃着他的眼睛，他空洞无力地咳嗽了几声。他在睡梦中说梦话的毛病看来是改不掉了，他不知道高长卿听到了什么，无非是旅途之累，思乡之语。客栈内外，到处可见许多豪放不羁、龙飞凤舞的题诗题字，都是在这里住过的客人的手迹。远处的农田在微风中起伏动荡，白炽而明亮的湿气从地上泛起，慢慢地蒸腾而灭，到处都是一派烟笼雾锁的情景。

董相如正在向远处眺望，身边忽然传来高长卿的一阵笑声。高长卿伸出一根手指点着，让董相如看那些晾晒在院子里的被衾。董相如顺着他手指的方向浏览着，不久，忽然看到一张褥子上赫然印着一大摊水渍，董相如笑了。

“不知是哪一位饱学之士留下的天书，”高长卿说，“这种尿床的秀才，将来难道也要若无其事地做官么?”

“应试看的是文章，又不验身。”董相如说，“只要人家答对如流，官是做定了的，说不定将来还是你我的上司呢。”

高长卿说：“也未可知，将来你我的职责就是每天替他晾晒被褥，早上抱出来晾晒，晚上再收回去。”

“万一遇到阴天，没有太阳，怎么办呢？那就糟了。”董相如说。

“晒不干老爷的被褥，那就只有掌嘴，”高长卿说，“大刑伺候——”

白雾渐渐散去，雨后的大道上，行人与车马来往不断。那些匆匆赶往京城的人与从京城里出来的人，常常在途中擦肩而过。驶向京城方向的马匹个个肥硕丰壮，车辆华丽夺目。对于从未出过家门的董相如来说，京城是一个遥远的需要长久眺望的地方，与高长卿结伴一同赴京，董相如感到安心而踏实。高长卿对京城是极为熟悉的，京城四通八达的大街小巷在他的心中如同一张清晰的阵图，他知道太师府坐落的位置，知道皇宫的正门朝哪一个方向开着。高长卿还告诉董相如，他已得到确切的消息，今年担任主考官的是曾任过督学的郑大人。

董相如说："郑大人是谁?"

"郑润萧，礼部的。"高长卿说，"往年都是王安一手遮天，如今老匹夫坏了事，年初已被逐出京师了。"

王安垮台了？这个曾经位极人臣、权倾天下的宰相，突然像一棵枝繁叶茂的大树一样轻而易举地倒下了，树倒猢狲散……高长卿随口说出的这个消息，使董相如感到身边一阵阴风习习，不寒而栗。高长卿说，王安犯的是死罪，朝廷看他年事已高，才勉强留了他一条活命，从这个意义上来说，朝廷也够意思了。想到自己的前程，董相如感到眼前一片虚空，考期眼看就要到了，十年寒窗，会不会毁于一梦？连日来的经历不堪回首，真像是南柯一梦。现在想起来，梦中出现的所有那些被民间历来视为吉祥之物的东西纷纷与他擦肩而过，如凋零的羽箭一样不知去向。那是什么？出师前的不祥之兆？荒谬的无稽之谈？……旅途中的风声暂时是听不到了，但泥泞与不祥仍然时时伴着他。

眼前的这座掩映在树丛中的红顶的亭台，正是高长卿刚才朗诵唐诗的地方，里面的两根朱色的圆柱上刻着后人模仿张旭手迹的一副对子，亭内的凭栏处有一把撕毁了的扇子，几处白色的鸟粪像珠宝一样醒目。这个亭子地势较高，从中可以俯瞰四野，是把酒临风的理想所在。从亭内向外望去，远处的农舍与石桥一衣带水，雨后晴朗的民间大道上白云如盖。

一只鸽子从亭顶上飞起，在附近盘旋了一阵后，落到了客栈的灰色的檐角上。这时，客栈里的伙计打起帘子，招呼他们吃饭。店堂里几张乌黑明亮的桌子擦得一尘不染，光可鉴人。正面的墙壁上有一幅长卷的《游春图》，图中裙裾飘舞，落红点点，柳叶状的透明的小舟像鱼虾一样倒映在水中。伙计送上了菜。

董相如在清澄的酒液中看到了自己苍白的面容与一双失血的耳朵，杯中的人影分明是一个久病在床之人。董相如懊悔自己的记忆，他忘记了昨天是谁把自己灌得烂醉如泥，又是谁把自己从酒桌上抛弃到那道冰凉潮湿的石阶上，重重的苔痕使他呓语不断，噩梦联翩。他努力回忆，但毫无结果，几乎什么都想不起来。与高长卿的突然相遇，使他暂时中止了那种毫无眉目的回忆。萍水相逢的高长卿，若没有他的一腔侠肝义胆，董相如说不定真的会永远地在那道阴湿的石阶上长睡不醒，成为一个无人问津的异乡之鬼……

这会儿，高长卿已经高高地举起了手里的酒杯，送至他的脸前，要求一饮而尽。董相如端起了自己的杯子，倒映在酒浆中的一副病容看来已不容置疑，更无须掩饰，这哪里像一个十年寒窗、胸有成竹的赴京赶考的举子？分明是一副将不久于人世的表情，分明是一种弥留之际的倒影。

高长卿突然说道："董兄，谁是三妹？你在昏迷中一再提起——"

什么意思？我把她暴露了吗？她已被纳入了别人的视线之中？董相如的脸微微发红，像是不胜酒力，他的一只端着酒杯的手正在轻轻地不断颤抖。桌子对面，高长卿的那双美丽迷人的眼睛望着他。董相如不知道那种眼叫桃花眼，他只感到自己此时无法承受那种充满柔情的注视，他把头伏在桌子上，听到外面的大道上传来一阵马匹的嘶鸣声。向晚的夕照透过店铺整齐的窗棂，疏落无声地洒泻进来。跑堂的伙计听到马的咴咴声后从店堂里出来，站在微微发红的夕照中向外面张望。不久，马匹的声音消失了，伙计看了一阵，讪讪地向里面走去，在门口与客栈的老板撞了个满怀。

老板问道："有客人来了吗?"

伙计说："走了，看样子，根本就没打算进来，他娘的。"

老板说："你别这么垂头丧气的，我就见不得你这晦气的样子，你要是不愿意干，我找人让你叔叔来，把你领回去得了。"

伙计说："瞧您说的……"

老板撇开伙计，向董相如与高长卿所在的桌子前走来，笑容可掬地询问他们饭菜是否顺口，董相如与高长卿一齐点头称是。高长卿斟了一杯酒递给老板，老板笑着谢了。老板说小店风水甚好，每年都有各地的秀才在此留宿，由此上京的，大多能衣锦还乡，光照故里。看董、高二位公子的气度，此番进京，定能高中。高长卿在老板的诉说中笑逐颜开，摸出一锭银子掷了过去。老板收了银子，欢天喜地地正要走，高长卿又叫住了他："明早我们要早起进京，预备热汤热水，提前叫醒我们。"

老板说："放心吧，您呐。"

直到在酒桌之上，董相如才吃惊地发现，高长卿竟生得如此美丽出众，唇红齿白，目若秋波，艳丽照人，堪称一位优伶。此情此景，使董相如不免有些自惭形秽。董相如想起以前别人对自己的称赞，现在看来，全是一片廉价的阿谀之词。高长卿端着酒杯的那双手更是修长白皙，十指玲珑，在饮酒过程中，阵阵夺人心脾的奇香不断从他的衣袖里徐徐而出。刚才，客栈老板站在酒桌旁时，也曾目不转睛地望着面带酡红的高长卿，老板的那种痴迷的神态太忘形了。

酒后，天色已晚，他们各自回到房中。不久之后，高长卿便慵慵睡去。这样一个男人，腮含嫣红，入睡后竟然呼吸如丝，连鼾声都没有。他的削肩蜂腰也同样令人不可思议。这样的人，是吃粗粝的五谷长大的吗？是父母所养吗？真是一位出众的伶人，连睡觉也这样雅致，将来不知什么样的官职才适合于他。翰林学士？中书舍人？……董相如独自在房中想了一会儿，又读了一阵书，腰部有些隐隐作痛。房中的光线渐渐暗了下来，墙上的字画一片模糊。伙计敲门进来，点亮了灯，又在门后燃了一支茅香。董相如合上书，发出一阵空洞的咳嗽声。

月亮升起来以后，董相如感到酒意略有消散。他推门出来，院内一片寂静，南窗下亮着两只灯笼。董相如在门前站了一阵，听到高长卿住的房间内悄无声息。院内传来一阵低低的水声，董相如循声望去，见那个伙计正在门口褪洗一只公鸡，面前放着一盆水，盆边有拔下来的鸡毛和一摊血迹，这会儿看上去是黑乎乎的一片。伙计正在低头开膛。

董相如走过去。伙计听到人声，忽然抬起头，举着两只血手站了起来：

“公子，想要热水吗？”

董相如说：“高公子还在睡觉吗？”

“对，还没醒呢。”伙计说，“他好像喝多了酒，趴在桌子上睡，姿势真不好受，我又不敢动他。前几天，也来了几位上京赶考的公子，有一位也是喝多了酒，趴在桌子上睡着了，我看他挺不舒服，让他到床上去睡，您猜怎么着？他睁开眼，什么都不说，给了我两个耳光。末了，老板还说了我一通，差点儿没把这吃饭的家伙给砸了。您说这做好人多难呀，这年头，怎么秀才也学会动手了？——您不进去看看他吗？”

董相如说：“那是你看错了人，高公子可不是那样的人。”

伙计说：“对，我早看出来了，那位，人好，心也善，会体贴人。”

董相如被伙计的话逗笑了。这是客栈的后院，上下两层，董相如与高长卿都住在下层的客房里。后院连着前面的店堂，再前面还有一溜简易的马棚，拴马的桩子，贮放草料的仓房，一排饮水的石槽。后院的台阶下栽种着两株天竺，绿得疏朗而阴森，映衬着青砖的甬道。楼上的一扇窗户前，挂着一盏小小的红纱灯。

老板来到后院时，地上的血污和腥气使他皱起了眉头，他对伙计说，这是客人们读书休息的地方，你越来越没规矩了，快弄出去。

伙计说：“我在陪公子说话呢。”

就没见你有过理亏的时候，老板说着，瞪了伙计一眼，走上前来向董相如问寒问暖。董相如告诉老板说，你的这个伙计很精明，开客栈，需要的正是他这样的人。董相如的话使老板的脸上浮起一层浅显的得意之色。伙计在那边也听到了，心里一高兴，手上平添了几分力气，鸡头突然被拧了下来，伙计失声叫道：

“糟了——这鸡卖不出去了。”

老板没有责备伙计得意忘形的冒失行为，只是与董相如相视笑了一下。之后，他离开后院，走进了前面的店堂里。

外面来了一主一仆两位客人。

这天夜深时分，董相如在房里读了一阵书，正在昏昏欲睡之时，忽然听到外面传来一阵嘤嘤咽咽的女人的哭声。起初，董相如以为是梦中的一种情景，及至他披衣推门，来到外面以后，那种哭声仍在断断续续地持续着。董相如站在门前的石级上听着，哭声哀怨凄婉，似在附近，又仿佛很远。院中原来的两只灯笼灭了一只，光线比先前锐减了许多。那个伙计正在关门，准备睡觉。董相如立即叫住了他：

“你听——”

伙计说：“什么？”

“附近好像有一个女人。”

“我知道。”

“你知道？发生了什么事？这里还有别的人住着么？”

“公子，我忘了告诉您，”伙计说，“一年前，我家小姐去世了，每到这个时候都要回来哭一阵的，您睡吧，不打紧，过一会儿就不哭了。”

董相如说：“你家小姐……”

伙计告诉董相如，小姐已订了亲，有了姑爷，本来说好去年中秋的时候来迎娶过门，可后来来的不是什么花轿，而是一个失魂落魄的报丧的人，那位没福气的姑爷得暴病死了。此后，秋风四起，霜露遍地，小姐从此忧郁成疾，不久也故去了。

董相如说：“你家老板知道这哭声吗？他怎么办？”

伙计说：“他这会儿一个人正在房里听着呢，他什么都知道。”

董相如心中似有所动，他问伙计说：“你们小姐多大了？”

“十九。”伙计说，“您是没见过我们小姐，那长得真叫……她要是不死，与您可真是天设地配的一对。——您看见楼上挂红纱灯的那扇窗户了吗？从前，那就是我们小姐的绣房。这会儿，门窗都封死了，谁也不许进去。”

董相如说：“你家小姐的名字叫崔玉婴，又叫采春，对吗？”

伙计张大嘴，吃惊地望着董相如，半晌才说道：“公子，您怎么知道？”

董相如在伙计惊愕而不安的视线里转身走上台阶，回到房里不久以后，他听到了吱吱呀呀的关门声，锁子也随着落下了。

董相如坐在床前，夜晚的房中有些阴冷。垂下帐幔之后，昨夜的梦境又一次浮现在他的眼前：树丛后面传来了清脆的笑声，笑声从他的头顶上漫过，石榴红裙在后花园里迎风飘舞……

西望京城之二

两个瓜农在路边争抢地盘，一个瓜农刚刚举起手中的扁担，另一个瓜农的额上突然冒出了鲜血。眼前的情形使唐宣赞感到奇怪而有趣。简直不可思议。那股鲜血是怎么冒出来的呢？书童含墨在旁边扯了一下唐宣赞的衣袖，低声说，我看得清清楚楚，他并没有打他，他怎么就流血了呢？唐宣赞说，这事的确很奇怪，我也看糊涂了。这时，远远的有一位农妇，一路哭喊着，向人群这边跑来。唐宣赞转身去看那个妇人，围观的人群开始松动。含墨拉着唐宣赞走到一边，对唐宣赞说，公子，小心他们的血溅到你的身上，就在这里看吧。

离家已半月有余了。

一路上，唐宣赞带着家童含墨穿州过县，跋山涉水，每到一个地方，唐宣赞都要逗留一天半日，四处游玩。含墨急得乱跳，不时从怀中掏出一张纸，照纸宣读，催促唐宣赞收起游兴，加紧赶路，他们的行程与日期在纸上写得明明白白，一清二楚，日程一天挨着一天，刻不容缓。而唐宣赞对此毫不理会，一离了家门，便把什么都忘了。沿途的一切都使他感到有趣，随便一个村庄、镇子，他都想进去看一看。星罗棋布的城堡、庙宇、牌楼，此村姑与彼少妇身段相近，面貌殊异，此石桥与彼石桥隔代而建，大同小异……“公子，不能再住下去了，老太太让咱们初三之前务必赶到冯县，初五过孟江，初六……”

唐宣赞说：“你到底是听老太太的，还是听我的？你要干什么？”

含墨说：“在家听老太太的，出门在外当然听你的，都得听不是。”

“既然如此，你就闭嘴，我到哪里你就到哪里，不要再烦我。”

“话虽这么说，可我还是怕误了考期，我担当得起吗？”

“掌嘴。”

“不说了，再不说了，这是何苦来着。”含墨伸手在自己的脸上抽了几下。

唐宣赞看着抓耳挠腮的含墨，不禁露出一丝笑容。含墨伶俐过人，但毕竟还是个童稚未尽的孩子。横渡清河的时候，他们在中途遇上了风浪，所乘的木船险些沉没，汹涌的河水将唐宣赞随身携带的一些书籍打得精湿，令唐宣赞感到心灰意冷。上岸后，含墨从箱子里取出被河水洇湿的书籍，一册一册地晾晒在岸边的阳光下。湿漉漉的书籍令人惆怅，唐宣赞不想看那些书，想看一些开心的事。他站在岸边，仔细眺望沿河一带的景色。含墨小心翼翼地翻动粘在一起的书页，如同一个在烟雾弥漫的市井里察看火候的小伙计。沿河一带，房舍错落，人影憧憧，旅途中的风声使他们在不久之后便将那些尚未完全干透了的书籍草草地收拢在一起，装入箱子，又匆匆上路了。在竹罗镇，他们先雇了一头骡子，驮着书籍与包袱，不久又换了一匹马。面对乌黑而细长的马的鬃毛，唐宣赞一路上兴致勃勃，赞不绝口。唐宣赞不断地抚弄着马的鬃毛，目光里流露出一种少见的柔情蜜意，他边走边对身后的含墨说："瞧瞧，这像不像女人的长发？美丽的长发。"含墨的身影在马背后出没，一脸诡异的笑容。出门多日，他有时偶尔会突然忘掉自己的身份与职责，原野上空的浮云与纸鸢使他的目光变得辽阔起来，时常可以看见有人在河边或返青的田野里练习飞翔，一次次的飞翔，一次次的前赴后继。潮湿的衣衫在沿途的风光中渐渐被吹干了，隔不多久，他就从马后转到唐宣赞的身边，十分婉转地提醒唐宣赞千万不要把那位程太爷的信丢了，丢了什么东西都不要紧，包括把他这个家童丢了都行，就是别把那封信丢了。程太爷写得一手漂亮的小楷，那封举荐信整整花了他一个上午的时间，信中的有关的措辞斟酌来斟酌去，举棋不定……

"什么程太爷，"唐宣赞说，"我上京赶考，要他的信干什么?"

临行之前，家里的人做了充分的准备，上上下下忙成一团。春天一开始的时候，唐家的人就打听到了一个比较确切的消息，今年掌管全国举子会试的主考官是郑润萧郑大人，程大爷与唐家是多年的世交，早年又曾做过郑润萧的老师。老太太的想法是，有了程太爷写给郑大人的举荐信，唐宣赞此次进京应该是如鱼得水、顺理成章的。老太太的想法比较简单，在唐宣赞看来，还多少有些可笑和不洁。离家不久之后，他们主仆二人走在路上，唐宣赞告诉含墨说，他已把那个狗屁程太爷的信揉成一团，扔到河里去了。含墨听了，忽然放声大哭起来，哭声惊动了路上的一些行人。一个大叔模样的行人过来问含墨为什么事哭泣。唐宣赞笑着说，家里给他娶了一个媳妇，我带他出门，他忽然想媳妇了，不肯走了，闹着要回去。那个人仔细打量了一下含墨，发现他还是个孩子，就说，还不到那个时候嘛，这么一点年纪就懂得相思了？真是怪哉。含墨听别人这么说他，立即破涕为笑，他抱怨唐宣赞说：

“你撕它干什么，还不如把我撕了算了。”

唐宣赞说：“你真的以为我会名落孙山吗？”

“天地良心，我巴不得你得了头名，我跟着也威风。”

“这才是个好孩子。将来选个好姑娘配给你，给我生他一堆，十个八个的都不嫌多。程太爷他那双肮脏的手什么没摸过？我能要他写的信么。”

“公子，我听我老舅说，苏东坡也是一个……”

“闭嘴，你老舅是谁？不知道就不要乱说。早先，我听家里的奶妈们说，你是从葫芦里剖出来的，是真的吗？”

“是谁这么说的？打死我也不信。我爹从前是种葫芦的，这是编排我呢，我的小名就叫葫芦。我爹要是一个木匠，她们就敢说我是从墨斗里生出来的，我爹要是一个陶工，我就成了瓷窑里烧出来的了，这些人。”

快到冯县了。沿途的房屋稀稀落落，树木参差不齐。明亮的流水又细又长，水边有几个浣纱的妇女。一打听，才知道现在已进入了冯县境内，前面不远有一个城镇。唐宣赞想在冯县留宿。临行之前，唐宣赞查阅过《冯江府志》，昔日的公孙策与王维都曾在这里居住过一段时期，当地的人常以此为荣，这是他们的旧址得以保存下来的一个原因，但摩诘之字画已形同地图。含墨听说，急得拦至马前，苦苦哀求，不能再在这里住了，京城还很远呐。唐宣赞说，你想累死我吗？你回去吧。我一个人走得了。含墨说，说得容易，我能回去么？老太太见了我，不吃了我才怪。唐宣赞说，这一路上，我让你管制得束手束脚，风景不能看，客店不能住，好像你忽然成了我的主人。含墨说，好歹咱们也得先到了京城，不能总停留在路上，京城多么繁华，有皇帝有公主，要什么有什么，到京城里再玩吧……一位汲水的村姑从他们的旁边经过，荆衣布裙，面带嫣红，几个孩子在附近的一片浅水里洑来洑去。

远远地逶迤着一带城墙，隐隐发灰，那是冯县的城墙。沿途点缀着桃花，白云与树木倒映在水中，一个人正在路边兜售香扇与纸鸢。唐宣赞买了一把扇子，扇面上题写着一幅今人仿造顾恺之的书画，画的色彩瑰艳无比。

这天傍晚的时候，他们远远地望见了一座客店，店门前冷冷清清，卧着一头黄牛。含墨用一种征询的神情望着唐宣赞，唐宣赞抖了一下衣袖，不假思索地说，不用这样看我，说什么也不走了，今晚就在这里投宿了。

含墨没有说话，侧脸谛听着什么。店门前的那头黄牛忽然慢吞吞地从地上站起来，在门前走了一阵后，又无声无息地卧下了，整个过程像一位身患绝症、行动迟缓的老人。现在，牛的颜色在唐宣赞风尘仆仆的视线里呈现出一种极为常见的酱色，质感如一座刚刚浇铸不久的蜡像。那是一头牛吗？唐宣赞注视了一阵，在心里询问自己。那不可能是一头牛，这样的天气，这样的暮色，最容易使人的眼睛看错什么了。身后传来了风吹秋千的声音，秋千上没有人，轻轻地荡来荡去。唐宣赞开始催促含墨上前去叫门，他无法设想眼前这个客店里的大致情形，但愿能够天遂人愿，好好地住一夜。含墨摇着头说，这附近好像有一个女人在哭。

“不管她。”旅途的劳累使唐宣赞变得烦躁不安，“快去叫门。”

含墨敲响了客店的门。出来开门的是一个十八九岁的姑娘。

一个苍老的声音从里面传出来：“采春，快请客官们进来——”

飘动的奏章

郑润萧看得清清楚楚，圣上刚才还是眉开眼笑的，现在忽然变了脸色。当着大殿上文武官员的面，圣上忽然将一本写满了诗句的小册子扔到了殿下，大殿上一片死寂。

圣上说：“你以为你是谁，敢用诗词来讥讽朕，朕是你所说的那样吗？”

圣上说话的时候，并没有看任何人，眼睛瞟着大殿上的龙凤图案，似乎是对屋顶说话。郑润萧心跳得很厉害，他不知道圣上是在说谁，看来，又有人要……这时，文职官员的行列中忽然有一个人跪倒在地，连滚带爬地去拾拣那本写满了诗句的小册子。郑润萧偷眼一瞧，不禁大惊失色，那个人正是自己的好友、翰林学士梁永桢。郑润萧心里暗暗叫苦，他不知梁永桢怎么得罪了圣上，不知他哪个地方出了毛病，竟敢与虎谋皮，冒犯圣上。

这会儿，梁永桢爬到阶下，捡起了他的那本小册子，一页一页地翻动着，他想在大殿上当着文武官员的面，读几首诗，以表明自己清白的心迹。梁永桢刚吟出一句，郑润萧偷偷地望了圣上一眼，只见圣上不耐烦地将脸转向一边，显然无心倾听。郑润萧感到自己的手潮湿起来。

一直站在圣上身边的孟太监从阶上走下来，来到梁永桢面前，压低声音对他说："你这是干什么呢？待会儿回家念去吧。啊，不要念了，陛下这会儿不想听。你们这些人哪，总是心血来潮，好好的官不做，写什么诗呢，几首诗就能救得了国，洒家明儿也要学着作诗了，一天作它一百首……"

早朝没有商议什么事情，不久便在一种不欢而散的气氛中草草地结束了。

退朝之后，文武官员们陆陆续续地从大殿里鱼贯而出。郑润萧抢先走在最前面，他知道在这个时候避免与梁永桢见面，是非常必要的，如果还像往日退朝后那样，两人并肩而行，圣上无疑会把他与梁永桢看成是一丘之貉。这时，吏部的一位官员从旁边拍了一下郑润萧的肩膀，郑润萧吓了一跳，脸色都变了。待看清楚后，才不自然地冲对方笑了一下，临上轿前，郑润萧忽然看到梁永桢远远地落在所有官员的后面，茫然的眼神四处张望，不知在看什么。郑润萧怕梁永桢看到自己，急忙钻进轿里，垂下了帘子。他别是在到处找我吧？郑润萧回想着梁永桢的那种眼神。这时，轿子已启动了。

郑润萧回到府里，里面的衣服几乎湿透了，口干舌燥。全是吓的；全是由于紧张所致，他在心里这样对自己说。有人端来茶，他刚举起茶杯，喘息未定之际，孟太监忽然率领两名小内侍前来传旨。郑润萧放下手里的茶杯，命人点亮纱灯，大开府门，迎接孟公公。灯光下的孟太监，看上去像一位心宽体胖、面如满月的老太太，宣旨完毕，也不吃茶，即刻回宫复命去了。

郑润萧在走向后庭的过程中，感到自己的四肢有些麻木而不听使唤，两名侍女扶着他，府中的人影与花影他几乎视而不见。今年春天以来，他在朝中的地位忽然扶摇直上，短短的两个月之内，连升三级。莫名其妙的擢升使他百思不得其解，他不明白是谁在暗中保佑，是祖先的阴德，是皇上，还是阴错阳差?

郑润萧在床上刚刚躺下，府里的管家悄悄地从外面进来了。管家告诉他，今天一早，有两名外地来的举子，来到府门外，要求拜见郑大人……郑润萧说，不好好在客店里温习功课，找我干什么，找皇上也没用。

管家说："卑职已把他们打发走了，不过，他们说抽空还要来……"

郑润萧闭上眼睛。这些天，各地的举子已纷纷云集京城，准备参加会试。作为本年度的主考官来说，郑润萧的公务无疑是最为繁重的。现在想起来，他已经有很久没有看到自己的儿子了，那个不学无术的纨绔子弟近来不知怎样，似乎也没听说闹出什么太大的乱子来，有朝一日看到他，非得问问清楚不可。想当初，他们举家从外地调任京师的时候，他还是一个腼腼而胆小的孩子，繁华的京城对他来说是极其陌生的，充满了惶恐与不适，没有家人的陪伴，他不敢出门，他曾闹着要回老家去（去放牛，吹笛子）……但时过境迁，短短的几年，他忽然变成了京城里的一大恶少，那种近乎脱胎换骨的变化令郑润萧感到吃惊。随着郑润萧的不断升迁，京城在他的眼里也变小了。郑润萧曾隐约听说，自己的儿子与广东总督的儿子过从甚密，这两个不肖之子，觉得京城与湖广已放不下他们，曾企图乘商船出海，遨游蛮夷之邦，后来不知由于什么原因，他们终于未能成行。

昨天晚上，郑润萧没有吃饭，早早就躺下了。他吩咐下人熄灭了灯，关好门后，自己爬进了帐子里。帐子里有一种暖意，他把自己脱得赤条条的，浑身上下一丝不挂。他不知道为什么这样想袒露自己的身体，他找不出丝毫的理由。不久，他又从帐子里钻出来，点亮了一支蜡烛，漆黑一团的房间使他感到极度不安。

昨天下午，郑润萧突然奉旨进宫。他不知道发生了什么事，一路小跑来到宫里。圣上看见他后，立即问他：

“你看梁永桢的诗怎么样？”

郑润萧说：“陛下……”

“他想做当朝的李太白。他做不了李太白，朕也不是李隆基。”圣上笑着说，“朕喜欢陆放翁的‘红酥手’。”

这是什么意思？郑润萧退出来以后，心头飘满了团团疑云，他不知道圣上到底要说什么，圣上的话一如他平日所作的诗词文章，含蓄有余而明朗不足，常常令人不知所云，难以捉摸。有的老臣一生出入于宫中，尚且对皇上的性情一知半解，何况我呢（我才来了几天）？每逢此时，郑润萧总是这样宽慰自己。

去年春天，陆弓良拄着一根竹杖来到京城，原想献诗给皇上，但在皇上面前却备受冷落，不久就听说他又回去了……秋天里的一个上午，圣上带着郑润萧与左侍郎谭非突然来到翰林院，看望在那里日夜编修前朝国典的学士们，其时，主持国典修撰的正是梁永桢。中午，圣上在翰林院命人献诗，梁永桢当即献了一首。郑润萧转手呈给圣上后，诗中的一句“不才明主弃”，使圣上阅后龙颜大为不悦。圣上酸溜溜地对梁永桢说，你作诗只是作诗，为何要无故诋毁于朕？朕并没有抛弃你呀，你这样做，是你自暴自弃罢了，与朕何干？……此事发生之后，圣上明显地不再喜欢梁永桢了，梁永桢于忧郁与忐忑之中写下的一些诗词，圣上也懒得翻阅。墙倒众人推，一时间，一些惊人的消息在朝廷中不胫而走，都传说梁永桢的诗中充满了对当今朝廷的敌意，他的一首曾经广为流传的七言律诗涉嫌于此。郑润萧把梁永桢那首极为熟稔的诗重新在心里默念了一遍后，觉得所传之言荒唐是荒唐了一点，但若要人为地赋予它某种色彩，也是完全可以的。此事尚未了结，郑润萧的另一位旧友、将军府的王灵又突然遭到罢黜。圣上念王灵早年率部平叛有功，特派他回冯县看守皇家坟茔。圣上的祖籍在冯县，先帝最初从冯县起兵，有几代君王、娘娘的陵墓都在那里。

午后，郑润萧正在榻上昏睡，府门外传来的一阵纷乱的车马声将他从睡梦中惊醒。郑润萧睁开眼，周围静悄悄的，身边一个人也没有。他正在寻思，手下的一个人在门外回报道：

“老爷，陈大人来了。”

陈大人？郑润萧眨动着眼睛，脑子里一片虚空，他想不起来人是谁。这时，他听到门外响起一阵洪亮的声音：

“郑大人，一向可好？”

声音未落，风尘仆仆的边塞诗人陈品钦已经大大咧咧地推门进来了，郑润萧急忙从高高的睡榻上翻身下来，吃惊地说道：

“陈大人，什么时候回来的？”

“郑大人，我是奉旨回京的。”陈品钦落座后，伸手端起桌上的一杯冷茶一饮而尽。郑润萧冲门外喊道：“看茶。”陈品钦放下茶杯，一边擦拭脸上的热汗，一边对郑润萧说：“圣上这样十万火急地召我回京，不知有什么事情？”

郑润萧一愣，“噢？”

“一天之内，连降三道圣旨，”陈品钦说，“边关的将士们都议论纷纷，不知朝中发生了什么事情，大人您……”

“你见过圣上了？”

“还没有，我是骑快马回来的。”陈品钦说，“我在朝中没有什么熟人，只有郑大人您，刚一到京城，我就直奔大人的府邸而来了，我想先探听清楚，然后再进宫面圣。”

“陈大人，”郑润萧焦虑不安地说道，“不是老夫多虑，你这样做，太冒失了，一旦被谁瞧见……不妥啊……”

“大人可曾听到什么风声没有？”

郑润萧摇摇头。陈品钦由边塞突然回京，使他感到一种不祥正在渐渐逼近，他在恍惚中看到一道阴影尾随在陈品钦的马后，一路跟踪而来……据他所知，圣上对陈品钦不感兴趣，陈品钦曾经写过一些醉卧沙场、马革裹尸、汉家明月一类的诗章，圣上很不高兴。现在他却被突然从边关调回，难道是……想到这里，郑润萧来到陈品钦面前，压低声音问道：

“你在回来的路上，遇到过什么人没有？你的身后，你的前方？”

陈品钦想了一阵，说未曾留意，一路上他只顾埋头赶路，快马加鞭，无暇顾及什么，似乎没看到有什么人。

“想不到你还是那么粗心。”郑润萧说。

陈品钦轻描淡写地说道：“管他呢，难道谁还要暗算我吗？”

“我担心的正是这一点。”郑润萧说，“你会吃亏的。”

陈品钦忽然说道：“哎，我想起来了，我在路上遇到梁大人了。”

“梁永桢？”

“是的，他看上去好像有点儿不对劲。”

郑润萧长叹一声。天下真有如此巧合的事情，陈品钦奉旨从边关回京之日，正值梁永桢被勒令离京之时。梁永桢父母亡故，他没有回乡守孝，此事触犯了国法，梁永祯已是覆水难收，谁也救不了他了，郑润萧正为此心焦。

“你们两个，一进一出，朝廷里看上去还是原班人马，一个也不少。”郑润萧说。

“梁大人他……出事了？”陈品钦惊讶地问道。

“他恐怕再也不会回来了……”

眼下的情形似乎越来越糟了。梁永桢在离开京城的前夕，含着泪写了一首充满感伤色彩的言志诗，托郑润萧转呈给圣上。诗中用忧伤而温情的语言描述了京城一带的太平繁华景象，又表达了他对当今圣上的一片至诚之心。诗的最后两句说他不管将来流落到何方何地，故国的明月永在他的心中，只要朝廷一声召唤，他就算是听到了天籁，如同游子回到了母亲的怀抱，迫切而渴望的心情令人想起那种“千里江陵一日还”的受宠若惊的情形。郑润萧在最初读过之后，觉得自己被这首诗打动了，他流出了老泪。他要是皇上，会把梁永桢重新召回来的。郑润萧把梁永桢的这首诗呈给了圣上，但几天过去了，看圣上的样子，好像早把这事给忘记了。郑润萧不敢声张，只暗暗焦急。

昨天下午，圣上召集朝中的文职官员说，朕其实对你们不薄，当初，汉高祖常在洗脚的时候召见天下文人，一边在水里搓脚，一边询问他们的学业与文章。与刘邦相比，朕还不至于那样傲慢，朕是礼贤下士之君，朕经常彻夜不眠，在书房里展读你们的诗词文章，这难道还不够吗？还要怎么样呢？你们的妻儿老小、兄弟姐妹也不见得就那样喜欢你们的文章，朕比他们要强多了。

一段时间以来，郑润萧隐隐约约地感到有一道黑影时常在宫廷内外徘徊，它类似于午后的某种光线，有时泛出一种灰蒙蒙的颜色。它又类似一种很特殊的人。有一种人，头上没有白发，脸上没有皱纹，皮肤保养得十分光滑，但无论如何都不给人以年轻的印象。一眼看去，便知他垂朽不堪，这多少有些奇怪。郑润萧近来发现的那道黑影正属于此。每逢上朝之时，在穿越林立的铜柱与重重宫门的过程中，郑润萧时刻感到那道影子正在紧随其后，或出没于左右。在他看来，那些终日守候在宫门两侧的武士，简直形同虚设。

郑润萧曾写过一首诗：《春日上早朝雾中偶遇邓国公》。邓国公是前朝时期的一位老臣，戎马一生，战功卓著，几年前在朝廷议事的大殿上突然触柱而死。

一天早上，郑润萧来到午门外时，只见满城大雾，午门隐现在雾中。正在行走之中，郑润萧忽然看到，披头散发、征袍微敞的邓国公正迎面而来。郑润萧急忙闪到一边，并跪倒在道旁，像往日那样让老国公先行通过……弥天的大雾经久不散，午门内突然传来阵阵沉闷的鼓声，早朝的时间已到。郑润萧从地上爬起来，雾中回响着急促的脚步声。他一边向里面狂奔，一边喃喃自语：

“糟了，陛下又该说我了……”

典州的炊烟

繁重的农事开始了。

王凤龄守候在火前，望着火上的那只黑色的砂锅，已经过去一个时辰了，锅内的草药还没有开始冒泡，翻滚起来。受潮的木柴在灶内不断地发出滋滋的响声，院子里浓烟弥漫，王凤龄的身体被笼罩在烟雾中，不停地捂着嘴咳嗽着。这些日子以来，父亲用草药似乎上了瘾，王凤龄每天至少煎煮两次。在火边冗长的等待不知耗去了他多少时光，深长的药力像一些令人不安的消息。他的耐心正在被焦虑取代，他开始有些魂不守舍了。

邻居的顾大嫂悄无声息地穿过烟雾，突然来到他的身旁。呛死人了。顾大嫂用手驱赶着脸前的烟雾，拿出一封信让王凤龄帮她念。她的丈夫是一个朝奉，终年在外。顾大嫂探头向屋里张望了一下，王凤龄立即用眼神制止了她。王凤龄打开信，顾大嫂站在他的身旁，身体紧紧地贴着他。王凤龄向里面望了一下，低声对她说道：“现在不行，他正在里面呢。”

顾大嫂撇着嘴走到一边。从她一进来那时起，王凤龄就明白了她的意思，她哪是来让他帮着读信呢，眼前的这封信，王凤龄至少已经读过十几次了。王凤龄揉了一下被呛出泪水的眼睛，望着这个高大丰壮的女人。火上突然传来哧哧的声音，药锅开了。王凤龄走过去，掀起盖子，轻轻搅了几下。之后，他小声对顾大嫂说，昨天晚上……顾大嫂瞪了他一眼。王凤龄说，这会儿我真的脱不了身，火上还煎着药，午后好不好？午后他要睡觉，我到你那里去。

不怕你不来——顾大嫂说着，穿过来时的烟雾，出去了。

里面的父亲听到了院里的动静，问王凤龄是谁来了。王凤龄告诉父亲说，是邻居的顾大嫂，她的丈夫来信了，她来让他念信。父亲在里面嘀嘀咕咕地说，她的丈夫对她可真好，隔不了几天就寄一封信回来，一个女人活到这种地步，也算是有福气的了。王凤龄心不在焉地站在烟雾里，支支吾吾地漫应着。他听到父亲似乎要从里面出来了，急忙朝里面说，药已经煎好了，我这就端进去。

好吧，里面传来了父亲的声音。他没有出来，似乎又躺下了。

午后。

王凤龄悄悄地走进隔壁的院里，门虚掩着，顾大嫂正在堂屋里梳头。王凤龄走进去以后，她立即放下手里的梳子，插好门，屋里的光线突然昏暗了下来。她张开湿润的唇：

“我把两个孩子打发到娘家去了。”

傍晚，王凤龄来到河边。

连日来下了几场春雨，一个月前他在这里种下的一片豆角儿和蔬菜已经拱出了地皮，尽管长势并不良好。典州这个地方穷山恶水，土地贫瘠，当初，王凤龄的那种梳头一样的耕作方法，引起附近几位农妇的笑声，她们从来没有见过居然会有人这样耕作。她们当中就有后来的顾大嫂。当王凤龄后来红着脸从地里抬起头以后，一眼便注意到了这个丰满健壮的女人。不久以后，其他的几个女人都陆陆续续地走了，她仍站在河边，她的一片菜地也在这里。她来到王凤龄面前，对他说，我就住在你们隔壁。

越过一片稀疏晦暗的树林，王凤龄注视着出现在远处大道上的一些传递消息的快马。作为贬谪之地的典州，民不聊生，没有多少官员愿意来这里。不久前王凤龄偶尔听到一个消息，这一年来，典州刺史的人选如走马灯似的频繁更换，先是一位朝中的大臣被贬到这里，上任没两个月，忽然又被重新起用，一道圣谕召回了京城。接着到任的是一位名叫曹沛的儒士，工辞赋，长于丹青，曾做过太师府里的幕僚。王凤龄还没有来得及将这一消息告诉染病在床的父亲，那位新到的刺史大人便不幸死在了任上。真是一个没福气的人，一辈子仰人鼻息，手中刚刚有了一点权力，却又无缘消受，怏怏死去了。此后几个月内，典州刺史的空位一直无人承袭。农桑之余，王凤龄三天两头出去打听有关的消息，结果总是一无所获。他曾听街上的人风传说，一位年轻的刚及第的进士即将到任，出任新的典州刺史。但传说只是传说，很久过去了，新官却一直迟迟不见到任。几个月前，他们一家离开京城，母亲郁郁寡欢，悲恸不已，不久便染疾死在路上，她的寒碜简陋的葬礼甚至不及一位村妇的后事。经过长途跋涉，他与父亲来到典州。一到典州，父亲就病倒了。

远处传来了沉闷的雷声，雨前的田畴上忽然燥热起来。王凤龄离开河边，开始向家里走。来到田边的一条大道边上时，他忽然看见了停在路旁的一顶华丽的轿子，紧接着，他发现了一些三三两两地散落在附近的官兵，看样子他们正在路上休息。王凤龄愣住了。

一位年轻的官员突然从轿子后面走出来，含笑打量着刚从田里回来的王凤龄。

风雨吹开窗户的时候，王安坐在茅屋的窗前，借着闪电的亮光，他看清了外面的那些像金属一样锃亮的树木……湿漉漉的枝杈……银币似的叶片……他无法判断它们与茅屋之间的距离到底有多远。儿子外出还没有回来，闪电中他在田畴上猛然看到的那个戴草帽的人肯定不是他的儿子。这会儿，雨水浇在外面的木柴上，哗哗的水声传来，像是……他突然夹紧了双腿，感到下身一热……小便失禁的毛病已经有好几个月了，他一直不敢让儿子知道。

雨地里传来一声牛的哀哞。

茅屋里到处都在滴答。王安拖着虚弱的身体，手里掌着灯，四处察看，雨水贴着墙壁，在斑驳的泥痕中渗漏，昨夜他写在墙上的几行诗已被冲刷得一片模糊，无法辨认了。

近一段时间以来，他总是梦见一处坐落在路边的客店，包括那位店主的一片笑容，那座客店遥远得如同一处青苔密布的古墓，可疑的梦中景色使他感到惊愕。自从来到典州以后，他这个垂暮之年的老人，已连续几次在郊外众多参差错落的民舍之间迷失过方向，找不到自己的住处。最初的一些日子里，他很少出去，一旦出去了，就会因找不到回家的路而在外面滞留许久，四处徘徊，反复辨认周围的某些标志。有好几次，他恳求附近的几个儿童将他领回家中。儿子曾三令五申，不让他随便出去。但像他这样一个垂暮之人还有什么需要顾虑的呢？一切的阴谋与伎俩都与他失去了瓜葛，没有谁再会算计他了，连民间的毛贼都不愿多看他一眼。

就在一次又一次的迷路之后，他开始梦见那座青草簇拥的客店了，梦中的客店是肮脏而潮湿的，每天都有大量的被衾需要从房间里搬出来，一一地晾晒在院里的阳光下，那些被衾灰暗、霉湿，毫无生气，上面明显地留有客人们遗精、尿床的痕迹，有时甚至还血迹斑斑……客店里的店主笑容可掬地向大家解释说，被衾上偶尔出现一星半点血迹是正常的，那是跳蚤和蟑螂的血，不要小题大做，误认为是人血。

王安忽然停下脚步，将灯举在脸前，凝神谛听着。他在屋里四处察看的过程中，猛然听到一种什么声音，不是雨水的滴答声……他举起手里的灯，吃力地向外面望去。窗前有一束暗红色的花，花茎在雨中颤抖着，此刻，那几片暗红色的花瓣，像一张微微启动的湿润的嘴，正在不动声色地向屋里喷香吐幽。

王安昏昏沉沉地来到床前，这会儿他已在雨水中清晰地分辨出了那种幽暗的花香，他感到有些头晕。他在床上躺下，手里的灯忽然打翻了，屋里变得一片漆黑。

刚一闭上眼睛，他猛然又一次看到了那座青草簇拥的客店，那里的阳光像夏天，前后院里所有的门窗都在向他敞开着……秋千……马厩……亭台……酒幌……被衾……草料……王安长叹了一声，没想到多少时间过去了，它还像最初那样安安静静地坐落在通往京城的路上……

那座不祥的客店，难道是他最后的归宿吗？一道闪电忽然划破漆黑的雨夜，王安惊恐万状地从床上坐了起来。

王凤龄坐在青草摇曳的田垄上，注视着远处的大道。他的心猿意马的神态，不久便引起了一个人的注意。那个人放下手里的工具，从一片青麦中间穿过，来到王凤龄身边。

“你好像在等什么人吧？”

王凤龄心里一惊，回头看去，这个看上去有点阴阳怪气的人很不起眼，却一语道破了他的心事。王凤龄觉得这个人似乎在哪里见过，不久他忽然想起来了。几天来，这个人一直在附近一带干活儿，疏浚水渠，往田垄上培土，王凤龄每天到河边的菜地里来，都能看到他。

王凤龄没有搭话，继续注视着远处的那条大道。这时，那个人忽然又说道：

“你等不到那顶轿子了，你中午回去吃饭的时候，巡抚大人的那顶漂亮的轿子已从这条路上过去了，他们在路上停留了一阵，后来就走了，你们都错过了对方。”

王凤龄吃惊得差一点从田垄上一头栽下去。毫无疑问，身后的这个阴阳怪气的人已经看出了某种名堂，难怪连日来他的勤勉的身影一直准时而持久地出现在附近一带。现在看起来，他在那里培土、锄草、疏浚水渠，全是一种装模作样。王凤龄感到不寒而栗，难道这个人已发现了我与巡抚大人之间的某种瓜葛或蛛丝马迹……王凤龄渐渐镇静下来，冷冷地说道：

“我没看见什么轿子，我在这里锄草，这是我的菜地。”

锄草？

那个人突然在王凤龄的身后放声大笑起来。王凤龄低头看到自己手里抓着的并不是田间的杂草，而是一把刚刚长出来的蔬菜的禾苗……王凤龄羞愧不安地扔掉手里的菜苗，心猿意马使他变得良莠不分，昏头昏脑地在菜地里乱抓一通，难怪那个人一眼便看出了其中的破绽。

中午，王凤龄回到家里以后，只见柴门虚掩着。他在外面叫了几声，父亲不在。屋里有一种强烈的药味，那位大夫似乎又来过了，父亲会不会与那位大夫一起出去了？王凤龄出去问了周围几个邻里，都说没见。

王凤龄站在门前向远处眺望。不知从何时起，父亲变得像个孩子一样，越来越让他操心了。小时候他让父亲操心，现在轮到父亲让他操心了，时光好像在重复着什么，好像在节节倒退。

那位大夫先后来过几次，父亲服用的草药，加上大夫的诊费，一共是四两银子。大夫说，先不用忙着还我，治好了病再说。大夫离去以后，父亲一筹莫展地看着王凤龄，说，这可如何是好，去哪里找这四两银子呢？把我们所有的家当都折卖了，恐怕也未必会够。

郊外的墟落里升起了暖暖的炊烟，到处可闻忽长忽短的呼儿唤女的声音。王凤龄站在门前，隔壁忽然传来了顾大嫂说话的声音，王凤龄的两条腿不由自主地颤抖了一下。这个久旷的女人，她的高大丰壮的胴体仰卧在床上的时候，王凤龄常感到自己面对着的是一座巨大的郁郁葱葱的山，她的源源不断的泱泱之水曾使王凤龄忘记过自己的身世与遭遇。王凤龄常对她说，我们应该细水长流，不能暴饮暴食，这又不是一天两天的事。但顾大嫂是一个不喜欢半途而废、细水长流的人，她说，不行，我哪有工夫等待细水长流，火上还煮着粥呢，我想痛快一点……

王凤龄在屋里生着了火。父亲仍不见回来。中午黄色的炊烟漫过树林，像绵延起伏的山岭一样缓缓向上延伸，它的余脉倒映在附近的水沟里。远处，有人正在翻晒雨后霉湿了的柴草。火生好以后，王凤龄抱头从屋里跑了出来，满屋的烟雾呛出了他的眼泪，并使他不断地咳嗽。他在门外喘息了一阵后，打算出去搜寻久出未归的父亲。对于父亲来说，民间无疑是一个陌生的去处，他的口音与衰老多病的身体又将使他不可避免地遇到各种各样的麻烦或不测。近来，官府发出公文，正在缉捕三名率领农民起义的头领，为首的一个叫刘玄，白脸，长须，读过几年书，粗通文墨，善于蛊惑人心。另外的两名一文一武，武的那个叫田虎，原是一个卖肉的屠户，手中的一把杀猪刀龙飞凤舞，神出鬼没。另一个名叫唐宣赞，世家子弟，虽满腹经纶，多年来却一直屡试不第。

他们的手下有三五万人马，并配备有数十门土炮，常年啸聚在光武山一带。这个刘玄，王凤龄从前在京城里的时候，似有所闻。告示上声称，这一队人马已全军覆灭，只逃脱了这三个首领。

王凤龄回头向家里望了一眼，一行凄楚的泪水不禁悄然滚落出来。是的，家徒四壁，一无所有，根本无须锁门。之所以称它为家，只是因为有几面墙壁（漏风的）和一个茅草的顶子，还有两个活人在其中居住、喘息、说话、睡觉。这个连民间的窃贼也不愿意多看一眼的家，不能不使王凤龄流出伤心的泪水。父亲，一个权倾天下几十年的宰相，如今竟然为筹措四两银子而四处奔走，彻夜不眠。

这时，父亲忽然回来了。

一个六七岁的孩子牵着父亲的手，像牵着一个行动迟缓的盲者，父亲在这个孩子的正确引导下顺利地回到了家里，看来没出什么意外。王凤龄放心了。父亲的一只手里拎着一小捆青菜，走进柴门之后，那个孩子松开了他的手。孩子在院里瞪着眼睛瞧来瞧去。

王安将手里的青菜放到一边，指着那个孩子，对王凤龄说：

“是他领我回来的，他是小虎，七岁了，爹娘都是卖豆腐的。”

王凤龄走过来摸着孩子的头，说：“小虎真是个好孩子。”

“你们家真穷。”

孩子穿过柴门，向外面跑了。

王凤龄对父亲说：“您怎么又出去了，我说过多少遍了。”

王安乐不可支地对王凤龄说：“看见那捆青菜没有？又嫩又绿，他要十文钱，我只给了他七文，他以为我不懂呢，我其实早把市上的行情摸清了。”

王凤龄看了一下，那几棵菜，至多不超过两文钱，父亲却出了七文，还自以为得了便宜。王凤龄拎起菜，对父亲说：

“果然便宜。不过，这种买米买菜的事，以后还是让我来吧。”

“什么话？”王安说，“为什么不让我来？我闲着没事，再说，他们也骗不了我，我发现买米买菜是一件很有趣的事情。”

王凤龄盛水、洗菜，开始准备晚饭。几天前，街坊里的一位姓周的老太太答应送给他几棵夹竹桃，他移了过来，安置在向阳处，早晚浇水、松土，结果却只活了两棵，其余的几棵叶子都黄了，又黄又干的叶子，用手一碰，像纸一样发出一种脆响，又像烤干的烟叶。王凤龄过去请教周老太太，他不明白为什么没有养好，凭自己的那一番苦心，那些夹竹桃至少也应该成活三五棵才对。周老太太对他说，我看你文静秀气得像个姑娘似的，你怎么连个花儿也不会侍弄呢，隔天我过去看看，别是水浇得过于勤了，花儿这东西，你用的心思多了也不见得就好，根本不管不问呢还不行，和人一样。周老太太的话听起来似有道理。现在，父亲又给那几棵花浇水，父亲对这一行其实根本不懂，但如今却对事事都喜欢参与。王凤龄怕父亲把水浇得太多了，就让父亲去剥一棵葱。父亲果然离开了花丛前，走到门外剥葱去了。正是晚炊的时辰，从街坊邻里们那里飘出来的饮食的气息千奇百怪，各种味道混杂在晚风里，令人难以分辨。父亲剥完葱进来，无所事事地垂着两只手，望着王凤龄。

后来，父亲对王凤龄讲起了集市上的情形。对于几十年从未摸过钱的王安来说，市井里的种种名目繁多的交易使他感到耳目一新，倍觉有趣。多数时候，他会长久地驻足于一些店铺前或摊点旁，看别人交易。不久以后，他知道一只生蹄膀需要二十文钱才能买到手，卤煮的熟驴肉则需三十五文钱。一把普通的香妃竹扇三十文，扇面上题有名人字画的则不可估量，价格如水，随意升降，又如月之阴晴圆缺。两只满月后的白兔，可换瘦小的羔羊一只，或染布二丈。一般来说，一个普通的四口之家，在过年的时候，如果全家每个人都缝制一身新衣服，有三丈布匹就足够了，而且还是几身稍微像样的衣服。那些抱着下蛋的母鸡在市井出售的妇女，多半是急等钱用的，王安曾看见过她们当中的某些人在背地里偷偷抹泪。穷妈妈抱着病孩子。一副清热解毒的草药需要多少钱？八吊，甚至十吊。几根草棍竟然要卖这么高的价，王安感到奇怪。

这天晚上，一顶华丽的轿子在距离茅屋不远的地方停下了，谁也没想到那是一乘空轿。

不久以后，王凤龄走进轿里。

后花园

现在算起来，表兄董相如已离家数月有余了，然至今音讯皆无。临行前，皇英隔着青帘，看到董相如带着家童，一步一回头，穿过春天的庭院，恋恋不舍地向外面走去。远行的马匹拴在门外的下马石上，马背上驮着书籍与包袱。以后，那匹白色的马，常在每个月的初一和十五这两天的时候，扬蹄闯进皇英的梦里，发出一阵短暂仓促的咴咴的叫声。

苍白的马，苍白的骑手。

昨天晚上，她的一块旧日的罗帕突然不翼而飞了。上午的时候，她曾将它从箱子里翻出来，洗干净后晾到了窗外，到晚上的时候，那块石榴红的罗帕就突然不见了。她让小霜出去收回来，小霜在外面找了半天没有找到，最后两手空空地回来了。那时候，厨房里的几个女人正在厅堂外的黑暗处嘀嘀咕咕，似乎在议论一件什么事情，后来看见皇英带着小霜出来四处寻找帕子，便都住了声，垂手而立，不久便一个一个地悄悄散去了。皇英与小霜站在花园的入口处，看见花园里树影婆娑，湿气弥漫，修长的竹子发出青白的冰冷的颜色。小霜对皇英说，是不是让风刮跑了？她们看了一阵月色，正要回屋里去的时候，前院里的一个老婆子慌慌张张地跑来对皇英说，刚才她看见皇英四处寻找帕子，她回去后忽然想起来了，午后的时候，那个叫什么云深的和尚来过一次，后来又走了，姑娘的帕子没准是让他顺手牵羊给抄走了。老婆子还没说完，小霜对她说，你乱说什么？你怎么就知道会到了和尚的手里，除非是你偷去给了他。小霜的话使老婆子变得急躁不安，对天起誓，天地良心，姑娘可别冤枉好人呐，姑娘别小看了那些光头，我是知道他们的，什么事做不出来呢，姑娘的香帕……皇英说，宋妈妈，没想到会惊动你，那块帕子已经旧了，找不到就算了，小霜不懂事，才嚷起来的。皇英说完，带着小霜回了屋里。那个老婆子在花园门口寻思了一阵，不久也走了。

今夜又是十五，满园的花木在清淡的月色里流泻出弥天的幽香，湖水映出园中的小亭与螺髻形的山丘，一只夜鸟在水边扇动着翅膀。皇英坐在窗前，月色透过窗纱洒落进来，她的衣服与头发看上去含霜带雾，虚渺而失真。一段时间以来，那匹苍白的马如同一个恋家的人，不堪远行，从某些迹象来看，它似乎每天都要回来一次，悄无声息地站在门外，它在等待什么？夜深人静之时，马蹄下的青草忽明忽暗，每当小霜打开门后，外面已没有了马的骨架与轮廓，只有一种轻微的不可名状的呼啸声拂天而过，似乎是飘扬的已远去了的马尾。小霜说她从来没有见过这样的马，一匹羞羞答答而又缠绵悱恻的马，它好像天天想家，泪流满面，却又唯恐暴露在别人的视线里，每当有人注意它时，它就会像风中的某种信号一样立即消失得无影无踪。董相如离家一个月后，有一天来了一位姓杜的公子，自谓是杜甫的嫡孙，是在几年前的一次乡试中认识董相如的。皇英的案头上曾有一幅杜甫的画像，远道而来的杜公子的确与昔日的杜工部异曲同工。姓杜的公子访董相如下遇，缺憾之情溢于言表，他在花园里的石凳上坐了一阵。远远地眺望着董相如平日读书的地方，那里仿佛流泻着浓密的绿烟，埋藏着幽深莫测的梦魇与略显脆弱的精神。这位神情恍惚的杜公子，他的某些大胆的设想使连日来一直郁郁寡欢的皇英感到十分开心，几次笑出了声。他渴望与自己的祖先杜甫出现在同一个王朝的天下，与他一同逃避战乱，一同登高远眺，一同黎明即起，看挥舞于民间的虹影剑器。“剑外忽传收蓟北，初闻涕泪满衣裳”，这一段诗被他背得滚瓜烂熟，仿佛他自己的一首旧作，但他忽略了杜甫被俘后解送长安的消息。年头岁尾，他在一条流淌着金粉红颜的河边，遇到了李龟年的一位后人，那位李氏传人正在一只瑰艳喧闹的画舫里踩着碎步粉墨登场，改头换面，吹拉弹唱，咿咿呀呀，一抑三顿。有人扮演失去晚节的古代圣贤，有人扮演隐姓埋名的良家妇女。是谁逼良为娼？那个乔装改扮、冒名顶替的人是谁？那个三分像人，七分像鬼的角色又是谁……

贴身的侍女小霜挑帘进来，给皇英的身上披了一件衣服，皇英回过头。小霜是从什么时候起成为她的影子的呢？一段时期以来，皇英就是在这个很会察言观色的姑娘的亲密陪伴中度过的，皇英想什么，她都知道。刚才她在窗前看了一阵月亮，当夜晚的寒意渐渐袭来的时候，小霜已将衣服披到了她的身上，小霜总是这样提前填补了她尚未成形的需要。这会儿，小霜剪着烛花，对她说，姑娘也该睡了，明儿一早还要去进香呢。

“今天是十五——”皇英说。

小霜告诉皇英，她刚才从外面打水回来，在经过下房的时候，听到几个老婆子在里面说话，吵成一团。一个老婆子说她早起去园子里的时候，看到董公子正在藤墙下读书，长衫上满是潮湿的夜露与绿色的草浆，看情形，仿佛彻夜未眠。另外几个人说她看见了鬼，谁不知道公子在一个月之前便已离家赴京了，这会儿说不定已重新踏上了回乡的路……皇英吃了一惊。小霜随意道出的这个消息与她昨日的一场梦境是那样的相似，也是在那个园子里，在那道花枝颤动的藤墙下，远远地传来董相如在病中长久吟读的声音，一篇辞藻华丽的圣贤文章听上去竟有些文理不通，离题万里。园子的上空浮动着厚厚的云彩，雪白的云彩，灰色的模样，如同一堆堆旧年的棉絮，在春暖天晴之日被替换下来，等待雨水的漂洗。很久以后，董相如的声音变得微弱而缥缈，一度徘徊的身影似乎贴到了墙上，绵延的墙垣，它下面的淙淙的水声代替了琅琅的书声。从某种意义上来说，那些在水中挣扎、翻滚、随波逐流的落叶与残红很像是书中的细节与词汇。趁着天黑，皇英在小霜的怂恿下出去走了一遍，透过下房里昏暗的灯光，皇英看到那几个老婆子有的在灯下坐着，有的歪在炕上，她们的张张老脸时而聚到一起，时而又各自分开，仿佛远在千里之外。她们在外面看了一阵，小霜要推门进去，盘问那个传小话的人，皇英如同做了羞事一样转身往自己的房里走。黑暗中，小霜从后面跟了上来，低声叫道，姑娘，姑娘——。皇英回到门口，对小霜说，别叫我，我不是你的姑娘。小霜说，姑娘生我的气了？皇英说，我长这么大，今儿个还是头一次站在窗户外面看人家，开了眼了。小霜说，姑娘也大多心了，咱们又不是谋他什么，我看清那个满口胡诌的老婆子了，上次有人送来两只鹅，她在一旁见了，非说是鸽子，我猜是她的眼神不够用，把黑的看成花的也未可知。

……由远而近的马蹄声渐渐传来，季节像戏里的天气一样，轻而易举地变幻着，沿途的青草回黄转绿，路上的行人互不相识，纵横交错的驿道是多么的广泛而又互不通气。冬天过去了，某些附属了一个时期的东西突然以另一种情形流露出来，完整而得体地呈现在越来越清晰的日子里，上一个月在满地湿气中早已蒸发掉的，这时却依然峥嵘毕露，声如金石。紫气未瞻，彩符忽降，鸡鸣西度，匪夷所思……苍白的马匹载着十五的明月越来越近，皇英在一阵短促的咴咴的叫声中迎出门外。

傍晚。树木在闪光、融化。

靛青色的天空，橙红色的余晖，路上的人马与车辆在忽明忽暗的光线中看上去三分像人，七分像鬼，隔壁的房间里传来了含糊不清的读书声，字里行间充满了嗡嗡作响的回音，如同渐渐低垂下来的暮色。董相如耐心地听了一阵，他试图在这种心猿意马的谛听中努力使自己平静下来，那块被濡湿了的罗帕展开在他的眼前。夕阳西下的时候，树下的秋千突然断裂了，一阵尖叫声将董相如从午后的昏睡中惊醒。他打开门，向树下走去。周围没有人，几根飘零的羽毛落在一匹马的背上，丝丝缕缕的炊烟，灰黄两种颜色的烟柱如同杂交在一起的丰收在望的玉米。董相如在树下徘徊了一会儿，傍晚的天气是阴暗的，围墙边的碎石路一直通向那边的拱门和柱子，甚至更远处的院子。附近山上的石头被掏空了，露出了一种类似牙床一样的岩层。董相如空荡荡地走了一回，就在他要返回客栈之时，忽然捡到了那块石榴红的罗帕。上面湿漉漉的，像是不久前刚刚有人用它揩过眼泪——谁在附近一带哭泣？

董相如在宁静的晚炊里四处寻找有关那种香消玉殒的蛛丝马迹，从诸多情形来看，有一种东西在这个雨后的傍晚里不知不觉地钻进了他的心里，致使他的手指与面部泛出一种微微的绿意。如此迅速的涂染，是什么东西？

昨天午后，董相如正欲掩卷而眠，店主的女儿崔采春忽然推门进来，手里握着一块石榴红的罗帕，她的话语中不时出现“花轿”“红装”“迎娶”之类的鲜明意象，董相如是从什么时候发现自己面有赧色的呢？这个携带着胭脂与露珠的姑娘的到来，驱散了他的昏昏倦意，外面驿道上的近在咫尺的车马之声听起来是那样的遥不可及，仿佛一种远在前朝里的标本式的风景，一个与己无干的传说。崔采春站在门内，午后的一段时间里，她曾薄施脂粉。董相如局促不安地站立在床前，问题出在她那舒卷宽大的锦袖内部，阵阵芳香犹如暖风扑面，徐徐而来。崔采春是在树下荡完秋千以后到这里来的，其时，附近的崇安寺里青烟缭绕，诵经声响成一片。崔采春进来之前，董相如在掩卷之余听到一种淅淅沥沥的残漏之声，虽然这是一个阴沉晦暗的时刻，但并未下雨，那种突如其来的残漏多少有些令人奇怪。后来，越来越浓的倦意掩盖了一闪而逝的疑虑，后来，崔采春的芳香与叹息又驱走了他的睡意。这个出水芙蓉一样的姑娘脸色绯红地站在他的身后，扬起了手中的罗帕……

最初，董相如以为是一朵云彩从傍晚的窗前轻轻飘过，是那种偶尔流泻在空中的令人想入非非的云霞，不久之后，他感到眼前一阵黑暗，这使他在顷刻之间又迅速回到了粗糙潮湿的地面之上。有人从窗外走过，霉湿的足音如在耳边。有人推开位置错乱的桌椅，向他的身边走来，灼热的呼吸扑面而来。

这天傍晚时分，一队官兵涌进客栈。董相如从树下回来之后，看到了滞留在外面的马匹与轿子，两辆木轮囚车。几匹马的身上冒着团团热气，蒙在轿顶上的浮土意味着一路的颠簸与风餐露宿。客栈里的伙计忙得四处乱窜，为几匹马添草、加水，拂拭轿子上的尘土。里面传来了喧闹而疲惫的声音，屋顶上的飞禽仓皇惊起。夕照下的客栈，山墙与屋檐微微发红。

那位心事重重的官员是谁？伙计说是一位北路来的太守，上京路过此地。

月之典州

又是一天过去了。早在天未黑之前，我已命人在府内各处点亮了纱灯，又亲自查点了各处执勤的人数。这些人，我是熟悉他们的，我掌握着他们的名姓与家世，谁也休想从我的眼皮底下混过去。每当夜幕降临之后，这个临时的巡按府就变得像一座无人的空宅，到处都静悄悄的。我每天都要在早晚两头告诫下面的人，谁也不得大声喧哗，不得随意走动。巡抚高长卿大人不喜欢喧闹的声音，从离开京城出发之前，他就一再对我说，没事的时候，任何人都不得在他的身边晃来晃去，别人在他的身边走动，他会感到头晕。起初我不甚明了，觉得这事很怪，后来终于发现了其中的原因，高大人并非对所有的人都不喜欢，他感到头晕的是那些相貌庸常而丑恶的人，对于像王凤龄那样貌美的人，他是求之不得的。惺惺惜惺惺，高大人自己长得很美，喜欢比他更美的人。

昨天晚上，王凤龄不知为什么没有来，高大人一直都在期盼着，后来时间越来越晚，王凤龄还是没有露面，高大人突然变得心绪烦乱，火气冲天。我躲在屏风后面，眼看着他在屋里乱扔东西，我知道在这种时候去劝慰他是十分不恰当的，他会把我放在眼里么？这个时候只有王凤龄突然从外面进来，才能使他的怒气云消雾散。这个时候我能做什么？我只能在心里埋怨王凤龄，有什么大不了的事情使你不能分身前来呢，高大人像望夫崖上的石像一样等了你整整一个晚上。我想起以往的日子，王凤龄每天晚上总是如期而至，我在一旁早早地熏好香炉，点燃红烛，侍候他们沐浴更衣……

整个晚上，我一直候在屏风外面，我肩负重任而又无所事事。我在想我是否应该悄悄出去把失约的王凤龄找来，可万一大人有事唤我该怎么办，我不知道这样做算不算擅作主张？据我所知，几乎每一位大人都不喜欢他手下的人擅自行事……谯楼上三更已过，夜越来越深了，这时，我听见高大人发出一声绵长而无力的叹息。他好像离开了椅子，在地上走动，又停在了镜子前。

我从屏风后走出来，低声对他说："大人，天已三更了，大人该歇了。"

高大人从镜子前转过身，望着我，突然问我："你说，王凤龄为什么今晚没来？他是不是厌倦我了？"

怎么会呢，我安慰他说，王凤龄肯定是被什么突如其来的事情缠住了身，难以自拔了，他的父亲不是三天两头常犯病么，以往他一直都来，明晚他肯定会来的……我的话似对他起了某种作用，临上床前，他说：

"我也在想，他负我是不对的。"

现在，夜色已经浓重，根据以往的经验，按照时间来看，王凤龄该到了。我在府内前前后后察看了一遍后，特别吩咐守门的人，王凤龄一到，马上进来通报。

我回到室内，高大人正在对镜自揽。每次王凤龄到来之前，高大人都要长久或短暂地在镜子前打量着自己。高大人粉面丹唇，美目流盼，多少年来，他几乎每到一个地方，都会在众多的女眷们中间引起不小的骚动。我跟随他数年，这种事情见得多了。通江府的一位姓梅的小姐，在见过高大人一面之后，一直念念不忘，不久竟然抑郁而死。最初的时候，在朝廷的金殿上，他的容貌引起了圣上的注意与怜爱，皇后娘娘也很喜欢他。紧接着，他青云直上，虽然遭到了朝中大臣裴非、张古等人的反对，但仍无济于事。那一阵子，京城里四处流传着高长卿靠美貌夺魁天下的事……然而，自从出任朝廷钦差巡察各地，自从来到典州见到王凤龄以后，他常常自惭形秽。有一次他告诉我说，他是人中之花，而王凤龄则是花中之王，王凤龄简直非人间父母所养，更像一幅幻想中的美人轴……

我熏好香炉，备足热水以后，王凤龄来了。

一道低垂的帐幔轻轻拂动了一下，王凤龄从后面走了出来。眼下正是深秋时节，王凤龄仍然穿着一身十分单薄的衣衫，这使他看上去更显得楚楚动人。眼前的情形，连我这样的人也不免引动了某种恻隐之心。我曾提醒高大人，是否该为王凤龄置办几身像样的衣服，高大人说，他不会接受的，我不想伤害他。这时，高大人从里面迎出来，他们拉着手，一起坐到绣榻上。我看见高大人的脸上流光溢彩，他声音很轻地对王凤龄说话。王凤龄向他解释昨晚失约的原因，高大人说，不必说了，不必说了。王凤龄说，家父的情形有些不大好，我煎了药，刚刚服侍他吃下去，这就来了。

我掩好房门，垂下所有的帐幔。这会儿，我想他们该沐浴了。

现在想起来，父亲对自己的外出是十分牵挂的，父亲问他每天出去干什么，他说是替巡抚衙门抄写公文。父亲听后，点点头，没再说什么。

王凤龄曾经询问高长卿，不知新的典州刺史将何时到任？不知来人是谁？高长卿说，管他是谁呢，一个小小的刺史算什么，你在我的身边还不够么。高长卿希望王凤龄长期留在自己身边，王凤龄未置可否。父亲身为贬谪之人，是断然不能回到京城去的，他自己也一样，京城何人不识君？想瞒过别人的眼睛是不可能的。到这个月的月底为止，高长卿奉诏出使典州的期限已到，月初回京，不久又巡察盂江一带。王凤龄恨自己不能分身，他无论如何不能扔下年老多病的父亲不管，又不能辜负了高长卿的一腔深情，进退不能。

高长卿说："你别愁坏了，有我哪，我已替你想好了姓名——"

姓名？王凤龄望了高长卿一眼，低下头去。他在脚下的一只三足的水盂里看到了自己的倒影，浓郁的酒浆使他的双颊隐隐灼热，脸色一片绯红。高长卿在他的耳边喃喃低语。

昨天上午，父亲拎着一条瘦小的鲢鱼，从集市上归来，在距离家门不远的地方，失足滑进了一条水沟里，多亏顾大嫂与附近的几个妇女将他救了上来。父亲的身上沾满了树叶与泥污，手中的那条瘦小的鲢鱼也不见了。顾大嫂和几个妇女伸手在那片浑水中仔细摸了一回，竟然踪迹全无。整整一个中午，父亲为失去了鲢鱼而长叹不息，蔚为惋惜。王凤龄对父亲说，找不到就算了，一条小鱼能值多少钱，再说，你以前从不吃鲢鱼的。父亲听了王凤龄的话，看了他一阵，似想说什么又终于没说，和衣到床上睡觉去了。顾大嫂与另外两个女人进来过一次，见老人已入睡，说了一阵话出去了。

午后，父亲的喘息开始变得十分频繁，他一次次从床上坐起来，大张着嘴，又一次次重新躺下，不间断的喘息使他无法合上自己的眼睛。后来，他从床上下来，自言自语地说道，哎，不睡了，不让睡就算了，何苦还要喘成这样。

目睹喘成一团的父亲，王凤龄却丝毫插不上手，他多想代替父亲喘息一阵。王凤龄对父亲说，外面太阳很好，出去坐坐吧，晒晒太阳，白天睡多了也不见得好。中午，父亲因为鱼的事情而没有吃饭，王凤龄也只喝了一碗清汤，一段时间以来，他感到胸前堵得慌，不再像刚来典州时那样饥肠辘辘。

王凤龄扶着父亲来到门外。他们看见红蓝两种颜色的蜻蜓在阳光下盘旋，神出鬼没，远处的耕牛在青枝绿叶中无声地奔走。刚才，在床上的那一小会儿时间，父亲做了一个梦，他年轻的时候与裴尚书一道上京赶考，途中夜宿在一家客店里。将要入睡时，听到窗外传来一阵笑声，一个姑娘正在月下荡秋千……是店主的女儿……崔采春……

闻官军收河南河北

数月之前，梁永桢听到了范选俭战败的消息。范选俭率领残部退居蜀中，固守一方。不久之后，陆弓良逃到范选俭门下，这两个人忙里偷闲，一唱一和，互赠失意的诗词。

远在江南的黄二春穿上了染血的征衣，听说他已很久没有握笔了。

这些似是而非的，零星不断的消息，像旅途中的风景一样，点缀着梁永祯的行程。

昨天晚上，梁永桢在酒醉之后误入一座庭院之中。夕阳西斜，青砖红树，门前穿梭不息的紫燕使梁永桢最初以为自己来到了一座寺院之中。他背靠在一尊峥嵘的假山石上，不久便昏昏沉沉地睡了过去。

不知睡了多久，梁永桢忽然被一阵风吹醒，他感到脸上浸满了凉意，睁开眼后，发现自己躺在一个湖边，湖水澄明碧清。梁永桢正望着湖水寻思，湖中传来一阵轻响，平静的水面上荡起了层层涟漪。不久，湖中又是一阵轻响，水纹比刚才扩散得更大，重重叠叠，似有无数的螺髻。梁永桢循声望去，看到湖那边的桥上站着一个姑娘，正在心不在焉地向湖中投石子。桥上的姑娘看上去心事满腹，似乎根本没有注意到水面上的清澈的涟漪。梁永桢虽然看不清那位姑娘的容貌，但知道她一定很美。

我这是到了什么地方？

不管怎么说，从眼前的情形来看，绝不是一个寺院。梁永桢一边打量着周围的布局与景象，一边将自己的身体向旁边的树丛里蠕动，他担心桥上的那位姑娘在猛然看到湖对面的他的散发着酒气的身体时会突然受到惊吓。我这是在干什么？像做贼一样。他不知道自己怎么会来到这里。看上去这是一个很大的园子，有的房子隐现在树后，只能看到某一个檐角。距离桥上那个姑娘不远的地方，有一道很长的圆形回廊，一排烟绿纱窗的房子，远远看去，像是窗户上布满了茸茸的青苔，如云似雾。

梁永桢将自己的身体隐蔽起来，眼前浓密而翠绿的枝叶和花茎不但挡住了来自湖边的光线，桥上的那位姑娘也完全看不见了。梁永桢躲在花下，脸前溢满了沁人的芳香，从湖水不时的响动中，他知道那位姑娘此刻仍然站在那道桥上，仍像方才那样心事重重地向湖中投着石子。这时，一只蜜蜂突然来到梁永桢脸前。

蜜蜂嗡嗡地飞着，蜻蜓点水似的在梁永桢的鼻子上碰了一下，接着，又在梁永桢的额头上轻轻划了一下。梁永桢挥手驱赶着这只突然不知从哪里飞来的蜜蜂，他多少感到有些恼怒而奇怪，自己浑身上下散发着浓烈的酒气，而这只蜜蜂却饶有兴趣地围着他的身体不停地旋转，游戏似的飞舞。梁永桢在晦暗的花影下低声喝道：

“走开，到那边去，我的身上没有蜜，别围着我，到那边去——”

飞翔的蜜蜂低声鸣叫着，在梁永祯的脸前飞来飞去。这时，梁永桢忽然听到从湖边的一排房子里传来一个女人的笑声。

不久，梁永桢又听到了另一个女人的声音。是两个姑娘，正在里面说话：

“真是怪事，一块罗帕能跑到哪里去呢，它总不会自己飞了吧？”

“咱们旁边的那个小花坛你去了吗？上个月，我的一条绫绢就让风刮到那里去了，咱们却在屋里到处乱翻一气。”

“小花坛那边我去过了，要是在那里，我还不拿回来么。”

“都怪我，早上我从箱子里翻出来，洗净后就晾在了这纱窗外，我要是不把它翻出来，不晾在外边，能有这事吗？”

“姑娘，你可千万别生气，你看你的书去吧，这事就交给我了，啊。”

“我真是没用。”

“姑娘别这么说，怎么这样说呢，要说没用，那就得是我了，我劝姑娘别操这心了，有我呢，你还不放心么？”

“小霜……”

“我就不信找不到它。我这就去下房里找那个死老婆子去，姑娘难道忘了，她刚才胡诌什么来着？咱们随便问了她一句，她却说了一大堆，什么和尚啊道士呀，她这是什么意思？姑娘，你先到床上躺一会儿。”

“你千万别去找她，宋妈妈那样的人，是好惹的吗？你要去找她，还不如先把我杀了。”

“姑娘，难道……就这样算了吗？”

“一块帕子，丢了就丢了，嚷出去有什么意思。本来我也不准备用它，只因闲着没事，才把它洗了出来……”

“姑娘真是好性子，这要换了别人，不定要闹得有多大呢。”

“别在嘴上抹蜜了，快给我打水去，我要洗脸了。”

“姑娘，该歇了。”

“今天是十五——”

梁永祯在花木丛里伸展了一下近乎麻木的四肢，他的一条腿在不知不觉中已伸到了外面，但他浑然不觉。这会儿，他在很认真地琢磨那两个姑娘刚才说过的话。

远处忽然有一群人吵吵嚷嚷地向这边走来，纷乱的脚步声沿着一条斜斜的石径下来了，穿过林边的回廊，向露台下的甬道上走来。

梁永桢突然意识到，这群人会不会是冲自己来的？一定有人看到他了。

人群越来越近了，已走上了湖堤。一个尖细的声音大声说道：

“……没把我吓死，我一看，就知道是个醉鬼，他就那样躺在湖边，把我绊出老远，盘里的几个杯子都打碎了。”

一个女人讥讽地说道：

“谁让你走路从不看下面，只管往高处瞧，人家绊的就是你这号人，该绊。”

“别吵了，都住嘴，先看了再说。吵得一窝蜂似的，什么都听不见。”一个苍老的声音说着，带领众人向湖这边走来。

他们在湖边没有看到什么人影，众人转来转去，面面相觑。

“人呢，你说的那个醉鬼在哪里？”

“刚才还在这里，怎么一转眼就不见了呢？他睡得很死的——”

这时，有人忽然看到了梁永桢那条不慎露在花丛外面的腿，一个女人惊叫起来。梁永桢心里一惊，这个时候想把那条腿缩回来，已经不可能了，十几双眼睛都在盯着它。

“藏在这里，莫不是死了？”

“这是个什么人？”

“不管他，捆起来去见官。”

“我平时让你们精心照看园子，你们都当成耳旁风，这不，瞧见了吧，随便一个什么人都能混进来。除了这里的这一个，你们敢保证园子里其他地方再没有第二个、第三个了吗？”那个苍老的声音说着，众人都住了声。“张瑞呢？叫几个人先拖出来，看看到底是干什么的，先别忙着送官。其他人到别处去搜搜。”

有人立即附和道：

“对，老爷说得有理，先弄出来看看，看看他到底在搞什么名堂。”

一个人在那条腿上踢了一脚，梁永桢把那条腿立即缩了回去。那个人吓了一跳，急忙惊叫着向一边跑去。

梁永桢突然从花木深处站起来，笑着对那位老爷说道：

“董尚书，一向可好？”

梁永桢做梦都没有想到自己在酒后糊里糊涂地贸然闯入的这个地方，竟然是前任尚书董谦的庄园。早在几年前，梁永桢在翰林院的时候，就已听说朝中的礼部尚书董谦告老还乡了，董谦辞官的时候，才刚刚五十多岁。刚才，梁永桢在花木深处听到那个苍老的声音后，从花枝间一望，立即便认出了董谦。

酒席之上，董谦对梁永桢说，这叫有缘千里来相会。董谦见到梁永桢后，感到很高兴，“你把我们的魂都吓飞了。”

梁永桢说：“我以这样的方式来到府上，传出去，必将成为笑柄。”

酒宴进行到夜深以后，其他的人都散去了，只剩下董谦与梁永桢还在对饮，推杯换盏，云山雾罩，谁都听不清对方在说些什么。

董谦喝多了酒，开始胡言乱语。不久，他命人打着灯笼，从东、西两边的内室里把自己一年前新讨的两位年轻的小妾叫了出来。两个女人来到董谦身边，董谦伸手搂着她们的腰，醉醺醺地对梁永桢说：

“看看，看看我这两个宝贝，新得到的。这是什么？夜明珠——夜明珠啊……”

两个艳丽多姿的女人来到梁永桢身边，开始频频为梁永桢斟酒……渐渐地，梁永祯感到自己的舌头变得十分僵硬，不听使唤了。他醉眼蒙眬地趴在酒桌上，对董谦说：

“你……你他娘的，快入土的人了，干什么不好，娶了这么两个如花似玉的女人，还称为夜明珠，你还能干得动吗？”

“干不动，看看也好嘛。”董谦笑着说，“你以为我把她们看作什么？我只当她们是我晚年的一种风景，我愿死在风景里。”

董谦与护国禅师日暑法师交情甚笃。董谦告诉梁永桢，据不久前刚从东瀛国讲经回来的日暑法师说，京都有一位九十高龄的文职大臣，曾做过江户时期的枢密使，晚年他几乎每天都要召见一两个女人，命她们裸卧于榻上，他自己手执茶杯，坐在一旁，用年老的目光缓缓地自上而下，自下而上地浏览、抚摸她们的身体。他从不动手去碰她们，当他的目光略感疲倦与混沌之时，就命她们穿好衣服出去休息。“多么文雅，多么彬彬有礼。”日晷法师的介绍，使董谦听得心猿意马。董谦告诉梁永桢，他现在有时发作起来，偶尔还能像老牛一样动一动，等再过几年，彻底动不了的时候，他唯一能做的就是效仿那位九十高龄的枢密大臣。

“你过得真好。”梁永桢说。

窗外树影婆娑，酒桌上的重影越来越多。董谦在酒宴行将结束之前告诉了梁永桢一个消息：陆弓良死了，《剑南诗稿》已不知下落。董谦说完之后，看到梁永桢流出了伤心的眼泪。在董谦看来，那是一串兔死狐悲的泪水，稀疏的泪水一滴一滴落进酒里，董谦感到很开心，一切看上去都像是一种怡人的风景，关键在于你用什么样的眼光和心思去看。

梁永桢说：“这恐怕是误传——”

“怎么会呢，我府里的师爷和几个家奴都是会稽人，”董谦说，“消息绝对可靠。”接下来，董谦开始安慰梁永桢，陆弓良活了八十岁，他也该知足了，世上有几个人能一口气活到那个年纪？你我能否活到那个时候，目前看来还是一个难题，一个很大的疑问，因为，那种把握并不在我们的手里。

“我们的把握在谁的手里？”

春天以来，随着季节的回黄转绿，瑰艳绚丽的宫廷色彩开始在他的记忆中渐渐退浅。在美丽的吉水河畔，数百年前的虞世南的手迹，在今天看来只是几道风雨的印迹，部分先驱的身姿伫水而立，雪白的须发纷纷扬扬。梁永桢一路访友，但被访者不是去世了，便是下落不明。经常有逃离灾荒与战乱的百姓像消融的雪水一样淤积在路上，有钱的人四处转移家产，深埋珍宝。国家的版图在忽明忽暗的烽火中随意伸缩，形同丝绸。一天晚上，梁永桢正与众人在董谦的花厅里饮酒赋诗，从很远的地方忽然传来了朝廷的大将军徐城在北部战死的消息，消息多少是令人惊讶的，但并不出人意料，只是来得过于突然。徐城将军以身殉国，使花厅里的聚会变得黯然失色，相形见绌。

从前院的暖阁里传来一阵琅琅的书声。不久，读书声化作一阵空洞而虚乏的咳嗽声。一个姑娘慌慌张张地向暖阁前跑去。

住在暖阁里的是董谦的独子，那个饱读诗书而体弱多病的儿子成了董谦唯一的一块心病，他几乎月月生病，天天服药，他住的暖阁与这边的花厅隔湖相望。

梁永桢最初来到董家以后，迎面看见一座黑色的山丘，后来才知道那是一些堆积多日的药渣，都是董公子吃过的。

那个姑娘是那位董公子的表妹，梁永桢前日在湖边听到说话的正是她。那位卧床不起的表兄，使她的婚事变得遥遥无期，而且越来越渺茫了，形同泡影。梁永桢看过董公子在病中填的一些词牌，字里行间游动着一种与生俱来的阴森森的死气，梁永桢当然不会把这些不祥的征兆告诉任何人，在他看来，董公子的夭折是命中注定的事，而且为时不会太晚。那位聪慧的表妹难道对此会毫无察觉吗？

一个春天的晚上，梁永桢突然接到了朝廷召他回京的圣谕。诏书是紧急的，刻不容缓的。梁永桢几夜难以入眠，在感遇之中写下了一些复杂而貌似沧桑的诗篇。他有时心不在焉地徘徊在春日的花间，有时注视着外面驿道上来往不断的车马。彤红的太阳出现在远处树林的上面，云开天晴，路边与山上的积雪开始消融，常有运载辎重的马车深陷在春日的泥泞之中。田野里显露出生机，河流自始至终贯穿在其中。赵广文将军在身染重病的情况下，一举收复了中原一带的几个重镇，遥远的消息透过国土上的团团迷雾传来，令人振奋。染布的工匠在颜色深重的河边流连忘返……

雪后明火执仗的天空下极缓地蠕动着某种东西。一段时间以来，负载粮草的船只与运送丝绸和瓷器的马车相互错位，霜露中的树影与花茎日夜簌簌作响。

赴京的日期越来越近了。

上路的那天，梁永桢早早地就起来了。天还没有大亮，但驿道上已隐约有了零星的车马之声。董谦率领众人在路边相送，那些带有阿谀与勉励性质的临别赠言，现在听起来是那样的亲切而顺耳。初升的阳光照亮了附近沉睡的树林与河流，红色的飞檐在树后若隐若现。连续几天来都是晴天，视线内忙碌的身影越来越多了。

仰望雪后泥泞的伸向远处的大道，泪水渐渐地模糊了梁永桢的目光，京城上空的明月还是像当初那样皎洁无瑕么？这个有着黄昏一样的色彩的脆弱的王朝，她的众多的寂寞无主的花园，她的明亮的网络状的稻田，是那样的令人眷恋而忧伤……

西望京城之三

八万秦家军在惊蛰的前一天弃舟登岸，渡过淮河，一路北上。此前的几个月里，他们在洞庭湖一带连续作战，剿抚并行，致使敌部溃不成军。

洞庭湖战役的特征是：大量使用奸细。

三五名奸细，就可以使一支军队在一夜之间土崩瓦解，这个获胜的秘方由前任统帅传给秦飞，秦飞推而广之。秦家军挥师北上的途中，大量的奸细随军同往。

塞北的一个傍晚，秦飞的战马在风中团团打转。午后，趁着弥漫的黄沙，一批经过乔装改扮后的奸细先后离开营地，在最高统帅的注视下，他们像水一样四处渗透，无孔不入。

昨天下午，雁门太守姚墨做了一个噩梦，他在水边行走的时候，突然被人推进河里，柔软的水草像一张网一样缠绕着他的四肢……梦醒之后，姚墨在床上抖成一团，脸上与背部一片潮湿。回忆梦中的征兆，不知是凶是吉。这时，有人进来回报，在秦家军的围剿之下，活动在周围一带的最后一股草寇已被荡平。就在刚才他睡觉的时候，流寇首领刘玄在清河边投水自尽，时年四十二岁。

刘玄的尸体从水中打捞上来后，割下了首级。姚墨注视着刘玄的尸首，想起了午后的那个噩梦，看来是真有人落水了，但不是我，而是他，是眼前的这个尸首异处的曾叱咤风云的刘玄。他看了一阵，急忙打道回府。

傍晚，捷报又一次传进太守府，秦家军活捉了另外两名首领田虎与唐宣赞，至此，草寇全军覆灭。姚墨在府中张灯结彩，大摆筵宴，恭迎秦家军凯旋。当天夜里，姚墨写了一道奏折，命人星夜送往京城。不久之后，朝廷下旨，命姚墨亲自解押田、唐二犯并刘玄的首级，迅速赶往京城。

临行前，姚墨亲自察看了木轮囚车的结构与可靠程度，在大守任上以来，这是他第一次使用木轮囚车，以往用的都是绳链棍棒、刀枪剑戟，这回不同了，这回要押解两个大活人进京。田、唐二人均是钦点的要犯，谨慎行事是必要的，此事稍有纰漏，后果将不堪设想。姚墨不放心手下的任何人，他觉得除了他自己以外，任何人都有放走二犯的可能，多次亲自察看，仔细核对。类似“捉放曹”一样的玩笑简直太大了，他开不起。有时半夜里从睡梦中醒来，他也要披衣下床，命人跟随，再去查看一次。那天晚上的庆功宴上，秦飞曾半是玩笑半是提醒地对他说，我把人给你捉来了，你可不要在解送进京的途中让他们跑掉啊。秦飞的酒后之言是什么意思？带着明显的轻蔑与不信任，这样说话太生分了，太伤他的心了。他当即尴尬万分地说道，那是，那是，那样的话，我还有脸回来么？即使我自己跑了，也绝不能让他们两个跑了。

去年春天，升任太守之后，姚墨喜得一子。此前，他娶了秦城豪绅孔仪的女儿为妻，孔家小姐只有一只眼睛，但孔家富足天下。婚礼上，孔仪陪送给女儿的嫁妆绵延十里之许，娶了孔小姐，姚墨在一夜之间也成了富户。后半年的时候，他在太守衙门后面修筑了一个园子，取名“墨园”——那天晚上，秦飞为“墨园”题了字——当地的陶瓷工匠将一幅巨大的《洛神赋图》烧制在园中的亭壁上。有一天，姚墨处理过几桩公务，正在园中散步，假山下忽然突如其来地喷出一股泉水，姚墨被浇得目瞪口呆，猝不及防，此后一连数日高烧不退，呓语联翩。

眼下，虽然经过公堂上的几度审讯与拷问，田虎的下肢已在杖下彻底瘫痪了，插翅难飞；另一个文弱书生唐宣赞也已身染重创，根本不足为虑。但姚墨仍然不敢懈怠，反而更加小心了。一段时间以来，他的左右两只眼睛跳得十分厉害，像是有马匹在上面奔跑，这使他常常坐卧不安，彻夜难眠。近来，园中又常常传来一些怪声怪气的响动，他在各处加派了兵卒，日夜巡察，响动是没有了，但那种不可名状的气氛仍然久驻不散。他不知道那是什么？

昨天晚上，他刚刚躺下，正在胡思乱想，还没有来得及闭上眼睛的时候，手下的一名官员突然带着两名神色慌张的狱卒来了。两名狱卒虽然其貌不扬，但却带来了一个惊人的消息：罪犯之一的唐宣赞面色如土，呼吸如丝，已经两天水米未进了，这会儿口中只有出气没有进气，好像快不行了。

狱卒带来的消息使处于蒙眬中的姚墨立即从睡榻上滚落下来，眼前的几个人被太守的异常举动吓了一跳，他们急忙把姚墨从地上扶起来。姚墨被放在床上，又翻身坐了起来，眼前的重影层层叠叠。他问狱卒说，那一个呢？那一个怎么样了？都不行了么？狱卒回答说，那位好，这会儿睡得正香，鼾声如雷。大人还不知道吧，那个姓田的，一顿吃四个窝头呢。姚墨说，四个什么？狱卒说，本来一人两个，可那个姓唐的不吃，都让姓田的吃了。姚墨说，到底是屠户出身，直肠子，能吃能睡，不像读书人那样可厌。狱卒说，大人所言极是，那些读书人的心眼窄得令人吃惊。姚墨吩咐说，立即准备车马，今夜就启程进京，不能让他们死在这里，知道吗？他们一死，我们都得赔进去，谁也脱不了干系。

这天晚上，姚墨钻进了事先准备好的一顶轿子里，率领众人向京城进发。四十余名官兵，骑马的骑马，持刀的持刀，两辆木轮囚车被簇拥在中间。有人抱着一只黑色的木头匣子，里面盛放着贼首刘玄的首级。

旅途是黑暗的。一种接近于疯狂的声音在夜晚里回荡着，从上路之初，那种声音就一直伴随在左右，那是什么？苹果树坚硬的枝杈？遍地的夕烟？几个没有夜行经验的轿夫深一脚浅一脚地向前运行着，姚墨在轿子里咬着牙，忍受着冗长的夜行与无情的颠簸。是的，为了少出纰漏，早日进京，一切该忍的他都忍了，某些不堪承受的，也照样挺过来。从上轿到现在，一幅驱赶不掉的画面一直在他的眼前化入化出，几次闭上眼睛，再次睁开眼后，那种令人不安的画面仍然尽收眼底。姚含墨被眼前的画面折磨得烦躁而精疲力竭，画中的内容是一场哄堂大笑。

姚墨在轿子里不知不觉地红了脸。他们笑什么？如此放纵而明火执仗的哄堂大笑，是在笑我吗？我有什么不对的地方？这时，一名侍卫的佩刀突然碰响了他的轿子，他感到一阵心悸，急忙命人停下轿子，从里面出来，来到载有唐宣赞的那辆木轮囚车前。有人照着亮，掀起帘子，唐宣赞昏迷未醒，事实上，一路上这个禁不起折腾的文弱书生一直都在昏睡。姚墨看了一阵，低声说道，祖宗，你可千万别给我死在路上，很快就要到京城了，到了京城，奏知圣上以后再死也不迟，万一圣上赦免了你，那是你的造化。之后，他又走到另一辆囚车旁，有人刚要揭起帘子，里面传来了田虎的沉重而冗长的鼾声，姚墨摆了摆手，在黑暗中颇为安心地笑了一下，转身回到了轿子里。

此去京城，沿途埋伏着长短不一的虫鸣，远处一带肃静的黑压压的树木，如同正在班师回朝的重兵。四更天的时候，姚墨在轿子里感到了一种彻骨的寒意，他悔恨当初没有多带几件衣服，太仓促了，太草率了，本来是一次威武而舒畅的仪式，现在看起来倒像是一次噤若寒蝉的仓皇出走，一群慌不择路的惊弓之鸟。传出去，必将遭人贻笑。他走的时候，夫人已经入睡，她的两名贴身的侍女吹灭了屋里的红烛，到外间做针线去了。好好服侍夫人，你们也睡吧，针线就不要做了。他嘱咐两个丫头，他的颤抖不止的语音使两个丫头意识到发生了什么不吉利的事情，她们脸色苍白地放下了手里的针线，不安地靠在一起。临上轿前，他听到城内的谯楼上正打二更。

轿子在沿途浓重的霜露中随意颠簸，如同漂浮在水上，兵士与衙役们的脚步声极其紊乱而匆忙，轿夫的喘息声近在眼前。一种孤立无援的东西渐渐向姚墨袭来，实际上，自始至终，这条黑暗的路上一直都是我一个人在走，这群没出息的东西，慌里慌张的样子像是去偷人，带着这样的一群乌合之众进京面圣，实在太煞风景。他想起了能征惯战的秦家军，那些人好像天生是打仗的料，从娘胎里一爬出来，似乎就已熟知兵法与剑器，胸有成竹了。庆功宴之后，他在一旁看秦飞题字，说实话，秦飞的字比他手中的那杆神出鬼没的长枪差远了。洞庭湖的钟松是什么人？贼寇领袖，一个著名的妖人……不知为什么，一路上他一直合不上眼睛，他想起了一个女人的身体。

不久之后，在那种晃晃悠悠的行进之中，他终于睡着了……一个阳光灿烂的天气里，远处的沙地一片潮湿，空留着几行马蹄印，远看如同一溜整齐的雁阵。在一个朱顶红的亭子里，传来了唐宣赞的琅琅入耳的读书声，几只白发苍苍的鸟栖落在附近一带的翠绿的枝杈上。彬彬有礼的鸟，温文尔雅的水，姹紫嫣红的花卉，透明的阳光，一切都那样光滑而令人满意。公子在学问上的日渐长进，使他在得到一笔赏银之余禁不住欢欣雀跃，他在亭子外的草地上不断地翻着一个又一个的跟头，如同一只善解人意的惹人怜爱的毛茸茸的小狗。树丛后面，彩裙飘舞，阵阵清脆的笑声传来，如同穿过枝叶的阳光，是什么瑰艳芬芳的东西挂在树上，金钗？凤鸟？昨夜的梦魇？

“大人，天亮了。”

有人在他的耳边低声轻唤。姚墨睁开眼以后，看见一缕明亮的光线已照进了轿子里，轿顶上浮动着一片吉祥的红光。他从轿子里下来，早晨的空气在他的脸上化作了一线疲倦的笑容。他询问站在身边的人：

“到了什么地方了？”

“回大人，已进入冯县境内。”

姚墨向远处望去，有嘈杂的人声隐隐地传来，那里好像有烟火，并有车马之声。这时，前面的人传话回来说，那边果然有一个集镇，镇内青色的瓦舍与黛青色的街道给人以坠入阴曹地府之感。这句耸人听闻的话就是这么传过来的，有的人没听见，姚墨听得清清楚楚。他不知道传话的人为什么如此不懂事，信口开河，什么话都敢说？

那个胆大妄为的家伙是谁？姚墨此时无心追究。大队人马一路而来，很快进入了那个烟雾缭绕的集镇里。姚墨命人停下轿子，众人在这里吃饭、喝水。姚墨让人捡了两盘食物，给囚车中的田、唐二人吃。不多时，去的人回来了，手里拎着一只空盘，另一盘食物又原封不动地端了回来，向姚墨回禀道，田虎的已经吃完了，唐宣赞仍不肯进食，不知他紧咬牙关为哪般？

这个冤家，他是存心要置我于死地呀。姚墨叹了一口气，命人把唐宣赞的盘子又给田虎端去了。田虎这个人虽然比较粗糙一些，但真是省心，狼吞虎咽，能吃能睡，真让他感到可爱。早知姓唐的这样难侍弄，当初还不如让秦家军把他杀死呢，那样会省去多少麻烦。

“大人，他这是要咱们好看呢。”一名阴阳怪气的兵卒怂恿道。

吃过早饭，又开始上路。临上轿前，姚墨最后一次向街心里打量了一次，他想起了那个别有用心而又冒冒失失的传话的人，看来他说的多半是实情。眼前的这个镇子的确有些古怪，非同寻常，街道以及沿街两边的整洁的瓦舍，都是黛蓝色的，许多的迹象都在表明它是一个阳光终年无法照耀的地方，街上的行人稀稀落落，互不理睬，连个打招呼的也没有，每个人看上去都心事重重。离京城不远，居然途中还藏匿着这么一个地方，姚墨以前闻所未闻。接下来，他不无惊异地发现视线中的街景轮廓与某些显著的特征竟有些似曾相识……

离开镇子不久，一名刑吏从后面跑上来，站在轿前，惴惴不安地对姚墨说，唐宣赞好像没气了，推一下动一下，不推就不动了。刑吏说完之后，站在轿前等待太守发话，但姚墨似乎没有听见刑吏的话，也没注意到有人站在他的轿前，他一手撩起帘子，痴迷地向远处眺望。刑吏朝路上望了一下，有些不知所措，他不明白太守在看什么，这样致命的消息他都听不见？什么东西转移了他的心情与视线？漂亮的女人？太守并非一个好色之徒，这从他对自己的那位独眼夫人情有独钟的表现上便可见一斑，那么，排除了这些，又会是什么？

此次进京途中，姚墨可谓开了眼界，长了心眼，太玄妙了，一切都意味着颤颤巍巍，犹如脆弱的随风而折的花茎，由此看来，几乎没有什么能够禁得起折腾，可怕的折腾，反复无常的情节。一路上，除了仓皇如鱼的百姓与商贾之外。经常可以看到那些被逐出京城的官员，有的举家放外，妻儿老小愁云满面，有的独自一人，形单影只，随风飘零。面对此情此景，姚墨在观赏之余又不免有些心惊肉跳，太玄了，简直就是在刀尖上行走，类似的那种凶险莫测的厄运随时都会突然降临到任何一个人的头上，满门抄斩、血染家族的故事并非只发生在前朝，它随时可以重复再现。去年中秋时节，兵部侍郎王建正在合家团聚，饮酒赏月，突然出现的御林军将他的府邸围得水泄不通……

天近中午，姚墨在轿子里听到手下的几名官员突然嘈杂起来，他们在行进的过程发现了当朝诗人梁永桢。最先看到梁永桢的是姚墨手下的一位幕僚，这位小有文名的幕僚，数年前还在宫里唱和，曾亲自聆听过大学士梁永桢献给皇帝陛下的颂歌。现在，他突然看到衣冠不整的梁永桢之后，不禁大为震惊。梁永桢临水而立，似要投水……幕僚急忙来到轿前，征询太守姚墨的意思。幕僚说，不久前他刚刚被召回京师，怎么又被贬出来了？要不要叫他过来？卑职的意思是……

“不管他。”姚墨从轿子里向外望了眼，立即打断了幕僚的话，皇上刚把他扔出来，咱们又把他捡起来，你有几个脑袋？再说，天下的读书人有的是，死了一茬，还会有一茬。李白不是死了么，死就死了，多少年后又出了一个苏子瞻；苏子瞻也死了，死就死了，以后还会有人出来的，陆弓良也死了，梁永桢就不该死么？再说，国家的兴衰，与他们何干？继续赶路。

姚墨说完，垂下帘子。幕僚刚才的话使他很不高兴，这个人，太不会说话了，难怪在宫里立不稳呢，一大把年纪了，竟如此幼稚而又不省心。良材难觅啊。

这天傍晚，天色渐渐阴暗起来，虽然还没有下雨，但空气中已出现了雨的气息。路上的行人已经不多了，黑色的耕牛与农夫在雨前阴暗的田畴里奔跑、闪烁。

姚墨打起帘子。远远地看见路边有一座客店。一个姑娘正在树下荡秋千……

刺　客

董相如回到房里以后，外面的天色已晦暗如夜。关上房门之后，他在灯下展开了那块石榴红的罗帕，仔细端详着。不多时，客店里的伙计进来送水，董相如急忙将罗帕收了起来。伙计告诉董相如说，天要下雨了，夜里小心着凉。这时，隔壁的房间里传来了高长卿的诵吟：

岐王宅里寻常见，
崔九堂前几度闻。
……
座中泣下谁最多？
江州司马青衫湿。
……
春宵苦短日高起，
从此君王不早朝。
……
大弦嘈嘈如急雨，
小弦切切如私语。
……
贾氏窥帘韩掾入，
宓妃留枕魏王才。

……

诚知此恨人人有，

贫贱夫妻百事哀。

……

董相如打开一册书，坐在灯下。雨前的征兆使归来的燕子变得惊慌失措，不时地将窗户触响。不久，董相如合上书，来到高长卿的房里。看眼前的情形，天气越来越坏，丝毫没有晴朗的迹象，难道还要在这个客店里继续滞留下去吗？还要滞留多久？大考的日期眼看越来越近了，他担心的是天气，明天一早能否启程进京……

董相如颇感吃惊的是，高长卿此时竟然对天气的变化毫无兴趣，很不以为然，对于明天一早能否启程进京，更是只字不提，置若罔闻，仿佛与己无关。高长卿向董相如讲述了他刚刚做过的一个梦：

梦中的高长卿，深受皇帝陛下与皇后娘娘的庇护与怜爱，陛下仁慈的声音如同五彩的祥云一样出现在高长卿的头顶上方。接下来，他看到了皇后娘娘的优雅的手势与如水的笑容。正当高长卿披上猩红的蟒袍、山呼万岁之时，大殿上突然传来了宰相的声音，宰相针锋相对的谏语使正在行跪大礼的高长卿如坐针毡。宰相对圣上说：

“陛下千万不可以貌取人，此次大考，高长卿的名次……”

“直说无妨。”

“微臣实在羞于启齿。据主考官郑大人讲，高长卿名落孙山。”

此言一出，大殿上下为之哗然。高长卿伏在地上，听到宰相仍在陈述：

“微臣以为他是一个胸无点墨、游手好闲的市井无赖，陛下万不可被他的美貌所迷惑，如此一副臭皮囊，将来必定祸国殃民……”

宰相后面的一席话触怒了皇帝陛下与皇后娘娘，宰相后来是什么时候退出大殿的，高长卿已经记不起来了。接着，有人过来扶起了长久跪伏的高长卿。皇帝陛下说，虽然你名落孙山，朕还是喜欢你的。陛下好像就是这么对他说的，皇后娘娘还说宰相是个疯子。

一天晚上，两名化装成刺客的大内高手秘密潜入相府。其时，宰相刚刚下朝归来不久，正在灯下读书。烛花砰砰暴跳着，宰相放下书，正要叫人，忽然感到眼前一阵发黑，夜晚的阴风穿堂而过……

三日后的金殿上，刚刚被召回京师的翰林大学士梁永桢面圣谢恩。梁永桢指控：钦差大臣高长卿阴谋策划，派人行刺宰相，一名刺客当场身亡，死者是朝廷大内的夏公公。

梁永桢指控之日，钦差大臣高长卿已奉旨离京，正在典州一带体察民情。

“这真像一个梦。”董相如说。

高长卿沉浸在梦境之中，面含喜色。他对董相如说，陛下是喜欢我的，这会儿，梁永桢恐怕早已又被逐出京师了。

董相如说：“他不是奉诏进京的吗?”

高长卿说：“那又怎么样，进去了，就不能再出来了么，这是报应，是天意。”

高长卿告诉董相如说，梦醒之后，他感到四肢倦怠，印堂灼烫，一种潮湿的血腥之气在他的身体四周萦绕，久驻不散。

董相如听罢，立即笑着说：

“刚才店里的伙计在院里杀了一只鸡，你闻到的是溅出来的鸡血。”

鸡血？

董相如拉着高长卿来到庭院里。店里的伙计此时正在收拾地上的那摊血迹，老板刚才为血迹的事大发了一通脾气。伙计一边收拾，一边低声嘟囔着，一把年纪的人了，火气还是那么大。鸡已经褪洗得干干净净的了，这会儿放在一只木盆里，四周有飘零的鸡毛，有的黏附在地上。入夜后的庭院，凉气袭人，墙边的一带树木低微地簌簌作响。伙计后来抬起头，看到高长卿与董相如都出来了，正站在屋檐下的台阶上看他收拾残局，急忙说道，公子醒了？要热水吗？我这就得了，我知道你们明儿一早还要赶着上路呢，这鸡汤就是给你们二位预备的，主人吩咐过了。

怎么回事？难道是行刺宰相，未获成功？高长卿注视着伙计手上的血迹，从台阶上下来。太意外了，一切都令人始料不及，为什么一件圆满的天衣无缝的事情会弄到如此地步？破绽重重，漏洞百出，是谁在从中作梗？一个青面獠牙的术士？一名慈眉善目的老人？那猩红的鸡血仿佛是突然从地上渗出来的一种极为平常的霜露，它的冰凉程度丝毫不容置疑，把它与一条性命联系在一起，是不是有些过于唐突而牵强附会？霜露就是霜露，为什么要说成是鸡血？为什么不说是一摊人血，某人的一腔所剩不多的热血？这个每年为京城容纳、输送大量举子的客店，初看起来倒也有趣。事情果然败露了吗？根据是什么？拿凭证来——

董相如注视着楼上的纱灯，崔小姐生前住过的闺房几天来一直是宁静的，一如她从前在其中相思、熟睡、伤心落泪。出于对高长卿的狂躁情绪的缓解与抚慰，出于对结伴赴京的憧憬，董相如把自己几天来掌握到的、有关崔小姐的那些一鳞半爪的事情耐心地讲给高长卿听。……整整一个夏天，崔小姐一直都在凭栏远眺，期待着前来迎娶自己的花轿从大道的尽头翩翩而来。在相思心切的崔小姐看来，婚礼上许多累赘的不必要的东西都可以省略不计，包括那种象征着喜庆与吉祥的欢快的鼓乐之声。花轿如期而至，这就足够了，其余的一切附设与礼仪都会因此而黯然失色，别无一用……时间进入秋天，距离预定的迎娶的日子越来越近了，湛蓝的秋高气爽的天空里时常回响起令人莫名其妙的闷雷，栖居在栋梁之上的燕子开始举家撤退，向南迁徙。那些天，崔小姐的房中几乎夜夜都亮着灯光，灯光总是持续到次日天亮之后才最后熄灭。婚期的渐渐临近，使崔小姐突然结束了以往的凭栏远眺的习惯，她整日待在房里，几乎很少下楼。她开始貌似安详地在床前描红绣金，整理旧日的某些闺阁之物。谁不知道她近来平静如水，谁不知道她此时早已心猿意马，思绪乱成姹紫嫣红的一团？

中秋时节的一天，一匹飞驰的白马出现在大道的尽头，在客店的门前，一路而来的白马发出一种短暂而沙哑的咴咴声之后，一个人翻身下马。骑马而来的这个人披着一袭长长的青麻，跌跌撞撞地走进店堂里。来人泪流满面地向正在筹划婚事的崔家的人报告了一个不幸的消息：崔家未过门的姑爷，已于昨日下午暴病身亡了……

董相如讲述的故事并没有打动高长卿，高长卿事实上根本就无心倾听，他仍沉浸在对梦境的回味与推敲之中。在董相如缓缓陈述的过程中，高长卿心中忽有所动，似已初步理出了某些头绪，其中的几处细节使他不禁恍然大悟，不寒而栗——

“这件事，好像在时辰上出了一点毛病。纰漏就出在时辰上。”

外面下起了小雨，雨中传来了一阵清晰而急促的叩门声。

高长卿说完之后，立即回到房里，仰倒在床上，眼睛望着白色的帐幔。董相如站在门前，他听到客栈的前院里响起了辚辚的车声与马的嘶鸣，并伴有嘈杂的人声。不久之后，阵阵煮酒的气息越过黑暗而狭窄的门廊，一直向寂静的后院里飘来。

伙计提着热水来到后院，董相如从伙计的口中得知外面来了一位太守，带着大队的人马，还有两辆木轮囚车，车上有两名垂死的钦犯。

阶下宽大的桐叶在细雨中变得幽深而墨绿，闪闪发亮，青黛的屋瓦发出阵阵清音。西边的一间厢房里透出灯光。傍晚的时候，有远道而来的一主一仆两位客人住了进来，旅途的劳累使他们看上去意气消沉，疲惫不堪，这会儿，主仆二人正在房中说话，董相如听到他们寥落的话语中笼罩着强烈的睡意。不久以后，房间里的灯熄灭了。廊下的细雨犹如夜半的琴声。

董相如来到高长卿的房中之时，高长卿不知什么时候已经睡着了。熟睡后的高长卿，脸上仍然扭结着一种怏怏不快的神情，眉峰紧锁，双颊赤红。董相如在床前注视了一阵，叹了一口气，轻轻地将帐幔放下。

不过是一个梦，他却信以为真了，除了在时辰与次序上稍有纰漏外，他认为一切的细节都是真实的。董相如在走向自己房间的过程中，想起了高长卿融入梦境后的那种可怕的状况，他不明白高长卿为什么如此冥顽不灵，执迷不悟？难道他不打算启程赴京了么？任凭那个荒唐的梦继续泛滥下去？毫无疑问，是后院门前的那摊散发着腥气的鸡血使高长卿的心情变得一落千丈，坏到了尽头，此前，经过一阵短暂的睡眠之后，他已恢复了体力与精神。自从看见那摊血迹以后，他的神色就开始不对了，眼睛里闪烁着一种令董相如极为罕见的东西。还有那几根四处飘零的鸡毛，仿佛在一瞬之间构成了他梦中的余音与重影。董相如想起自己小的时候，有一次正在午睡，淘气的表妹拿着一根彩色的鸡翎来到他的床前，将他弄得浑身奇痒。眼下，高长卿会不会也因浑身奇痒而不能自拔？要知道，没有几个人能够承受住羽毛的那种若有若无的骚扰，高长卿一副女人的容貌与身段，他能够例外吗？这个客店里的老板真是个多事之人，好好的偏要煮什么鸡汤呢，难道他也是心血来潮，鬼使神差？

都疯了。

董相如回到自己的房里，傍晚时分打开的窗户还未关上，房间里明显地隐藏着一种潮湿的寒意。床、杯子、书籍、帷幔，一切看上去都湿漉漉的。客店的前院里这时传来了猜拳行令的喧闹之声，杯盘相撞，酒气四溢。

仿佛也是这样的一个夜晚，无声的细雨随风而入，董相如从床上坐起来，无比惊愕地看到门前的黑色的药渣堆积如山，几乎堵塞了他的一切去路。那是我吃过的药么？我什么时候吃了如此多的药？夜已经很深了，没有人告诉他事情的来龙去脉。就在那种时候，他突然听到远在厨下的药锅从灶上跳起来，发出了一阵清脆的碎裂声……完了……可是，天已经这么晚了，谁还一直守候在火前煎药？那么煮好的黑色汤汁要送到哪里去……

第二天早晨，一阵急促的风雨吹开了窗户，董相如从惊悸不安中醒来，外面大雨滂沱。大雨似乎整整下了一夜，客店的后院里已经积满了水，除了台阶高出地面之外，其余的地方已无处下脚。现在，一个忙碌的身影正在发黄的雨水中穿梭，客店里的伙计正在疏通水道。

董相如从房中出来以后，发现高长卿早已起来了，此时正站在廊下看雨。董相如向他走过去。眼前的这场先后酝酿了多日的大雨终于下来了，启程进京已成为妄想，至少还得在这里滞留一天，甚至几天。董相如忧心忡忡地看到高长卿的脸上也布满了类似的难以驱散的愁云。回避昨夜的话题是必要的。董相如在看到高长卿以后，这样提醒自己。

高长卿盯着董相如的脸，问道：

“你昨夜哭过了？出了什么事？”

高长卿的话听起来多少有些莫名其妙，无边无际。董相如摇摇头，心中不禁为之一惊：他想说什么？难道又要提起昨夜……

“你的脸上有泪痕。”高长卿说。

这时，西厢房的门开了，住在里面的一主一仆先后走了出来。一夜的睡眠，使唐宣赞的精神重新振作了起来，家童含墨跟在他的身后，这个稚气未尽的孩子，望着眼前的大雨竟欢呼了一声。众人通过姓名之后，唐宣赞说自己昨夜睡得幽深莫测，甚是平稳，竟丝毫没有听见外面的大雨下了一夜。

董相如看了含墨一阵，对他说，好小子，昨夜我梦见你做了太守，一路上车马夹道，摇旗呐喊，好不威风。

含墨红着脸说，公子太夸奖我了，我是那块料么，能给太守牵牵马，我就谢天谢地了。之后，又指着唐宣赞，对董相如说，将来，我们这位爷做了太守，我就是牵马的，研墨的。

高长卿对唐宣赞说，瞧他这张嘴，到宫里做一名能言善辩的宦官是绰绰有余的。

这天上午，含墨在唐宣赞的吩咐下，去前面的店堂里置办一桌酒席。萍水相逢，天赐良机，唐宣赞执意要与董相如、高长卿在一起饮酒赋诗。下雨天留客天，是天要留人。

外面风雨交加，往日喧闹的大道现在空无一人。不多时，老板派出去采买的两个伙计都冒雨回来了。时近中午，酒席已备好了。

众人落座之后，唐宣赞首先站起来，一夜良好的睡眠使他变得才思敏捷，出口成章，率先吟出了席间的第一首诗。

琵 琶

昨夜的一场风雨使皇英一直失眠到天亮。她时睡时醒，在黑暗中睁着眼睛，外面的雨太大了，天似乎破了，空中仿佛布满了破绽与漏洞。京城那边也在下雨么？

早上起来，她感到四肢倦怠，头重脚轻，外面的雨水似已有所收敛。在对镜梳妆的过程中，她看到了出现在眼眶下面的乌青的幽晕。她的那种郁郁寡欢的神情官僚主义。指出人类总得不断地总结经验，有所发现，有所，很快就引起了小霜的注意。

“姑娘昨夜没睡好么?”

“他今天就要上京赴考走了，我这个样子，怎么出去送他呢。”皇英说。

小霜一听，乐了，对她说，姑娘敢情是忘了？从过年至今，董公子一直都在病中，他门前的药渣都快堆成山了。昨天，我去打水的时候，看见那位姓白的大夫又来了，听说他这几日常整夜整夜地咳嗽，竟比先前又厉害了。

我昏了头了。皇英想，要不是小霜提醒，我还在痴人说梦呢。他那个样子，连自个儿的性命都保不住，还能上京赶考去么？他前后吃了那么多药，没想到还是无济于事。眼看考期越来越近了，不知他在想什么？

小霜压低声音说，姑娘不知听说没有，老爷和太太前天流了半夜的泪，商量着要给他准备后事呢。

皇英听说，立即摇摇晃晃地从镜子前站起来，她刚跨出门庭，眼里的泪就禁不住无声地淌了下来。

——前院的暖阁里，传来了董相如空洞而持久的咳嗽声。

原载于《收获》一九九四年第四期

初　夏

早上起来一开门，看见门前的那座山还在，还像过去一样稳稳的，满山的露水，还有一点点雾，赵玲这才放心了。她手里拿着一把梳子，一边慢慢地梳着头发，一边有些愣怔地看着眼前的那座山。

昨天夜里，她竟梦见它跑了，无缘无故地不辞而别。最初的时候，忽然听见它在外面轰隆轰隆地发动，就是那种声音引起了她的注意。声音后来越来越大，一堆一堆地往她的耳朵里落，她就知道不对了，就赶忙往外跑，一只凳子也被她带翻了。跑到门口时，看见它已经发动完了，那种轰隆轰隆的声音已经没有了，整座山都已经起来了，离开地面两三尺高，一看就知道是刚才的那一阵发动已经发动成功了。它正在慢慢地飘着，有一些摇晃，但看上去却显得无比的轻盈，无论要飘向哪里，都应该是很容易的。她站在门前，有些吃惊地看着。她想，山怎么能自己升起来呢？像是修行得法、成了精，而且看样子是要走了。

就在那时，她忽然看见整座山微微地皱了一下眉头，然后就开始慢慢地舞蹈一样地向远处移动，满山的露水如石头一样在滚动。看见真的是要走了，并不是在吓唬她，她着急得脸都有些红了，她不停地向它招手，想把它叫住。

她说，哎，你要去哪儿？

山说，我走呀，我不在你们这里了。

她说，好好的为啥要走呢？

山说，肯定是不好，好我还能走么？我又不是傻子。

她说，哪儿不好呢？

山说，你别问了，我想了好久，我决定要走了。

山的声音里有雾，还有一种她能听出来的艰辛。山上的草木也都十分安静，像是坐在一艘已经走开了的船上，有的靠在一起，有的独自站着，看着自己手臂上的苔藓。

已经走开了的山忽然又回过头来，对她说了一句话。

山说，我认得你，你姓赵。

听声音，好像后面还有话没有说尽呢。她有些吃惊地问道，你还知道我的名字？

山说，咋能不知道呢，每天都能看见你，看见你开门出来，关门回去。你一个人在屋里都做些什么呢？

听见山这么说，她又是吃了一惊，没想到它竟一直都在注视着她，真是让她又惊又吓。梦也没有梦到过，原以为平时很少见到人，她的一切都是一个又一个的秘密，没想到却被门前的这座山都看在了眼里。惊就惊在从来也没把它当成一个要防范的对象，觉得它就是一座山，石头、土、动物、植物、露水、阳光，从来也没有觉得它竟也会有心计，也会观察，会想，会思索……她不敢再往下细想了，她不知道它到底还看到过什么，还知道些什么。几年来，离得这么近，一出门首先就能看到它，它也许知道她更多的事呢，也许看在眼里的，记在心里的，比她本人还要多呢，只是从来都没有说过罢了。

这座山啊，这么多年一直都暗暗地憋着，憋得心里满满的，如今要走了，才突然冒出这么一句。

看着正在渐渐往远处移动的山，她忽然觉得这或许是一个能留住它的好办法呢，它不是说和她熟么，熟还能这样？

于是，她说，就凭这，你也不应该走呀。

听见她这样说，山回了一下头，像是犹豫了一下，但很快又转过脸去，载着满山的草木和露水往远处去了。

她觉得是因为她一下没拽住，还有些话也没说到，它才走了的。她难过地惊叫了一声，醒了过来。

一伸手，摸到了脸上的泪，翻身的时候她又感觉到了，正在她的脸上露水一样咕噜噜地滚动。有一颗跑得最快的越过她的上唇，咚的一声落进了她的嘴里。那座山，怎么会突然想起要跑呢，怎么会说跑就跑了呢？她想不明白。尽管醒来以后很快就发现那不过是一个梦，但她还是觉得有些不踏实，不亲自起来出去看看，她还是不放心，躺着也已没有了躺着的意义。

于是，一边想着，一边就起来了。

慢慢地开了门，先不敢往高处往远处看。只是先从门口看起，一点一点地看过去，看见了一段七扭八歪的路，比水桶粗不了多少，白森森的，瘦干干的，像是一些熬过无数遍的骨头，心里就渐渐已失尽了油水，胡乱地连接在一起，越连越远，越接越高。心里就渐渐有了些底，知道那山应该还在，不然下面的那些又白又细的路就没地方去，就不会越走越高。接着又看见了黄米一样的沙子，粉红的沙子，挨过去以后又是一丛一丛的灌木，雨水冲出的小沟，如逐年留下的伤痕。到这时，已有了八九分的把握，再加上一些原来听惯了的声音，就终于敢抬头了。于是，猛一抬头，看见那座山果然还在，如同平时一样，庞大无比地坐落在她的面前。

她长长地出了一口气，听见满山的露水发出哗哗的响声。

那时候太阳还没有出来，但已经有了那种要出来的气象，似乎只要有人轻轻地叫上一声，它就会立即蹦出来。

年初，王明走的时候，对赵玲说，下次再回来的时候，一定要想办法给她带一只小狗回来。王明是怕她一个人在家里太闷了。小狗有多大呢？王明说，实在是小得厉害，比一个烤白薯大不了多少，这说的还是咱们这边的普通白薯。要是碰上河南山东的那种长得奇大的愣地瓜，它们一窝也没有人家一个大。而且，最重要的还是它不长，一直都不长大，抱回来的时候是多大，将来也还是多大，到死的时候也还是那么大，不管它能活几年，永远都是那么大。王明边说边用手比画着，又对赵玲说，你一定会喜欢的，只是到时候别光顾喜欢狗，把我给忘了。赵玲对他说，看你出息的，你还不如一只小狗么？王明说，那可说不定，现在好多女人都把她们的狗当成她们的半条命呢。听王明那么说，赵玲就想，那是一只什么狗呢？怎么会一直不长呢？世上的东西，只要是生命，就都会长大，那小狗为什么不长呢？她想了半天，觉得很可能和人有关，是人不让它长。这样想过以后，赵玲忽然觉得自己的心里并不盼望那只小狗的到来，她想，最好的最简单的办法莫过于王明一到了那边后就把这事忘了。

王明是过完年以后走的，在一个离家很远的地方，他每天的工作就是在一张又一张的纸上涂抹胶水，至于那些涂抹了胶水的纸是用来做什么的，他完全不知道。不仅他不知道，与他一起在纸上涂抹胶水的另外几个人也都不知道。有一个已经涂了四五年了，到现在仍然不知道自己每天是在干什么。他们曾问过一个负责管理他们的小头目，小头目说，问这干什么？不该你们知道的就不要瞎打听，打听得多了，对你们大家都不好。你们只管把胶水涂好抹匀就行了，别的都与你们无关。慢慢地，见面的次数多了，小头目与他们也都熟了。有一次，小头目对他们说，你们问我，以为我不告诉你们，其实我也不知道。我只知道我负责监督检查你们在纸上把胶水涂好抹匀就行了，我真不知道这些涂了胶水的纸是用来做什么的。听见一向凶悍冷酷的小头目这样说，大家一时又都觉得他很诚恳。原来小头目也有另外的一面呢，他平时的那副鬼面目没准是故意做出来的，完全是怕镇不住手下的人才不得不那样做的。当个小头目也不容易呢，上下都得弄顺溜了，哪一头不顺溜了都是麻烦。趁着气氛好的时候，一个名叫翟贵的人大胆地推测说，我怀疑那些经咱们的手抹了胶水的纸是用来做皮鞋的。翟贵此言一出，在场的众人都被结结实实地吓了一跳，惊讶，没想到，梦也没有梦到过，老板是什么脑子呢，长了一个怎样聪明的脑子呢？那位小头目更是被惊得立马变了脸色，他问翟贵，什么？皮鞋？你是听谁说的？你是从哪里听说的？翟贵说，我也好像是听有人议论过，不过不敢肯定。小头目说，好像？不能好像，不知道就不要乱猜乱说，知道了更不能乱说，你这个人，好让人害怕呢。小头目说完就要走，他忽然察觉到一种异常可怕的危险，觉得自己不能再继续和这几个人说下去了，谁也不知道后面还会再说出什么来，说不定会影响到自己的后半生呢。他命令大家继续干活儿，谁也不准再说话。边说边从身上摸出一个小黑本子，说，谁要是再说话，他就要毫不客气地把谁记下来，月底算总账，扣掉他这个月的工资。这个过程中，小头目不知何时又不知不觉地换上了平日里的那副凶悍冷酷的鬼模样，狼狗似的转了几个来回。待他走后，大家忽然又想起，干了好几年了，竟从来也没有见过老板的面，不知道长得什么样儿，更不知是男是女。众人都想，我们干的这叫什么事呢，一点儿也不像是人事。每天都在不停地干活儿，却从来都不知道自己在干什么。

走了几个月，王明只给赵玲打回来过一次电话，他说电话费太贵了。在电话里，他首先把电信部门骂了几句，因为怕花钱，所以也没敢多骂，只骂了几句，骂人也要成本呢。然后才开始说他自己，说他很好，让赵玲不要惦念。又说，上个月，他多抹了二百张纸，额外得到了二百块钱的奖励。自始至终，赵玲没有听见他再提小狗的事，就知道他可能真的忘了，这样一来，赵玲也就放心了。

结婚好几年了，他们一直没有孩子，不是不要，而是一直没有。王明对赵玲说，也许是看咱们没权没势又没钱，没人愿意投生到咱们家里来。赵玲虽然不这么看，但是也不明白是怎么回事。她的身体是很好的，丰满、结实、充满弹性，就凭那样的身体，别说生一个孩子，就是生十个八个也不应该是个事，可奇怪的就是一直没有。赵玲有时候也想，莫非真的就像是王明说的那样？

有一天早上，赵玲早早地起来，提着一个篮子到门前的山上去采蘑菇。头一天下了一场雨，树林子里的蘑菇纷纷冒了出来，都打着小白伞，静静地站在那里，像是在等着她去。她去了，一个人慢慢地在幽静的树林子里走着，把它们举起来，放进篮子里，有的进了篮子里，头还在摇晃。她说，不愿意跟我走么？已经举起来了，不愿意也不行了，不可能再重新塞回去了。有一阵，她直起腰，听到有虫子在叫，叫声长短不一，声音也大不一样，各有各的叫法。她听了一会儿，再蹲下去摘蘑菇的时候，觉得背后有些灼热。她接连换了好几处阴凉的地方，可背后还是觉得很热，那种热，像是贴在她的身上。她想了一会儿，忽然感到树林子里好像有一双眼睛，从一开始的时候就寸步不离地跟着她，无论她走到哪里，它都紧紧地贴在她的身上。

这样一想，赵玲不由得哆嗦了一下。

她停住了手，低声地对自己说，不能再采了。

这以后，她从地上提起篮子，飞快地从那片多是阴凉的树林子里跑了出来，一直跑回家里，关上门，一边喘气，一边透过窗户朝对面的山上看着。她就是从那里跑回来的，现在重新再看那段路，忽上忽下，神出鬼没地伸来缩去，她一路上竟没有被绊倒。站在家里的窗户前，她明显地觉得自己是在用着一种很大的力气看着那片树林子，这让她看得很累。那里面的那些蘑菇也都被她忘记了，一心只觉得再过上一会儿，一定会有一个人从那片树林子里悄悄地出来。

但看了半天，却一直没见有人出来。她呆呆地站在窗前，心里如同长出了草。她觉得连她自己也说不清楚，她究竟想要看到什么？是盼望着从对面那片树林子里突然走出一个人来，还是希望那片树林子一直就像这样安安静静，里面只有虫子的叫声和众多打着小白伞的蘑菇？她在心里对自己说，肯定不是希望有人突然从那里面出来，那正是她最担心最不想看见的。可是，要是一直没见有人出来，她又怀疑有人一直在那里面躲着，让那片树林子变得凶险莫测，那又会让她更不放心。现在，她忽然觉得，出来也不是，不出来也不是，都不能说是一件好事。

村子的形状如一根腰带，他们的这个院子坐落在最东边，像是一段末梢神经，而且还时常血脉不通—— 一个又深又宽的大水坑将他们与别的人家完全隔开，与整个村子隔水相望。很多时候，就是赵玲一个人。王明的母亲隔几天过来看看，眼睛里更多的是不放心。赵玲有时候想，住在这里，要是一不小心死在家里，死上一个星期，别人也未必知道，未必就能发现了你，太偏了。当初盖房子的时候主要是为了图清静，不想与邻里之间有纠扯不清的事情，现在看来，清静得好像有些太厉害了。

校长对赵玲说："最近咱们这一带有些不大太平，王明也不在，你一个人一定要多加小心。"

看见校长很严肃，赵玲说："出了什么事呢?"

校长说："本来不想告诉你，但你知道了也好，这样你可以多提高警惕，多长个心眼儿。"

赵玲说："到底是什么事呢?"

校长说："有一个歹人，好几个月了，连续作案，专门袭击年轻的女性。每一回的程序都是一样的，先是强奸，强奸以后再杀死。"

校长把每一个字都咬得很重，铮铮作响，赵玲还从来没见过校长这样说话。她想，校长这样说，是在强调事情的严重性，是要让她引起足够的注意与警惕呢。校长说的这件事，赵玲也曾经隐约听说过，可没想到转眼之间好像已到了每一个人的身边。那事，她一直都是当作一个新闻或故事来听的，从来都没有贴近地想过，现在，听校长这么一说，好像已经来了。

校长的目光在赵玲的身上上上下下地扫了几遍，后来忽然伸出手扯了扯赵玲的衣袖。

校长说："不要再穿这件衣服了，赶快把它脱了。"

赵玲说："为什么，不好看么?"

校长说："不是好看不好看的问题。你还不知道吧，那个家伙，专门袭击、重点袭击的就是穿红衣服的女性。别的颜色他都不管，只残害穿红衣服的，只对穿红衣服的女的下手。你还是小心为好，把它脱下来吧。"

赵玲说："为什么专门残害穿红衣服的?"

校长说："谁知道哩？也许最初伤害过他的，就是一个穿红衣服的女人。我是这么想的，至于人家到底是怎么想的，我就不知道了，我哪能知道呢？我又不是他，这得要问他去。"

这一回，校长的话真的把赵玲吓了一跳，要不是他说，她还不知道呢。她不禁有些感激地看了校长一眼，心里想着今天回去后就把身上的这件衣服脱了，以后再不穿它了。

这是在一个下午，在校长的办公室兼宿舍里，朝南的窗台上摆着一溜墨水瓶，大部分是空的，有的没有盖子。在这个有着一百来个孩子、八九名教师的乡村小学里，只有校长一个人有一个属于他自己的空间。校长有一次对他的女人说，为什么人人都愿意当校长？房子恐怕不能不算是一个原因，尽管不大，尽管很小。在那八九个教师里，有一半是正式的，剩下的就都是民办的、代课的，赵玲就属于剩下的那一半。

校长对赵玲说："听说要动了，要大动呢，要拿民办和代课的老师们开刀呢，以后再也没有民办和代课这种形式了，你还不赶快给自己转正，坐等着被拿掉?"

赵玲说："看你说的叫什么话呢，我咋能给自己转正呢，这是我说了能算的事么？要是我说了算，早就转了，一百次也转了，还能等到现在？"

校长说："人是活的，不会想办法么？你又不傻，你又不是想不出来。"

赵玲说："我就是想不出来。"

看见赵玲茫然若失地站在那里，校长说："你看人家孙晓红，一个人，要想在这个世界上混，就得像那样的，做人就要做那样的人，做孙晓红那样的人。"

校长忽然提起孙晓红，让赵玲一下想起好多事情。孙晓红原来也是他们这里的代课教师，来的时间比赵玲还要迟好几年呢。可是，短短的几年，孙晓红不仅转了正，而且一路上升，一路狂奔，很快就噌噌噌地上去了，如今已升至联校的副校长，已经不教书了，专门当官儿。如果她愿意干，校长一职也早晚是她的。

提起孙晓红，赵玲倒没什么，校长却是一身的伤痛呢。

"一转眼，人家已经成了我的顶头上司了。"校长牙痛般吸吸溜溜地说道，"我呢，死脑子，还以为还是原先的那个孙晓红呢，其实早就不是了。见了面，要么眼睛都不朝你看一眼，要么就是公文式的批评、教育、教训，对你一千个不满意，一万个看不上。公路不通，骂我；学生交不起学费，也骂我；井干了提不上水来，还是怨我；甚至全联校在县里排名靠后，社会风气不好，人们道德败坏，也都成了我的不是……你说，我一个比芝麻还要小的小校长，能管得了那么多么？那和我有关系么？后来，我总算是明白了，甚也不是，这就是在找我的岔呢，千方百计地寻你的不是，逼着让你自己主动提出来下台，辞职不干，真是厉害啊。”

赵玲说：“当初是你帮她转正的么？”

校长说：“是哩，不是我还能是谁？就是我这个贱人！……当初每天哄着我，连哄带骗地让我帮她转了正，是我瞎了眼，办了那么一件事，那是我这一辈子办得最糊涂的一件事。平时不想还好，一想起这些，我就难过得要命。赵玲啊，我不能原谅我自己呢。”

赵玲说：“孙晓红是个精明的人呢。”

校长说：“岂止是精明，肚子里全是鬼。她这一生就是用接连不断的鬼话一程一程地铺出来的。和她在一起，你永远也别想知道她在想什么，永远都摸不着她的脉，她好像没有脉呢。”

看见赵玲刚要说什么，校长却一下按住了她的手。校长说：“你别说，让我说。是哩，刚来的那时候，每天往我这里跑，你们可能也都看见过，每天最少来一趟。一来了就对我说：‘胡校长啊，我最佩服的人就是你了，你知道我这一生最大的理想是什么吗？’我说我不知道。她说：‘我最大的理想就是每天都能和你在一起。’……说实话，这话我当时就不敢信，可是，她总这么说，每天都说。人谁能架住这呢？我呢，慢慢地真的也就信了，不信也得信了。当时心里还曾经美过，还觉得自己很行，误以为很有魅力。有一次，我老婆让我穿一件几年前的旧衬衫，我嫌不好看，又担心不能够让孙晓红眼前一亮，就死活不穿，还大吵了一架，气得她呜呜直哭，唉。”

赵玲说：“大家都说她有一套能迷住人的功夫，那是天生带来的，不是谁想有就能有的。”

校长不住地点头，说：“是的，她会说话。她对我说：

‘校长啊，我要是转正了，就能天天和你在一起了，可是，我要是转不了正，说不定什么时候我就被辞退了，那你就再也见不着我了。’听她这么一说，我的头马上就嗡嗡地晕起来了，整个身上也热得厉害。我就在想，啊呀，她说得对呀！当时我就像烧红的热炭似的对她说，我一定想办法帮你转正。我没有和她来虚的，我是那么说的，也是那么做的。拿着我这张老脸，费了好大的劲，竟就真的帮她办成了。事情办成以后，连我本人都有些不敢相信，我总在问自己，那是我干的事么？”

赵玲看见校长的脸有些微微发红，最初她以为是自己身上的衣服把校长的脸映红的。后来她往旁边站了站，与校长拉开一些距离后，发现校长的脸还是红的，就知道不是衣服的作用。那么，是什么让校长红了脸呢？赵玲觉得，应该是被孙晓红气的。她看得出校长真是又气又悲愤，一只手还有些抖呢。她想，咋能气成这样呢？她好像看到了他的心里，悲愤、难过，后浪推前浪。她想，那就再听他说一会儿吧，说出来他也许就不那么难过了。她本来是打算要走了，校长的这间凌乱的办公室兼宿舍让她这个一向整洁惯了的人有一种说不出来的担心和不适。那种东西，多少有点儿像校长头上的一撮头发，总是那么生硬地支棱着，不听话地翘着，从来都没有倒下去过。

但是，校长却不管那些，他继续说道：“一转了正以后，我很快就发现她不对了，不是原来的那个她了，变成了另外一个人，再要想见她一面，已不是一件容易的事。有时候请假，说是去看病，实际上她没病，去的也不是医院，而是联校，教育局。”

赵玲说：“事实证明，人家那样做是对的。”

校长像是被一个东西狠狠地噎了一下，有些茫然地看着赵玲。他的嘴张开一下，但很快又合上了，脸上闪过一丝痛苦的表情。他说：“你是说，不然她咋能当上联校的副校长？”

赵玲点点头说：“不然的话，她现在还是我们这儿的一个代课老师。”

校长说：“是，肯定还在代课。当上就当上了吧，人是从我们这里出去的，我也高兴呐。可她的脸变得也太快了，全不念一点儿旧情。有一回，当着好多人的面训我，训得我抬不起头来，恨不得找个地缝钻进去，还说要撤我的职。他妈的个婊子，我他妈的一辈子忠诚党的教育事业，她说要撤就把我撤了？”

校长拖过那把靠背上露出棕毛和棉花的椅子，让赵玲坐。赵玲没有坐，他自己坐下了，坐下后不久，很快又在椅子吱吱扭扭的叫声中站了起来。

赵玲说：“我走了。”

校长说：“那事你要考虑。”

本来已经走到门口了，就在伸出手开门的时候，赵玲忽然又停了下来，她回过头，对校长说：

“你愿意再办一件糊涂事么？”

校长的表情像是被打了一枪，他说：

“什么事？”

“帮我转正。”

赵玲说着，又返了回来。

“啊呀，这事有些难办呢。”校长看着赵玲。不知什么时候，他又坐在了那把靠背上露出棕毛和棉花的椅子上。赵玲转过身的时候，看见校长的身体在那把椅子上奇怪地转了一下，划出一个半圆。接着，又听见校长说：

“不过，再难我也愿意帮你。”

为了表示心里的感激，她朝校长笑了一下。

她笑起来的时候很好看，这一点，校长也知道，所以，校长一改不久前的那种悲愤没落的神情，很快又变得高兴起来。

“不过，我得纠正你一下，”校长对赵玲说，“帮你办事不能叫糊涂事，因为你和孙晓红是不一样的，有着本质上的区别。给她办事，那才叫糊涂事呢。”

听到校长这样说，赵玲没有说话，只是笑着。

校长又说：“要办的，我要把你这件事当作我后半生的一件大事来办。”

校长的话如同一根绳子，又把她拉近了一截。赵玲自己也明显地感觉到了，感觉到校长一直在用力，仿佛在对她说，过来，过来，再过来一点儿。她渐渐地又有些不由自主地被拽了过来，离他越来越近了。

“坐下来和我说说话吧，我心里闷得很呢。”

校长看着赵玲，向她恳求道。说完，站起来，用手拍拍他才坐过的那把靠背露出棕毛和棉花的椅子，让赵玲坐下。赵玲犹豫了一下后终于坐下了，坐下去的那一刹那，她感到校长的一只手像一片云彩一样停留在她的头发上面。

很快，校长又从她的背后来到她的面前。那时候，赵玲听见校长出气进气的声音都很重，感觉他的身上好像背着一捆东西。

一个热气腾腾的学生突然推开门闯了进来，大声地问校长，水缸里还有水没有，要不要给你的缸里抬水进来？

校长瞥了一眼靠墙放着的那个水缸，里面的水已经见底了。按照以往，正是需要水的时候，学生们的估计是对的，但是此刻，校长却不想让他们乱哄哄地抬着水桶进来。另外，他本人也被那突如其来的动静吓了一跳，完全没有一点儿防备，惊得他三魂出窍，心里一阵乱跳。他说：“不要，不要。”说完这一句后，又对那个愣在门口的学生说：“不好好上课，瞎跑什么?！赶快出去。”

学生有些奇怪地看了校长一眼，关上门出去了。很快，门外传来刚才那个学生的声音，他正在对别的同学说：

“明明缸里没水，他却说他不要水——”

一个学生说：“他是不是神经了?”

又有一个学生说：“门关得这么紧，是不是里面有女人?”

先前的那个学生说：“什么女人！是赵老师。”

“赵老师不是女人么?”

“对呀，赵老师难道是男的么?”

“一男一女关在一起，没有好事。”

“他们一定是在压摞摞。”

外面的说话声，校长和赵玲都听得清清楚楚，几乎每一句都到了他们的耳朵里。校长想，过去那些年代里的学生们多老实呀，他们哪敢这样啊，他们好多人什么都不懂哩。校长从心里怀念已逝的那些年代，怀念那些年月里的老实本分的学生们和老师们，甚至各行各业的人们，甚至手中有权却从不滥用的领导，再也不会有那样的时代了……校长看见赵玲面色绯红地站在那里，他没有注意到，早在那个学生从外面突然推门闯进来的时候，赵玲就被吓得从椅子上站了起来。

赵玲说：“不行，我得走。”

说着，就往外走，校长突然拽住了她的胳膊。校长低声对她说：

“不能走啊，这个时候你哪能走呢？这个时候你要是出去，你就会像明星一样被注意，被瞩目，万众瞩目，那种光景，你不怕么？”

校长的话又一次起了作用，赵玲顿时站住了。校长不是在吓唬她，他说得有理呢，校长三言两语描绘出来的那幅图景怕是搁在谁身上也受不了呢。那么，自己又是谁呢，凭什么能承受得了那些？这样想过之后，她就在原地站了一会儿，后来突然用两个手捂住自己的脸，像是自言自语，但又像是说给校长听的。她说：

“我完了，我以后还怎么在这个学校继续教书呢？”

她的声音里已有了一丝明显的哭腔，这让校长也没有想到。校长先是愣了一下，然后对她说道：“看把你吓的，别怕，没啥大不了的。”

看见她还用手捂着脸，校长又说：“别怕，我觉得我们不应该怕，你和我，咱们都穿着衣服呢，咱们又不是没穿衣裳。”

听见校长这样说，赵玲慢慢地把手从脸上拿开，看着校长。校长像个校长呢，一直都在尽量地安慰她，积极地开导她，从好多个方面慢慢地寻找口子切入，说一些好听的话，说一些温暖人心又鼓舞人心的话，说一些大多数的女人都容易能听进去又爱听的话。时常又担心说不对，怕一不小心伤了她，所以很多时候总是在反复地斟酌来斟酌去，小心翼翼地琢磨，想了又想，有时甚至完全拿不准，不知道到底是该把已经涌到了嘴边的话说出来，还是再不动声色原封不动地咽回去。校长也难呢，不当领导不知道领导的难处，这让他头上的黑褐色的头发里出现了不少的白头发，它们一冒出来就带着一种年轻气盛咄咄逼人的架势，积极地上蹿下跳，左顾右盼，多方联络、结盟、成团、成伙，到处抢占地盘。校长有时会自觉不自觉地伸出舌头，轻轻地舔一下自己的嘴唇。那是由于嘴里时常能尝到一种苦涩，他的心里或许比他的嘴里还要苦呢。

然而，也就在那同时，赵玲又隐隐约约地觉得校长似乎正在迅速而果断地完成着一件事情。那件事情，不能没有她，却又不能让她知道，甚至也不能让她有所察觉。校长像是有意瞒着她的，校长是在一种只有他本人才一清二楚的秘密状态下三步并作两步地做完那件事情的。那情形，有点儿像是一个人在黑暗中打了一个手势，除了他本人，再没有任何一个人能够知道。赵玲惊讶地发现，在做完那件谁也不知道的事情以后，校长的那张一向气色都不怎么好的脸上竟有了一层薄薄的光，镜子一样忽闪来忽闪去。校长脸上的那层薄薄的光在一闪一闪地晃着她，她不由得多看了他几眼，此时的校长让她感到有些陌生。这些年来她还是头一次有这样的感觉，她觉得，校长有时候不像是平常的那个校长，也是个心如深井的人。

正七上八下地想着，忽然看见校长走到门口，先是重重地咳嗽了一声，然后猛地一下拉开门。原本是要冲门外发一通火的，脸上已堆起了丛丛怒气，但拉开门以后却发现外面并没有人。眼前的情景让校长也有些惊讶了，有些不敢相信，不仅这边的门前没有人，整个院子里也没有一个人，只有两只鸡在南墙根下低着头刨食。

校长抬起头看看天，看见天上的云彩有些脏，像是刚刚用手摸过，揉搓过。

校长重新关上门，对赵玲说：

“一个人也没有。”

校长的口气是轻松的，脸上也重新平静了下来。不久前堆起在他脸上的那一丛一丛的怒气仿佛已被他没怎么费劲就铲平，运走了，甚至让他觉得他还没来得及收拾它们，它们自己就消失了。想了想，他又说：

“人们经常总是自己吓唬自己，凭空捏造出一个东西，然后把自己吓得半死。”

赵玲说：“刚才外面那么多孩子，那是凭空捏造出来的么?”

“都走光了。”校长说，“都是小孩子，不长记性，回去睡一觉，醒来以后就都忘了。”

忘了什么呢？赵玲想。她从校长的话里又一次感到校长是在尽力地秘密地做着一件事情，还是不久前她忽然感觉到的那件让她说不上来的事情。校长一直暗暗地默默地锲而不舍地在做，似乎想做得更圆满更牢固一些。校长一直抓住不放，那到底是什么呢？

又想，管他是什么呢，我该走了。

于是，她对校长说：“我走了。”

校长说：“赶快把你身上这件要命的衣服脱了。”

她说：“我回去就脱了。”

校长说：“现在就脱了吧。”

看着校长的脸，听着他说的话，感觉却像是回到了小的时候，有人悄悄地走过来，猛不防从后面揪住了她的辫子。无论她怎样使劲地回头，却始终也看不见背后的那只手，你调整，后面的那人也随着你一起调整。

“路上也有危险哩。”校长的声音热风一样吹在她的脸前，“一不小心让他注意上了，那就麻烦了。”

说着，就上来帮她，一只手的拇指和两个手指捏住她一个袖子的袖口，噌的一下，剥玉米一样，一下就把她的一条胳膊剥出来了。赵玲惊叫了一声，或许是她叫得太低了，或许是校长剥得过于认真过于专注了，校长竟完全没有听见她的叫声。校长这个人喜欢剥玉米呢，每年的秋收时节，他都要放下手里的事，去地里客串几日农人，刨刨土豆，剥剥玉米，摘摘豆角。尤其是在趁着露水摘豆角摘南瓜的时候，校长会模模糊糊昏昏明明地把自己与多年以前的陶渊明混为一谈，嘴里哼哼着，手上忙碌着，痛快淋漓地打打喷嚏，无法无天地咳嗽几声。有时候一不小心把鲜嫩的玉米挤破了，玉米的汁液会嗞的一下直接溅到他的脸上，白白的，甜甜的，黏黏的，稠稠的，凉凉的，怪好受的，无论啥时候想起来都怪好受的。基于这样的一种感受，有时他会故意把它们弄破，为的就是让它们迸裂，让它们嗞的一下，黏糊糊地溅到他的脸上。是的，有时候就是为了那一下……他闭上眼睛，随手摸索着，到处都是丰收的景象和实物，硕果累累，随便摸到一个就是，多么粗壮结实的萝卜啊，多么滚圆饱满的南瓜啊！他觉得自己都有些忙不过来了，他想，有谁能来帮帮我呢？他叫了一个人的名字，但是却听到有人低声对他说：

“不行。”

是赵玲在对他说。接着，又看见她沉甸甸的一株谷子一样从他的脸前挣脱出去，一边斜着往门口走，一边将另一半衣服穿上，扯平。等他赶到门口的时候，她已经走到了院子里的两棵树下。她急急地走着，头也不回。

校长站在门口看了一会儿，看她走路的那样子，会让人以为天上正在下雨。校长抬起头看看天，天是晴天。看过后，校长忽然想道，啊呀，我这是怎么了？明明就是晴天，还不敢信，还要抬头看。

这以后，校长就那样站在门口，赵玲早已走得完全看不见了，他还在门口站着。他觉得自己并不是在送她，看她，她也没有庞大无比地塞满他的心里。他的心里正纠缠着许多牛毛一样的事情，如果一定要把赵玲也算进来，她也只是其中的一撮，最多也就是一束。“一束也不算少了，”他想，“我的老婆和我一起过了这么多年，生了好几个孩子，恐怕也刚刚只够一束，闹不好还不够一束呢。”这是一些。至于充斥在他心里的另外的那些是什么，他自己也不是很清楚，反正是有，每天都和他难解难分地纠缠在一起。

后来他回到屋里，看见那把靠背上露出棕毛和棉花的椅子，忽然想起了她临走时说的话，他不禁冷笑了一下。

“还说不行呢，有你行的时候。”

一只蜘蛛在门框上面依托着门楣和椽头结了一张网，已经安家落户住了下来。校长歪着头看了一会儿，找来一根两尺来长的木棍子，棍子握在手里，眼睛看着那张已经有了一些家的模样的网，在心里一遍一遍地问自己，捅还是不捅？捅吧，又觉得有点儿不忍，它们好不容易才找到这么一个角落，刚刚把家安顿下来；不捅吧，它们成天挂在他的门楣上方，让他的这间屋子看上去有一种没有人气，死门绝户的意味……他犹豫着，左右为难，捅也不是，不捅也不是。有一阵子，他忽然感到有点儿纳闷，不明白自己怎么会无缘无故地陷进这么一个奇怪的难题里去。没有人在前面引导，也没有人在一旁逼他，完全是他自己一不小心陷进去的。

过了很久以后，一位家里丢了牛的学生家长到处找牛，在从学校旁边的一条斜坡上经过时，看到了校长的那副模样。校长肯定不是丢了牛，倒像是丢了魂呢。正在四处找牛的学生家长本想过去和校长打个招呼，顺便看看他一个人到底在那里做什么。但想到家里的牛还无影无踪，没有一点儿着落，便只在那坡上停留了一下，又匆匆地往一条沟里去了。

院子里的那两棵沙枣树开花了，这些天来，赵玲一回到家里，沙枣花的香气就立即向她飘了过来。她走到哪里，它们就跟到哪里。有时她睡着了，它们也会一点一点地飘进她的睡梦里。有时她想，我没回来的时候，它们在哪里呢？有一天夜里，她梦见它们压在她的身上，紧紧地抱着她。她没想到它们有那么大的力气，把她的身体翻过来又翻过去，一遍一遍地让她的身体翻腾起来。有一阵工夫，她甚至明显地觉得她自己也像它们一样飘了起来，好半天落不下来。就在那时候，她用一种俯瞰的姿势，看到了自己刚才一直躺着的地方，那上面留有她的气息，枕边还有她的一只镯子。

晚上，她正在院子里坐着，忽然看见校长站到了她的面前。先是看见一双鞋，她吓了一跳，顺着鞋一直又往上看，就看见了校长的脸，她惊叫了一声。

她说："校长，你怎么来了？"

"我怎么就不能来？"校长说，"来看看你，世道这么乱，我担心我下面的老师们呢。无论谁有个闪失，都不是闹着玩儿的，也是我的责任呢。"

校长是怎么进来的呢？她想，吃过晚饭以后，她一直在屋门前坐着，身边萦绕着沙枣花的香气，没看见有人从外面进来。校长的样子更像是从沙枣花的香气中变出来的，更像是从沙枣树的树身里分离出来的。

她问："校长，你吃了么？"

校长没有回答，像是没有听见她的话。他也没有看她，而是在院子里来来回回地走着，浏览着。抬起头看着天，看她房上的瓦，又看了那两棵开满了无数小碎花的沙枣树。校长觉得那房上的瓦很好看，像是有些时候的云彩，一洼一洼的，如同被精心地犁过。校长觉得盖这房子的人了不得呢，能把那么多瓦铺排得这么好看。校长还觉得那些在窑前烧砖烧瓦的人也都很伟大呢，一点土，一点泥，搅和搅和，揉巴揉巴，烧一烧，熏一熏，就烧出了这么好看的砖和瓦。除了这些以外，沙枣花的香气也一阵一阵地直往校长的鼻子里灌。其实，这样的树，他自己的院子里也有两棵，但他好像都不记得了，也完全不认识了。他边走边想，喃喃自语，这是什么花啊，开得这么香，这么好？又说，院子是个好院子，就是太偏了些。

后来校长就来到赵玲面前，停了下来。赵玲从屋里又搬出一个凳子，校长坐下，一条腿架到另一条腿上。

"住得确实有些偏哩。"校长对赵玲说，"我一路走过来，又是大水坑，又是树林子，又是一些没人住的快要倒塌的旧房子，感觉不是去串门儿，倒像是去探险。"

赵玲说："把我们这里说成啥了，好像我们住在荒山野岭。"

"你说对了，有一点儿呢。"校长说，"有一点荒山野岭的味道呢，这也正是让我不放心的地方。"

赵玲说："没事。"

"没事？"校长说，"等有了事就迟了，一切都来不及了。别人谁想马虎让他们马虎去，你可不能大意，大意失荆州呢。"

赵玲说："人们不常到这一带来。"

“谁说的?”校长说着，扭过脸，指了一下他们旁边的那座山，“这座山，我认识它比你早多了。小的时候经常上去砍柴，挖甘草，有时候一天还不止一回。”

赵玲看着校长，她一时无法把眼前的校长与很多年前的那个上山砍柴、挖甘草的孩子联系到一起，觉得完全不可能是同一个人，两个人之间没有一点儿像的地方。那中间到底发生了什么，她觉得恐怕没有人能说得清，就是让校长本人来说，他也一样未必能说得清。赵玲想，既然校长本人说他曾经上去砍过柴，挖过甘草，那就让他砍吧，那就让他挖吧，还能不让人家砍么?还能不让人家挖么?更何况，那已经是很多年以前的事了。

满院子沙枣花的香气。校长坐了一会儿，忽然觉得自己比不久前刚进来那时消瘦了不少，他抬起一只手摸了摸自己的脸，觉得脸瘦成了刀条。他想，真是奇怪呀。

又看看坐在他对面的赵玲，看到她丰盈的体态，沙枣花的香气仿佛把她的全身都染了一遍。

校长像一只喜欢嫉妒的猴子一样看着赵玲。校长觉得沙枣花的香气有些不公平呢，让作为这个院子的主人的赵玲的体态看上去那么丰盈，那么鲜润，而让他这个来串门儿的客人却失尽了水分，变得越来越扁瘦，越来越干枯。他想，我的那些肉到哪去了呢?好好的平白无故就短了不少，不见了。他模模糊糊地有一种被吸血的感觉。但是，很快他又想到，这是在人家赵玲的院子里，沙枣花也是人家的，无论多香也是人家的，不公平也是正常的。

院子里靠窗户下面还有一片牵牛花，校长一开始没有注意到，这时才看见，看见有的已探头探脑地爬到了窗户上。校长情不自禁地哎呀了一声，没有什么特别的深意，就是随口叫出来的。校长觉得自己仿佛听见了牵牛花用力吐丝的声音，一朵一朵的花在那种嗞嗞的声音里正在慢慢地张开、绽放，里面流着蜜。

校长说："王明不常回来吧？"

"不能回来，"赵玲说，"就过年的时候能回来几天。"

校长哦了一声，表情却有些茫然。

"人在这个世界上活，不容易呢。"校长说，"我就时常觉得活得很费劲，而且，不少时候，费劲也还是白费劲。"

校长的话让赵玲忽然想起了王明的弟弟。每次去王明的父母那里吃饭，只要他在，他都会说，这年头，好人不可能活得多幸福，只有真正的坏人才能活得得心应手，如鱼得水。看到赵玲在一旁笑他，就说，嫂子你别不信，事实就是这样的。他和他的那些朋友们经常讨论的一个问题就是怎样才能让自己成为一个真正的坏人。又说，成为坏人不是目的，只是一种手段，目的是要能够活得如鱼得水。几年过去了，他们既没有成为坏人，也没有成为多么好的人，都在半空中吊着。他告诉赵玲说，成为一个真正的坏人也不容易呢，不是谁想成为就能成为的。

校长问赵玲："你们平时怎么说话呢，打电话么？"

赵玲说："电话也不常打。"

校长说："为什么？"

赵玲说："他嫌贵。"

校长听了，就有些不平了，主要是替赵玲感到不平。校长说："这个王明，咋能那么算账呢？"

校长不经意之间的一句话恰好触到了赵玲的一个痛处，这些天来她每天都盼着王明的电话。走了好几个月了，她觉得打一个电话一点儿也不过分，但是每天都没有。有时候听见别人的电话响，她会莫名其妙地愣一下，然后才明白与自己无关。她知道王明不是不想打，主要还是因为他舍不得那两个钱。每次回家来，王明都会自豪而又满脸疲惫地告诉她说，他是一路站回来的。四五十个小时的路程，让他的两条腿肿得像树一样。她说，你不会坐着回来么？王明说，坐票要比站票贵好几倍呢。王明这样做，是要让她相信他是一个勤俭持家，能够吃苦耐劳的好男人。这一点她相信，可是每次听到这样的消息时，她心里涌起的不全是高兴，而是一种莫名的烦乱和痛楚。她想，每次都一路站着回来，蹲着回来，省下那点儿钱又能干什么呢，也没见它们起了多大的作用。

对于那些事情的回忆，让她的神色渐渐地变得有些黯然。

院子里安静极了，只有微风吹过树叶的声音，对面的山上也是一片寂静。

她说："校长，你是为我转正的事来的么？"

校长说："你真聪明，一猜就猜见了，是哩。"

她苦笑了一下。

"我觉得希望不大。"

校长坐在那里挥了一下手，说："不能说不大，希望还是有的。"说着，又挥了一下手，这一回是从反方向挥的，仿佛是在完成一个仪式，仿佛刚才只做了一半，"人是活的，事在人为，多少事都是这样的。"

说着，就听见他坐着的那个凳子吱吱嘎嘎地响了两声，接着又看见两个人之间的距离近了不少。

一只雪白的蝴蝶那么大的飞蛾在校长的脸前翩翩起舞，校长一挥手把它赶走了。不是它舞得不好，而是校长觉得它舞得太乱。

“世上那么多办法，并不是本来就有的，都是人想出来的，有不少是人被逼急了才想出来的。”校长说，“多少重大的革命、发明，包括那些数也数不清的阴谋诡计，都是人想出来的，一代一代的人想出来的。人要是不想，是不会有那些的。”

“我想不出来。”

“不是还有我么？”

“校长，你来时带手电了么？”

“手电？”

“这一带路不好走，又没有月亮。”

“啊，怕我掉进你们旁边那个大水坑里去？你就不怕我走了以后，那个人突然来了么？”

“哪个人？”

“那个到处强奸，到处杀人的家伙。”

她愣住了。校长不像是在胡说呢，还说那个人随时都会翻上墙头，咚的一声跳进来，说得有声有色，有鼻子有眼。她看了看黑暗中的院墙，院墙不算太低，至少有一人半高呢。可真要是有人想要翻进来，那也还是能进来的，尤其是像那种早就不要命了的人。墙头上插满了各种颜色的碎玻璃，都是尖的那一头朝上。王明早就想到了，就是怕有人半夜翻进来，可那又能顶什么用呢？校长特别提到，他听说那个人作案时，不管春夏与秋冬，都总是戴着一副厚厚的结实耐磨的黑皮手套，一来是为了避免手受伤，二来也是怕留下指纹，留下线索。这样一来，至少在翻越这样的院墙时，他的手不会被划破。这样一来，王明的一番苦心，那些尖头朝上的碎玻璃，无论怎样锋利，无论怎样耀眼，也就都没有用了。

这样一想之后，她立即就有了一种唇亡齿寒的不祥之感，仿佛一切还没有开始，先就已经失去了一层防护，不知不觉中已被剥去了一层衣裳。

她告诉校长说，她已经把那件红衣服脱下来，收起来了。

校长听了，却笑了一下，嘴里的牙像是黑夜里被一阵亮光突然扫过的一排树。

“那指的是白天，别人能看清你身上的颜色。”校长说，“到了晚上，天黑以后，就不能按那个来了，穿什么不穿什么已经不重要了，他才不管你红衣服不红衣服的。因为在那时候，无论是谁，看上去都会是模模糊糊的一团，根本分不清你穿的是红衣服还是黑衣服。”

校长说着，转过脸去，仔细地看了看周边的院墙，又看了看闭着的街门。校长像是看到了什么不好的东西，他的表情有些凝重。

校长的话和校长的举动，让赵玲在害怕的同时又有些泄气和绝望，先是说不能穿红衣服，没想到把红衣服脱了却还是不行，还是不保险。现在，看校长的神情，那个人好像就在门外。

果然，她听见校长说：“今天这个晚上有些特别哩。”

有什么特别的呢？她屏住呼吸，看着已被夜色笼罩了的校长。

“我这个人一向运气不好哩，”校长的声音像是从很远的野地里传来的，“经常总是会不知不觉地沾上一些乱七八糟的东西，夹带在身上。没发现的时候，甚也不知道，等发现了，自然是想摆脱掉、想甩开，却不大容易能甩开呢。最早的时候，以为是跟上了鬼，带上了邪气。后来受党教育这么多年，才知道不是鬼怪，而只是一些不好的东西。一个人时运不济就会这样，常能碰上这些，不想碰也得碰，没办法。我们那几个孩子小的时候，每次我深夜回去，我的女人听见我的脚步声渐渐到了门口，就在屋里大声地对我说：'拍打拍打你的身上再进来，别把那些孤魂野鬼带进来，孩子们还小呢。'听到她在屋里这样说，我也就十分的心虚，自卑、不自信、没把握，也就真的觉得好像有什么东西附在我的身上，要跟着我回家。我就站在门口，前后左右地用力在自己的身上一遍一遍地拍打。拍得也响亮呢，打得也厉害呢，直到觉得彻底拍打干净了，觉得没什么问题了，觉得能进去了，这才推门进去。"

"听说真的有过那种事?"

"当然有，一个人深夜往家里走，本来心里就毛毛糙糙的，不像白天那么亮堂。自然，要是你回去后不久，睡到半夜，孩子突然发起烧来，脸烧得像火一样，突然抽起风来，说起胡话来，说你还欠他一百块钱，说他就要走了，或者怪声怪气地哭个没完，那种时候，真是让人疑惑呢，你真是解释不清呢。很难说是出了什么事，还是你不小心把什么带回了家里，真是说不清呢。"

在校长那低矮得如同一溜瓜棚一样的话音里，这个晚上正在一点一点地向更深处走去，正在被越涂越黑。赵玲突然发现，校长说得对，这个时候坐在他的对面，已经看不清楚他身上的颜色了。只看见模模糊糊的一堆，堆在那个凳子上。

就在那时候，她忽然听见院子里传来咚的一声，那一下像是落在了她的心上。她转过脸去看时，有人突然从后面把她抱住了。她急忙叫校长，校长却不见了，他坐过的那个凳子上空空的，刚才那一堆模模糊糊的东西已经没有了。

校长到哪去了呢？她想，不会是已经跑了吧？

她听到了微风吹过沙枣树时发出的声音。

就在那时，耳边却传来了校长的声音：“不要怕，我在呢。”校长的声音是那么的低，仿佛在院子里挖了一个坑，他正站在那个坑里说话。她回过头去看，果然没有校长的脸，只看见一条黑乎乎的散发着日常气息的胳膊慢慢地爬上她的肩头，站在那里张望了一下后，又摇摇晃晃地贴着她的胸前一路垂了下来。每垂下一截都很费周折呢，都要经过一阵摩擦和斗争才能通过，才能继续成行。在前面开路的当然是那只手，可是它不像是一只手，像是五犋犁，呼呼地从她的胸前犁过，像是五名参加长跑比赛的运动员，别看出发时的位置都不一样，可到达终点却都是一样的。

她的眉头慢慢地锁紧，感到两个乳头被那五犋犁犁得痒了起来。她抓起那已经合到一起的五犋犁，狠狠地扔了出去。

好像真的被她扔出去了，从此再没见它们回来。就在她为自己的力气觉得惊讶的时候，消失了好一阵子的校长却忽然出现在她的面前，校长看了她一会儿，突然不容分说地抱起她，向屋里走去。

“你很有些分量呢，”校长呼哧呼哧地喘着气说道，“我要是再老个七八岁，肯定就抱不动你了。”

校长表现出一种与他的年龄不相称的稚嫩和好奇，像是刚刚得到一幅画儿一样，急于想看看里面到底画了些甚。他小心地放好，然后开始解那根系着画儿的小绳绳，一下没解开，他的鼻子上立即就冒出了汗。谁能帮帮我哟？他在心里喊道。

没有人帮他，但是，不久以后，他还是解开了。他不禁暗自想道：有时候你得相信人力，不能全信天意。他小心地放开、铺展，眼前的情景让他的嘴越张越大，嘴一张大，就发现说不出话来了。

校长忽然用一只手捂住自己的嘴，他觉得有些不对劲了。他听到一阵扑棱扑棱的响动，似乎他的那颗心就要从他的嘴里滑溜溜地蹦出来了，这种突然到来的危险让他及时地捕捉到了。校长忽然想起自己曾经在一辆从省城开往县城的大巴上看过的一部乱七八糟的香港电影，里面别的大都忘记了。他只记住其中的一个情节：一个人，一咳嗽，竟不小心把自己的心和肝咳嗽了出来，鲜红热乎地掉到了另一个人的肩膀上。那两个东西，都还活着呢，都还在动呢，都还在冒着热气呢。校长当时惊讶得差一点儿从座位上跳起来，他想，香港人真能胡闹呀，还没见有人这么胡闹过呢。校长现在就有那种感觉呢，他也怕自己的东西一不小心掉到赵玲的脸上，或者掉到她的两个乳房之间，那就不好往回拿了。他认真地捂了一会儿自己的嘴，直到觉得危险似乎已经过去了，才慢慢地把手拿开。

校长趴在赵玲的身上，用两只胳膊支撑着自己的身体，这样的一种姿势让他不禁回忆起一次痛苦而蒙羞的经历。去年秋天里的一天，他在操场边转悠的时候，看见学生们正在练习俯卧撑，动作十分可笑，完全是在胡做。那时，作为校长的他忽然一时兴起，心血来潮地走了过去，他要亲自给学生们示范一下，让他们看看什么叫俯卧撑。校长对自己的身体还是比较乐观的，他认为像俯卧撑这样的运动，自己还是能做几个的，却没想到下去后竟再没有起来。他的身体像是被地皮牢牢地吸住了，学生们在旁边大声地给他加油呐喊，他也还是没有起来，弄了一身一脸的土，结果自然后来被全体师生传为笑柄。那件事情让校长十分的懊悔，独自一个人的时候，他想，我他妈的，我那是怎么了？我真是有病呀！好好的步不散，为什么非要去凑那个热闹不可？像是有鬼催着呢。要是早知道会那样丢人，他是万万不会去的，他会远远地走开，或者就在旁边站着不动，别人也不能把他怎么样，谁也不会上来邀请他或者逼着他去做。问题的症结还在于他自己，在于他对自己的体能估计不足，估计得有些高了，以为它行，实际却不行，一点儿也不给他争气。笑柄不可避免地留下了，学生们常常模仿他呢，用来开心。有一次，他正在厕所里一边系裤子，一边仰头望着天，耳边却忽然听见外面不远处有一个学生正在学着他的声音和语气，对另外几个同学说："来，都过来，让我告诉你们俯卧撑是怎么做的。"他脸上不禁一热，就听见扑通一声，等他出去的时候，看见刚才模仿他的那个学生已经趴在地上了，一动不动地趴着，看上去像是昏迷了过去。后来，有人忽然发现了他，他们看见校长黑着脸站在那里，恼羞成怒地看着他们。校长的样子像是要把他们一口都吃了呢，他们急忙叫起还趴在地上的那个，逃命般朝远处蹦去。

对往事的回忆，让他忽然有些走神，松懈，他觉得应该马上振作起来。于是，他脸朝下看着赵玲，对她说："我就是那个到处强奸，到处杀人的歹人，你看我像不像？"

赵玲还从来没有这么近地看过校长的脸，他的眼睛、他的眉毛、他的嘴和脸上的表情，都不像是他了。看了一会儿，忽然觉得校长变得有些很吓人，她不由得哆嗦了一下，脸上也变了色。

校长也看出来了，校长说："看你吓的，还真以为我是？我哪有那本事呢？"

看见她的脸色一时还没有变过来，校长又轻轻地拍了拍她，她的身上光得让他的手直打滑呢。

这以后，校长撤到一边，决定让自己小憩一会儿，可是，刚躺下，就听见一阵低低的抽泣。于是，他又疑惑地爬起来，用一只手臂支撑着身体，看见赵玲的脸上果然有泪痕，有泪珠，有一颗还正在滚动。

校长说："哭了？"

就在校长说话的那时，那颗透明珠子一样的泪滴流星般唰的一下从赵玲的脸颊上滑到了她的下巴上。

校长伸出一个手指，抹去了那颗在他看来像一块大石头一样的泪珠，之后，又放到自己的嘴边舔了一下。

校长说："好好的哭甚哩？"

赵玲说："我要去告你。"

校长没有想到赵玲半天没说话，猛一说话却是这么一句话，他先是愣了一下。

"你不能告我。"校长说。

一边说着，一边用刚才抹过眼泪的那个手指在她的胸前写画了几下，至于写的是什么，他本人也不知道。

"你去告我，我肯定就完了。"校长说，"可是，你想过没有，我完了的同时，你也就完了，两败俱伤。我已经老了，你还小，你年纪轻轻的，你图个甚呢？难道这就是你想要的结果？这是一个结果。另一个结果是，你转了正，成为一名正式的光荣的人民教师，这是多好的事呢。"

校长说："一转了正，你的工资就是你现在的十几倍呢。"

校长说："你不说，我不说，谁能知道，谁能看出来？唯一能看出来的就是你已经转正了，别人只会羡慕你的运气。这年头，人们笑贫不笑娼。"

校长说："你有必要了解一下目前的形势呢，多少女人都把那作为资本和手段，去实现自己的目的。"

校长说着，又分开她的一条腿，对她说："你这又用不坏，难道是我把它用坏了么？用坏了，你还值得哭一哭，问题是没用坏，不仅没坏，看上去甚至比原来还要好呢。"

她把一条腿弯曲了一下，然后又突然蹬出去，校长哎哟了一声，朝一边倒去。很快，她把两条腿并拢起来，接着又紧紧地编辫子一样绞到一起。

校长重新坐起来，似乎什么事也没有发生过。

"你比我年轻，"校长慢慢地说道，"可是你有些落伍呢，有些跟不上这个时代哩。你知道现在国际国内是什么形势？可以这么说，百分之八九十的女人都是婊子，只是身份不同而已。"

她想了一会儿，说："你老婆也是？"

校长说："农村里的女人，活得可怜哩，她们连那也谈不上，连当婊子都轮不上她们。"

她说："我也是么？"

"你不是。"校长微微地笑了一下，"不是还有百分之一二十的人不是么？你就是那里面的。"

这样的回答似乎让赵玲很是受用，似乎也正是她最想听到最想要的。这以后，她明显地看上去比刚才平静多了，也柔顺多了，脸色白里透红，全身的白肉也有淡红泛出，两条紧紧地绞在一起的腿竟在她不知不觉中又松开了。

校长看见她的小腹那里忽然跳动了几下。

校长笑了。

校长又上来的时候，紧紧地注视着那张此时看上去比今晚任何时候都要安详的白脸。校长听见一个声音在自己的心里说，什么百分之八九十？差不多全都是，别以为你不是。你也是，别人都是，凭什么你就不是？你当然也是，我只是当着你的面不好说，怕伤了你。

校长回忆起自己小时候在山上砍柴时的情景，回忆起成人后苦苦奋斗的情景，苦难，辛酸，一年一年，一步一步，费的那个劲哪，也不知哪来的那么大的劲，有时候一不留心就会砍到自己的手上，鲜血咕咕地冒出来，哭着跑出来，太阳的光也成了绿的。

校长咬着牙，瞪着眼，他竟有一种正在掘墓的感觉，那感觉让他觉得奇怪。

她的小腹那里又在跳动了，像是一下把她跳醒了。

她睁开眼，问校长："家里的人不会出来找你么？"

"不会来的。"校长说，"我对她说，联校要召开紧急会议，连晚上的饭都得在那里吃，边吃边开呢。她倒没怀疑什么，只是说：'一群穷教书的，能有什么紧急的事？还非得要连夜开会，也不怕让人笑话。'"

她说："你早就没安好心。"

校长说："你说得对哩，我的宝贝儿。"

"男人都经常这样撒谎么？"

"不能这样说宝贝儿，女人更会撒呢。"

校长赤条条地半躺着，赵玲让他穿上衣服，但是校长却不穿，校长像是一个不听话的孩子。

校长说："我不穿。"

赵玲说："你像一个任性的孩子呢。"

校长说："孩子就孩子吧，反正我就是不穿。"

赵玲说："我都替你不好意思哩。"

校长说："你不好意思，那是你的事，我不会不好意思。"

停了一会儿，又用一种近乎恳求的声调说："就让我光一会儿吧，难得解放一回哩。"

赵玲说："你光吧，你解放吧，我要睡了。"说着，拉过被子，盖住了自己的身体。

校长像是醉了，醉醺醺地看着她，说："你睡不着，你睡也是白睡，这个时候你哪能睡着呢？"

这个晚上，他没有吃饭，也没有喝酒，可大多数的时候看上去却是醉醺醺的，有时又十分松懈地呆坐在那里，甚至好像是刚刚被人打过。赵玲的目光每次从他的脸前扫过时，都会觉得奇怪。她听见校长说，我这个东西，跟上我，可是受了大罪了，一辈子缺吃少穿，吃，吃不上，喝，喝不上，也没见过个甚世面，土得很呐，可怜得很呐，活得窝囊哩，活得寡淡哩，活得委屈死了。随着他的声音，赵玲的目光像一小片云彩一样在那里停留了一下，很快就又飘走了。校长说，它要是跟上一个大人物、一个明星，长在人家的身上，那又是什么光景？

沙枣花的香气从窗外飘了进来，他们都闻到了。校长使劲地吸了一会儿，吸入的花香让他笑了。

"我今天好高兴哩，"校长对赵玲说，"我一生都会感激你。"

没等赵玲表示，他又说："我像是回到了从前，回到了小的时候。那时候，我最高兴的两件事，一个是过年，一个是过'六一'。每年过完年，我就盼着过'六一'，过完'六一'，又盼着过年。过‘六一’要到十里地以外的联校去过，所有的孩子都排着队，带着干粮，一路敲锣打鼓地走着去，红旗在前面飘着。我想着母亲放在我书包里的两个鸡蛋，怕把它们挤坏了，它们来得不容易呢。我家有一只鸡，有了蛋从不在自己的窝里下，总是要想办法跑到别人的家里去下。一家人让它气得没办法，父亲时常提着一根棍子满世界找它。父亲说，这是个鸡，这要是转成个人，转成个女人，我敢说它一定不是个正经东西。母亲说，要是转成个男人，也一定是个能把人活活气死的男人。父亲没料到母亲会那样说，他先是愣了一下，后来可能是觉得母亲说得也不无道理，就有些顺势下坡地说，那倒是，那也是可能的。他的脸暗下去了，情绪也像是跌到了谷底。”

“后来有一天，它终于死在了父亲的棍棒下。”校长说，“父亲拎着死去了的一路滴着血的鸡，一边往回走，一边对它说：‘这一下省事了，你也不用再到处跑了，我也不用再骂你了，也不用再到处找你了。’”

赵玲说：“打死了?”

校长说：“打死了。”

校长说：“我那时也觉得那个鸡可怜呢，虽然它可恶，不安分，可千不好，万不好，它死了，你才发现它并没有多不好。”

两个人互相看了一眼，他们没有把那件事情再继续说下去。赵玲的身体在被子下面起伏着，校长像一个偷看马戏团表演的孩子一样，掀起一角钻了进去，一进去以后就紧紧地搂住她。校长的嘴慢慢地升上来的时候，竟意外地发现赵玲的脸没有像原来那样往一边躲，竟像是在专门等着他，此情此景，让校长激动不已。很快，他就发现那张嘴湿润地张开了，他感到自己狠狠地晕了一下，打摆子一样浑身颤抖了起来。

校长用颤抖的声音说："现在就是把我拉出去一枪毙了，我也没意见了。"

就像他说的那样，这一回真的和一开始的时候不一样了。

听见赵玲用一种十分遥远的声音在问："月亮出来了么?"

校长说："不知道。"说过后，又觉得也许应该爬到窗户前，掀起窗帘朝外面看一看，可是又觉得有些爬不动，窗户看上去也是那么的远。又想道，突如其来的，她干吗要问月亮呢，它出来不出来难道很重要么?

望着远山般的窗户，校长想，要弄懂一个女人很难呢，不管那是一个什么样的女人。

后半夜的时候，校长忽然说："我还是走吧，睡在这里不踏实呢，总不像是在自己家里。"

说着就坐起来穿衣服。赵玲把灯打开，突然出现的亮光似乎把刚套上一只袖子的校长烫了一下。他像是赵玲小时候见过的图画里画着的那种坏人一样，用一条胳膊挡着自己的脸，火烧火燎地说道："开灯的不要。"

赵玲关了灯。黑暗中，她说："你说话像日本人呢。"

"我也是急糊涂了，"校长说，"猛不防看见灯亮了，吓了一跳。"

他穿好了衣服，又嘱咐赵玲不要忘了把门窗弄好。走到屋门前，把门开了一些，探出头去朝外面看了看，看到院子里又黑又静，连那几道墙头也看不见了，两棵沙枣树只能模模糊糊地看见一棵，还是凭着白日里的印象和树叶的沙沙声才勉强看见的。

赵玲听到校长说：“我好像是敌后武工队呢。”

她觉得那声音就在眼前，但抬头去看时，人已不见了。

原以为是一件多大的事呢，原以为自己会哭天抢地，甚至于寻死觅活。但事情过去后，赵玲却发现自己竟是出奇得平静，这样的平静倒让她有些震惊，有些不敢相信自己。她知道，她不是这样的，她把那样的事情从来都看得重大无比，几乎就是另一条命，万万没想到那么重大的东西竟是这样的平常、普通，甚至连一种很重的痕迹都没有留下，说完就完了，一眨眼的工夫就过去了。再重头回想的时候，发现它竟已开始风化、掉渣，已开始变得模糊、斑驳，颜色也哗哗地褪了，十分已残缺了七分，凋落得如此之快，也是她事先事后都没有想到的。一直认为很大很重的一件事，实际上却又不大，又不重。

她有些心跳，有些不相信自己竟是这样的不惧怕这件事，有些怀疑自己的心肝五脏和浑身的血肉已经被换过了，换成了另外一个不知是什么人的，不然怎么会这样看待这件事呢。

到了学校里，再见到校长时，校长正在和别人说话，从头至尾竟没有看她一眼。校长像个一心扑在教育事业上的校长呢，纸烟别在耳朵上也顾不上抽。校长咬着牙，对那几个人说，关键的问题还是钱，还是那些要命的鬼票票，这个吸血鬼已经跟了我们好多年了。我睡着的时候，还来摸我的脸呢，还在一五一十地数我的血管呢。

放学后，她刚走出来，就看见校长站在他的门口，正在用他的眼睛向她招手。校长那眼神表达得很准确，她一下就看懂了。于是，她慢下来，犹豫着，再看校长时，已返身进去了，门上留了一个几寸宽的缝儿。有两个学生从她的旁边经过，她一直看着他们出了校门，又看见院子里再没有别人，才转身向校长那里走去。在进门的那一刹那，她忽然有一种感觉，觉得自己是从那道几寸宽的缝里钻进去的，又觉得那道缝如一把刀，从她的身体中间竖着切了进去。

校长把门关死，伸出胳膊抱住她，在她的脸上和身上粗枝大叶地扫荡了一遍后，坐到了那把靠背上露出棕毛和棉花的椅子上。校长轻轻地喘着气，对她说，很多时候，我必须得约束自己，得管住我的眼睛和嘴，管住我的表情，那些地方最容易出问题，很多人都是栽在那上面的。所以，你要记住，有时候我对你假装没看见，你不要怨我、恨我，那并非是我的本意，完全是形势所逼，包子有肉不在褶上，我的心里是有你的。

她站在靠近窗户的那张桌子前，背朝着窗户，感到身后的校园里空无一人，夹竹桃寂寞无比地开着，校长的声音有时会像小石子儿一样突然蹦起来，砸在她的脚上。

校长向她伸出一只手，她走过来一些，但校长的手却没能够着她，仿佛向人借东西没有借成，校长的那只手又缩了回去，脸上划过一丝不快。校长轻轻地叹息了一声，校长是在替她感到惋惜呢，这么一个看上去又聪明又漂亮的女人，实际上却死板得要命呢，是个傻女人呢，这怎么能在这个复杂的世界上混呢？货好却不吆喝，白长了一副好模样，你好又有谁能知道呢？相比之下，孙晓红却扯着嗓子叫喊，让满世界的人都知道了她，都觉得她漂亮、能干，那样的人也许更容易让人喜欢，更容易做成自己想做的任何事情。校长觉得自己能够理解赵玲，也能够包涵她的那些生硬和不谙世事，孙晓红有的，正是她没有的；孙晓红没有的，正是她有的。校长想，我不帮她，谁又能帮她呢？

正是从这一刻开始，“怦”的一下，校长忽然惊讶地发现自己对赵玲的情感发生了一种让他本人都有些不敢相信的变化。他忽然觉得他和她已不再是一种简单的男女关系，不知不觉中，那种关系好像正在淡去。看见赵玲，他竟生出一种长兄般的关怀，甚至觉得成了她的一位长辈……这样的一种发现不禁让他有些愣怔，他呆呆地坐在那把靠背上露出棕毛和棉花的椅子上，看着站在他不远处的赵玲，过了好一会儿才忽然想起有事要对她说。

于是，他说，明天，教育局的李局长要来，他要请李局长吃饭，让赵玲到时也来。

果然，就像他想的那样，赵玲说：

“我又不认识人家，我去干什么?!”

听到赵玲这样说，校长像是觉得椅子下面着了火一样，猛地一下站了起来，脸上布满了恨铁不成钢的愁容。

“以后不能再这样说话了，知道么？”校长说，“老这样说话，这样做事，在现在这个世界上是根本活不下去的。什么叫不认识？这年头，谁和谁又真正认识呢？无非是利益在中间起作用，没有利益，谁也不认识谁。好吧，就算你不认识人家李局长，可是你知道么？正因为不认识，所以才要想办法认识呢。这个国家里，有多少人想和领导一起吃饭，交朋友呢！我敢说，孙晓红要是知道这个消息，一定跑得比兔子还要快呢。”

她的嘴张了几下，却没有说出话来。

“我知道你想说认识局长有什么用呢？”校长看了她一眼说道，“怎么能没用呢？当然有用了。别的先不说，就说你转正的事，你连管转正的局长都不认识，咋能转了正呢？你肯定在想，只要把书教好就行了，别的都在其次，这不行呢，人家要是不让你教，你马上就教不成了。”

“教不成就不教。”她说。

“唉，你看看，知道你就会这么说，这又是何苦呢？”校长说，“让你去认识一下局长，联络一下感情，这不是挺好的事么，为什么非要往一条绝路上想呢？你去了，无非是吃一顿饭，人家李局长又不是要剥你的皮。再说，回了家，你也是一个人。唉，山中一昼夜，世上已千年。你是不知道，这个世界上有多少女人，每天把自己拾掇好了，涂脂抹粉，描眉画脸，就等着有人请她们吃饭呢。”

她站在那里，一时间看上去显得那么孤立，又有些可怜。校长也看在眼里，他拍了拍她的肩：“就这么说定了啊。”

她没有说话，但是，校长从她的神情中看出她似乎已经答应了。

送走了赵玲，校长也锁上门开始往自己的家里走，村中的树越来越少了，走到哪里都明晃晃的，让人觉得刺眼。校长一边走一边想，世界是给那些有准备的人的，一个人要是没有充分的准备，又不会临时见机行事，千万别想在这个世界上混。混也是白混，混也是瞎混，到头来只会落得一身的伤痛，一身的羞辱，有的甚至还没有开始，就已经噗的一声结束了。

校长忽然想到了自己的年龄，他为这个年龄庆幸呢，再用不了几年，就可以退休了。李局长可能也快了，昨天给他打电话时，从话筒里传过来的那份热情让他觉得他们之间的关系是那样的深厚而密切，这在以前是没有过的，连电话也是头一次。一个局长怎么能给一个小学校长打电话呢？那么多的校长，对于局长来说，如同一群多胞的孪生兄弟一样难以辨认。到了那个时候就好了，世界纷繁就让它纷繁去吧，复杂就让它复杂去吧，说到底，那都是别人的事了。想看呢，就看一眼，不想看就不看。如同观看别人下棋一样，他们下得好呢，就多看看；下得不好，下得很臭，就转身走开。

正是黄昏时分，太阳红得胭脂一样，赵玲把一只手放到脸前，发现手也是红的。从家里出来，走到那个大水坑边时，她看见了校长的女人。校长的女人是从那边的梁上下来的，一个人，挎着一个篮子。看见是赵玲，校长的女人很热情，她告诉赵玲说，校长这两天像一个怀了孩子的妇女一样，每天跟她嚷嚷着要吃野菜，说了好几次，她都没顾得上理他。校长恳求她说，你就不能给我多少挖一点儿么？我是没时间，我要是有时间，我自己早就去了。她说，你领着老师和学生们去挖吧。校长说，胡说，那还不让人们骂死？再说，那是要犯错误的。今天有空，她就出来挖了一些。她说，再不挖，过两天就老了。说着，拿过篮子让赵玲看，又说，够他吃就行了。赵玲说，你不吃么？她说，我不吃，刚嫁给他的那些年，我没少吃。看见赵玲，让她不由得想起了自己早些年的情形。她说，我知道一个女人有多难。那时候，他在别的村里教书，我一个人在家，还有两个孩子，那真是要多难就有多难。又对赵玲说，你没有孩子的拖累，比我那时候强多了，要是有两个孩子在身边你试试，顾头顾不了脚，东南西北都分不清。

赵玲以前没怎么和校长的女人多说过话，今天一见，她觉得她是一个身宽心也宽的女人。这样的女人，应该是校长的福气呢。风顺着水面吹过来，又贴着她们的身体一直往上。校长的女人用手分开刮到脸前的头发，对赵玲说："一个人不想做饭的时候，就到我们家去吃，别不好意思。"

赵玲说："我会去的。"

望着她离去的背影，赵玲忽然感到涌起一股歉意。一个人走了一会儿以后，那种东西还像野草一样跟着她。

校长带着李局长已经去了。一个小小的饭店，几间平房，房子前面有树，还有两个凉棚。赵玲穿过树荫和凉棚，走进最里面的一间屋里时，校长和李局长正在炕上坐着说话、喝茶。门上挂着帘子，窗户也是用碎花布的帘子遮围起来的，屋里因此显得很幽静。看见赵玲进来，校长立即像主人一样招呼她赶紧上炕。赵玲站在炕前犹豫了一下，侧身坐下，人是坐上去了，两条腿却还在下面。校长说，不脱鞋怎么能行？脱了鞋，完全坐上去。赵玲看看校长，又看看李局长，李局长正满面笑容地看着她，于是她把自己的高跟皮鞋脱掉，坐了上去。她有些不好意思地说，我不大会盘腿呢。李局长说，我们的传统正在一年一年地流失、消亡，现在的中国，已经没有几个人会盘腿坐了。又说，上一次他在省里参加一个酒会，说是按照国际惯例搞的，每个人都端着一个酒杯，都站着，谁也不能坐，把好多人累得腿又困又酸。李局长回忆说，也确实没地方可坐，整个大厅里没有一个凳子，即使有，估计也不能去坐。那个时候，大家都枪一样地站着、戳着，只有你坐着，你会被笑话，会被耻笑呢。完了以后还可能受到纪律处分和组织处理。校长说，中国人，就喜欢学外国人。李局长说，学得困难呢。酒会一结束，所有的沙发上、椅子上，立即都坐满了人。

在他们说话的中间，赵玲总算让自己盘好了腿，她的脸有些红。一张矮矮的方桌摆在炕中间，李局长坐在正面，校长和赵玲坐在两边。李局长轻轻地用手拍了拍炕说，现在的人们越睡离这个东西越远了。校长说，没有比睡在这上面更让人踏实的了，上午我就让他们把火灭了，这会儿是温凉的，坐上去正好，要不，会像火焰山一样热呢。李局长点点头，他的兴致看上去很高，一直都在与他们说话，与赵玲说，与校长说，问赵玲的家庭情况，又问她教书几年了，有孩子没有。赵玲刚进来时的那种拘谨慢慢地没有了。

一直没有看见饭店的人进来。校长说，今天，我就是服务员，我要亲自给你们端盘子呢。这以后，他就出来进去地开始往上端菜。李局长说，老胡，不要太复杂了，越简单越好。校长说，不复杂，一点儿都不复杂。嘴上说着，人还在来来回回地进出，门上的那道暗花的帘子不时地飘起来，又落下去。

赵玲从里面走出来，刚走到外面，正好校长又端着一个盘子走了过来，看见她，校长也吃了一惊。校长说，你怎么出来了？真是胡闹，把李局长一个人晾在里面。赵玲说，我也帮你端。校长脸一沉，说，谁说要让你端呢？我一个人还不够端呢，赶快回去。又说，不是我说你，你有些不懂事呢。刚进来那会儿，让上炕不上，只在炕沿上跨个边儿，你那样子，像是临时坐坐就要走呢，让李局长怎么看呢，心里怎么想呢？赶快回去。

两个人说着，来到门口，赵玲撩起门上的帘子，校长先进去，她跟在后面，又重新在炕上坐下。

李局长对校长说，老胡，不要再端了，你要是再端，我就走了。

校长说，不端了，不端了，想端也没有了。他这个地方，拿手的菜也就这么几个。

李局长有些沉重地说，你那个学校，我又不是不知道，穷得叮当乱响，连个电铃都没有，上课下课，梆梆梆，敲几下铁管子，你不应该这样啊。

校长说，李局长，我对天发誓，今天花的不是学校的钱，是我个人的一点儿心意。咱们开始吧。

几杯酒下去以后，赵玲已变得面如桃花。她忽然觉得屋子里有些昏暗，昏暗中，仿佛听见校长对李局长说，女人们喝了酒，就不需要再化妆了。她想，他们在说什么呢？又觉得李局长正在认真地看她，在不住地点头。她低着头，有些不敢看他们，脸上也烧得厉害，体内似乎有无数舌头一样的火苗在蹿动，烛光一样地摇曳。

校长又开始倒酒的时候，他的手机忽然响了，但校长专心致志，不为所动，坚持把三个酒杯都倒满，然后才拿着手机走了出去。不一会儿，看见门上的帘子一动，他又走了进来。

校长一进来就说，唉，我那个老婆啊，真是个要命的女人，一会儿不见都不行，年纪越大，却越不要脸，年轻的时候也没这样过……

李局长说，那你赶快回去吧，涉及夫妻感情问题，我可不敢扣住你不放。

赵玲抬起头，有些眩晕地看着校长。她模模糊糊地觉得，校长的这个电话有点儿问题呢。凭她对校长女人的了解，她觉得她好像不可能打那样的电话，校长的女人不是那样的人。她不禁想起她不久前挎着篮子离去时的情景，水边的野草簇拥着她，草的下半截都是绿的，上半截一直至草尖上却一律都是又红又亮的，布谷鸟在远处叫着……

但是校长还是要走了，临走前又敬了李局长一杯酒。他祝李局长身体健康，心想事成，万事如意。李局长高兴地说，好，好好好。然后，校长又向赵玲交代说，一切都不用管了，他都已经说好了，需要什么，就去找饭店的人要。

校长像是有些喝多了，临出门前，赵玲看见他的身体突然摇晃了一下，脸差一点儿撞到门框上去。赵玲正想下去扶他一下，却看见人已经像个影子一样飘出去了。屋里的那扇上面是半圆形的门也从外面关上了，门上那道暗花的帘子软软地飘动了几下后，也不再动了，一幅画一样挂在那里。

第二天，一直快到放学的时候，赵玲才看见校长。看看周围没有人，校长低声对她说："李局长说你好呢。"

听到校长这样说，赵玲的脸轰的一下红了。

但校长似乎丝毫没有注意到，他瞥了一眼那截挂在一棵树下的多年来一直被当作钟敲的铁管子，对赵玲说：

"你那事没问题了，我很为你高兴。"

赵玲看着校长，脸上的红晕还没有褪去。

"抽空给王明打个电话吧，让他也高兴高兴。"校长又说道，"告诉他，你就要转正了，就要成为一名正式的人民教师了。"

赵玲没有说话，她看看校长，又低下头去。她有点儿担心，觉得脸上的那层红晕怕是要住下不走了。

晚上，她给王明打通了电话。她有点儿想哭，但是却听见王明显得很高兴。王明说，太好了，我们没做过孽，老天也在关照我们呢。当得知她转正以后的工资将会是现在的好几倍时，王明在那头似乎高兴得已经跳了起来。他对赵玲说，这就好了，这样一来，我们慢慢地也能富起来了，我们要订两三个五年计划，第一个五年计划，先把家里重新布置一下，房子要是能装修再装修一下。

“等过两年，我回去以后，咱们再弄个孩子。”王明说。

对于未来日子的想象与憧憬，使一向打电话都很注意节约的王明有点儿收不住话头，但很快他就又意识到今天的这个电话有些过于长了。于是，他对赵玲说，还有四百张纸在那里等着他往上抹胶水呢，一会儿，他还要再去多领一百张纸，他要把今天打电话的损失补回来。说着，又嘱咐了赵玲两句，就放下了电话。

这天夜里，赵玲梦见家里的院墙塌了一个豁口。在梦中，她找人修补，找来的人都像影子一样，只干活儿，不吃饭，豁口很快就补上了。可是，后半夜的时候，她又看见了那个豁口，从豁口里望出去，能看到外面的山和树，远处还有牛在犁地。

原载于《佛山文艺》二〇〇六年十一月上期

哑嗓子

“本人富连生，男，现年四十八岁，未婚，住本县捧场公社七台大队。本人状告王永春、商智永等人……”

“具状人富连生，本法庭提醒你，现在已经没有公社了，也没有大队了，赶快把公社和大队改过来，改成乡和村。”

“对不起，我就觉得不对，可仁贵非要这么写，还说按老规矩没错，我不能不听他的，谁让人家会写字呢……我不管他了，一会儿我就让人把它改过来。”

“继续说吧。”

一

十八年了，不，实际应该是二十年零三个月过去了，商智永终于又看到了故乡的容颜。原以为再也看不到了。

从南面的那座长满野草和荆棘灌木的山梁上刚一翻上来，商智永一眼便看见了那片多年以来一直牢牢地夹在南北两条山脉之间的平川地带，卑微的故乡像一辆坏在平川里的马车一样无声无响地映入他的眼帘，使他的眼睛不禁有些生痛。二十多年过去了，要说一点变化也没有，那显然是不对的，而恰恰就是那变化本身让刚刚归来的商智永在这片此刻没有一个人出现的山梁上愣了许久。

石黄雀像儿时的伙伴一样在蒿草间飞起飞落，他没有看见。

眼前的故乡如同一枚风干了的果实，干瘪、紧缩、多皱、黯淡，没有一丝光泽。如果说从前的她曾经是一枚水果的话，那也只有亲眼见过的人才会相信，而以她现在的模样，就连曾经亲眼见过的人也开始对往昔的记忆产生疑惑，站在烈日下的山梁上费心地琢磨、增删、更改。很多地方都走了形，再也对不上了。

那些房子好像都还在，却旧得让人心惊，呆傻地站在各自最初的位置上，多少年都没有移动过一步。有几处新房，却更像是落在一件旧衣服上的几个刺眼的补丁，更像是缀在那件破衣服上的几粒不知通过什么渠道得来的崭新而贵重的纽扣。

只知道衣服会缩水，一个地方难道也会缩水么？商智永在心里问自己。山梁上的风还像从前那样清凉，他明显地感到梁上的风正在推着他往前走。聪明伶俐的风，别看不说话，却好像完全知道他的心思。商智永稳稳地站住，让扑在背上的风从两肋下过去，他放下手里的那只被烟熏过，被土埋过，被水泡过，上面浸过机油和鲜血的几乎不再能看出本色的灰色提包，抬起一只手，在有些模糊的眼前抹了一下。

这些年来，他的眼睛养成了见风就流泪的毛病，他不知像这样擦过多少次。

从无期徒刑改判为二十年，中间由于干活儿卖力，又救过贾守城一命，获得两年减刑，所以真正在沙河劳改农场劳动的时间应该是十八年；再加上一开始关押在烟山看守所的那无人理睬、几乎被遗忘了的两年零三个月，正好是二十年零三个月。

二十年零三个月。

这样说来，王永春做鬼已经十八年了？已经在阴冷潮湿的烟山下面埋葬了二百一十六个月了？已经在连核桃虫都到不了的深土层里躺了六千四百八十天了？这样算来，王永春的那第一个孩子如今至少也应该有三十出头了。

二十年零三个月，没有照过一次镜子，因此，商智永不知道自己现在已经变成什么样子了，他有时会借助别人看他时的那种眼神和表情，来猜想、判断自己现今的模样。

一次又一次，从别人的那些镜子里，他仿佛多少照见了一些自己。其实，不用照也不难想到，一定不会很好，甚至有可能相当的怪异。

不是么？那年去土城挖壕沟回来的路上，他扛着铁锹，目不斜视，以一种近乎俯冲的姿势随队伍行进，站在不远处的一个小女孩儿说过的一句话就表达了类似的看法，也初步印证了他本人对自己的猜想。——当他行进到她们的旁边时，他听到那个小女孩儿以一种惊奇极了的声音对她的母亲说：

“妈妈你看那个人——”

小女孩儿的话初看只是说了半句，而实际却已相当的完整了，该有的意思那半句话里面都有了。

当然，也并不全是这样的事，这些年来，好的事情其实也并没有完全与他隔绝。先是大赦一般，从无期徒刑猛然变成二十年，等于一下子把他从阴间又送回到了人间，让他起死回生，让他重新再活，这难道不是一件天大的好事么？人世间的事，再大的好事还能大过这去？平白无故地送给你这么一件好事，平时让你吃点儿苦，受点儿罪，那又算得了什么呢？

好事并没有完，以后就是减刑。减刑就是奖励，相当于正常的人在社会上得奖一样，只不过人家是公民，是正数，而你的一切都是在负数的状态下运行的，两重天里的事。隔三两年就会给他带来一次惊喜，也像社会上那些得奖的人或狗崽一样，把你的名字公布出来，张三李四，玛丽约翰。

这些年里，商智永一共获得过四次减刑，一次是四个月，一次是三个月，还有两次分别是七个月和八个月，四次累计起来也就等于减去了两年。两年，在外边的人们眼里，也许根本不是个什么，唱一唱，跳一跳，醉上几回就过去了。可是在农场里，两年仿佛就是二十年的时光，有那么多的时光一下子都给了你，试想有多少幸福可以度过？可以揉碎了一分一秒地品尝着过，像油煎小鱼小虾，每一口也许都不那么饱满、实在，可是却回味悠长——人更需要的恐怕就是那种悠长的滋味，哪怕它从始至终都是错觉！

寂静的山梁从他的脚下开始变成倾斜的缓坡，一直延伸到下面的平川里，灰白色的鸟在越来越低的缓坡上飞着。还是小时候常见的那种鸟，多少年过去了，还在这片土地上一闪一闪地飞着。如果把它们看作是人，它们应该算是哪一种人呢？忠贞不渝的人？死脑筋的人？默默坚持的人？安于现状，不思进取和改变的人？

两天前，告别沙河劳改农场的时候，管理处的人抱来了他十八年前初到农场时换下来的那身衣服，乍一看见，吃惊极了，连商智永本人也有些不敢相信，那一身已经开始大面积变白的蓝布衣裳会是他自己曾经穿过的，十八年来未曾洗过一水，跟随着它的主人，一到农场便被搁置起来，一直静静地躺在寄物处的某一只橱柜里。现在，主人要走了，它也随即赶来，迫不及待地要扑到主人的身上去。

但直到穿到身上后才发现，它已经非常的不合体了，十八年来它非但没有长大，反而变得又瘦又小，尤其是两个袖子，短得让它的主人的两截手臂不可避免地裸露在外，完全就不像是他的衣服。连一旁的长期以来一贯守口如瓶的马主任都禁不住说道：这才是真正的捉襟见肘！

十八年没有洗过一次，一直沉睡在寄物处的衣服竟然也会缩水，这事不仅让商智永纳闷，就连管理处的人也觉得惊讶，解释也解释不出个道理来。能说什么呢，只能说是经过十八年的劳动，沙河劳改农场使他的身体变得比从前更加强壮了。

十八年，一直穿着国家发给的衣服，商智永有时会觉得自己是一名有着特殊身份的公职人员，错觉虽然是错的，却往往能给人以信心。虽然是劳改服，可也是农场发下来的，不要自己出一分钱。供给制有供给制的好处，许多事情无须自己记挂和操心，该有的到时候就都有了。“十二队，集体换鞋！”“十四队，派人来领帽子！”

商智永隐约记得自己也曾经有过一顶帽子，是当初来农场时与那身蓝布的中山装一同脱下来交上去的，但管理处的人说，找遍了整个寄物处，也没有发现他当年来时戴着的那顶帽子，很可能是寄物处几次搬家的时候弄丢了，也有可能是喂了老鼠。几年前，管理处曾经集中处理过一批帽子，都是被老鼠咬坏的，最坏的一顶帽子上竟有四十七个窟窿！戴那样的帽子，实则是等于在自己的脑袋上扣了一把布质的漏勺，——漏勺恐怕也没有那么多的窟窿，还是不戴它更好一些。再加上那些帽子本身式样老旧，已再没有什么保管的价值，就集中起来处理掉了。那中间说不定就有商智永的那顶帽子。

马主任看着商智永那一身极度不合体的衣服，从心里觉得他还不如穿劳改服得体、好看、自然呢，商智永本人也有这样的感觉。但事实是，他再也不能穿着农场里的衣服出去了。

马主任对商智永说，出去以后去买一身衣服吧，现在外面的人们已经没有人再穿这种衣服了。

马主任的话让商智永愣了好一会儿。外面的那个世界究竟变成了一副什么样子呢？他想不出来。倒是有一种好像即将就要跳伞般的感觉涌了上来，一个筋斗翻出去，重新跌回到人间。他问马主任，外面的人们现在都穿什么呢？

马主任说，穿什么的都有，就是没有人再穿这种衣服了。

出去以后不到一天，马主任的话就得到了证实，商智永确实再没有看见有哪一个人穿着与自己一样的衣服。无须去注意那些鲜艳得像野鸡或孔雀一样的女人，孩子，年轻的松鼠或刺猬一样的小伙子们，只需稍加留意一下那些中年以上的男人，上了年纪的男人，一切便全都明白了，就像马主任说的那样。

尽管是走在陌生的街上，也没有一个人会认识他，但商智永仍然为自己穿着多年以前的服装而感到局促不安，除了旧，更重要的是它的不合身，一看就不是他自己的。真相在这里被假象成功地制服，这让他的心里震惊不已。

无数的人，只有他自己穿得和任何人都不一样，也许一看就知道是刚放出来的？要不就是精神方面出了问题的？慢慢地，他有了一种被当众指认出来的担忧。

他开始找有树木的地方走。浓密的树荫有时会遮住他的脸，甚至整个身体，使他能够获得一阵短暂的安宁，也使他在心里感谢那些枝繁叶茂的天使们，若没有它们纷纷垂下的枝条和叶子，没有它们的关照，他真不知道该去依靠谁，该去哪里隐藏一会儿。有的叶子如同一件件斗篷一样阔大，每逢站在那后面，他就会久久地不愿离开。叫不出树的名字和种类也无妨，又有几个人能够真正懂得它们？就此时此刻来说，只要它有云彩般的阔大清凉的叶子就行，只要能把他收容进去，那就是一条能够普度众生的路，哪怕它荒芜也成！站在它的下面，望着满树的绿荫和清幽，他好羡慕那些躺在树叶上的虫子，远离凶猛的人群，远离喧闹的地面，长得再丑，穿得再不好，也没人能看见它们，当然也就不会招来嘲笑和鄙视。多么希望自己也能够像一只虫子一样躺在一张宽大碧绿的树叶上，然后微觑着眼睛看着从别的枝叶和缝隙间漏下来的阳光，然后等着那叶子慢慢地收拢，一点一点地卷曲，将他紧紧地包裹起来。

没有东西包裹他，度化他，最终他还是像一件投掷物一样一头着地地掷在街上。

在一条行人不太多的小街上，他眼前一亮，终于看到了一个穿着与自己同样衣服的人，只是那个人身上的那件衣服比他身上的这件还要更破旧一些。看不出那个人的年龄，只能看到他背着一大堆空瓶子，众多的塑料的和玻璃的空瓶子被一根绳子巧妙地串在一起，像一只年老的老鼠一样正在低着头贴着墙根行走。

商智永望着那个灰色的几乎已经完全塌下去的背影，心里猜测着那件衣服的年头，直到那一大堆空瓶子消失在另一条街上。

在沙河农场，老鼠是仅次于干部们的一个特殊的阶层，它们自由、强悍、兵强马壮、不讲道理，一个号令下来，霎时间就能迅速地集合起一大群，不怕猫，不怕狗，有时不愿绕道，就直接从人的脚上跳过去。就自由的程度来说，干部们其实也远远不能与它们相比。曾经有一个时期，它们呈现出一种令人不安的蒸蒸日上的繁荣气象，想吃什么就吃什么，想干什么就干什么，没有什么能阻挡得了它们前进的步伐。大白天在监区里的白色的警戒线上晒太阳，相互嬉戏、打闹，开玩笑，讲故事，做报告，大摇大摆地行走，从阅览室去往食堂的那一段石子铺成的小路是它们相互之间最容易碰面的区域，也是他们最能与人遭遇的地方。

与商智永同在十四小队的陕西人惠志官，不止一次地表达过自己的心愿：

“俄也想变成它们中的一员哩。”

那怎么可能呢？当然不行，当然不可以！中国人就是这样，看见哪里有好处，就会不管不顾地奔过去，蜂拥而上，也不管能不能，不管是否适合自己，看见别人都扑上去了，自己就会坐不住，心里只有一个目的：我——要！

到底要什么呢？商智永时常这样想。面对这样的一些人，就应该给予彻底的迎头痛击，毫不留情地将他们的那双伸出去的手斩断，就像斩乱麻一样，就像斩断魔爪一样。

二

直到站在那片凭记忆和强烈的思乡之情也不再能够恢复起来的残垣断壁前时，他才终于确信自己其实早已经就是一个没有家的人了，一路上还半信半疑，心里还残存着最后的一点希望。总觉得，人可能没有了，但曾经住了那么多年的房子应该还在吧？至少还应该有一间能留下来吧？留下来的那一间房还有两扇门吧，两扇门还能用一把锁子锁起来吧？

但是，他所想的全都没有，只有一堆一堆的土，土上长出了一丛一簇的草。眼前的景象让商智永得出一个结论：家里的房子塌了不是三年两年了，绝不止那么几年，看眼前的情景，或许十年前就已全部坍塌了。十年前，那正是他在农场里干活儿最卖力的时候，经常受到奖励，隔八九个月，就会有人向他通报一次家里的情况，总的印象是家里的一切均好，房子也重新翻盖了（他当时就怀疑这件事：翻盖房子，说得容易，哪来的钱呢）；院子里的两棵杏树，几年前死了的那一棵在一个春天的雨夜里突然又重新活过来了，四月里开了满树粉白的花。那时候他想，太好了！要是什么时候能回去，坐在杏花的深处，看着绸缎般上升的炊烟，遥望人字形的雁阵从天上经过，那就更好了。在机修队搬运铁桶的那些日子里，他还邀请过几个人，待将来大家都重获自由后，一起到他的院子里去，哪里也不去，就坐在杏树下，慢慢地说话、喝茶，也不妨回忆一下农场的日子。商智永清楚地记得，当时已经五十八岁的老潘向往过后，便说自己恐怕赶不上了，因为他虽然刚刚获得减刑，可从那时起，后面还有整整二十年的刑期，再减也减不到哪去。而且以他那样的年龄和身体，也不大能够做出什么足以一下减去好几年的业绩，能把每天正常的劳动对付下来，就已经不得了了。二十年的时光，即使中间不出任何的意外，能够囫囵地挺过来，到时候想来也已经走不动了。商智永对老潘说，要有信心，我们等着你！杏树又不死，一年一年地开着，一定能等到你！树的寿命要比人的寿命长得多呢。

那两棵树呢？当然也没有了。商智永在周围寻找了一会儿，连一个树桩也没有看见。当年的那几个人要是真的都来了，该怎么对他们说呢？说等我回来的时候，它们已经不在了？没想到它们却走到了老潘的前面。

往日的一切，怎能消失得这样干净？一家人生活了那么多年，一个又一个的春天，一个又一个的冬天，到头来竟然连一点点痕迹也没有留下，哪怕是一个脚印，一双用旧了的筷子，甚至一滴血？

至于父母，他早就知道他们都已不在人世了，没有人告诉他一鳞半爪的消息，他凭的完全是自己的一种感觉，感觉他们都已经不在了。农场里繁重的劳动使他和别人都很少做梦，一躺下去就像是沉入了无底的黑暗中，什么都不会梦到。可是有一次，他竟在那种无边无际的黑暗中见到了他们，两个人的神情都有些古怪，看他时的那种眼神也相当的怪异，他们都没有和他说一句话。父亲用一个木托托着一点儿拌成糊状的白灰往墙上抹，母亲在纫针，翻山越岭般地纫针。父亲在干一件徒劳的事，因为刚一抹上去，那些白灰就像裁成小块的腐烂的皮一样卷曲着掉了下来。父亲把它们从地上铲起来，放在木托上，又相当徒劳地用嘴吹吹刚刚粘上的浮土。那时候，他想对他说："不能这样干呀！"可是话一直憋着，已经到了嘴里了，却也没能说出来，与舌头一起被一个死沉死沉的东西紧紧地压着，舌头伸不展，他的那一番长长的话也缩成一团。这以后，他们两个人各自都换了一身整洁的衣服，一前一后地走了，像是去走亲戚；天气像是四五月的天气，能看到柳树已经绿了。

这样的事情让他想了一些日子。农场里没有太多的时间让你去想这种事，每天出工的时候，收工回来的路上，会有那么一闪念的工夫，比划一根火柴长不了多少，很快就又被别的事情遮盖过去了。搬运铁桶的时候，你不能去想那些事吧，你的脑子里如果净转悠着一些与劳动无关的事，那一百公斤重的铁桶没准就会滚到别人的脚上，甚至直接落在别人的头上。你不在乎把自己的一双手变成扁的，变成两把连骨带肉的血淋淋的铲子的样子，别人还怕呢。

一个装束怪异的人骑着一头大黑骡子过去了。在从商智永的面前经过以后，又特意回过头来看了一下。这个仿佛是从五六十年前一路走过来的人，一点儿也不觉得自己有什么奇怪的，反倒是站在路边的商智永让他在那头大黑骡子上收紧缰绳，两三次地回过头来，用那张因长期的风尘的侵袭而略显蜡黄的微红的面孔好奇地回望着孤身一人站在那里的商智永。

看出来了，商智永自己也看出来了，打他一回来就发现看到的净是些生面孔，尤其是那些三十多岁以下的人，没有人认识他，同样，商智永也不认识他们，不知道他们是谁。

这么样的一个地方，还能够叫作故乡么?

当然还得认作是故乡，不认作故乡又能认作什么呢？不管你眼前是多么的陌生。有人说，凡是有你的亲人埋葬的地方，即是你的故乡。这样的话听起来有情有义，几近于真理，再经由那种浮华的善做表面文章的人说出来，再适合不过，完美不过。

但商智永不行，眼前这个有众多亲人埋葬的故乡让他糊涂了。

他把随身带着的那个提包放到一棵树下，然后也靠着那棵树坐了下来。

刚一坐下，就看见有蚂蚁开始在他的脚边，在周围一带出现、活动，有的不远不近地走着，扛着粮食的，游手好闲的，有些胆大而无事干的已经窜到了他的鞋上。他用手扑撸了一下，有一些被扑撸下去了，但仍有一些还紧紧地抱着他的腿，像是长在了上面。

算了。他想。它们想在就让它们在吧。

踏着满地的柴草，一辆牛车慢慢地走过来，看不见赶车的人，赶车的人睡在两个车帮中间凹下去的地方。

是那种三四十年前的常见的牛车，现在还在赶这种车的人一定不是年轻人，不是年轻人，商智永就应该认得，而且，对方也一定会认出他来。这样想着，商智永慢慢地从那棵树下站起来，他想看看躺在车上的是谁。可是，他看见的却是一个用一件衣裳蒙着头的人，一条腿害怕似的弯回去，另一条腿却又仿佛不是他的似的挑衅般地伸得直直的。在他的头边，有一团盘起来的黑黢黢的绳子。

没有人吆喝它，也没有人指引它，牛车吱吱扭扭地老马识途般地朝着往西去的原来居住着很多人家的一条街里走去。

牛车越变越小。

三

牛车越变越小，到后来完全没有了。在它拐了弯，消失了的地方，商智永看到了一个搭起的灵棚，白纸，白幡，飘扬的白布，用绳子固定起来的黑布，全都是烂纷纷的样子，仿佛已经存在了很久了，又像是刚搭起来就被风吹破了。

商智永突然吓了一跳，愣愣地望着那边。谁死了呢？

刚回来就碰上有人死了，这让他的心里倏忽飘过一片阴影，这让他觉得自己无论如何都不能到那边去打听。怎么说呢，这中间好像有那么一点点说不清道不明的东西，好像他现在的自由是灵棚里的那个人用自己的死换来的……看上去不是这样的么？一个刚死，另一个马上就回来了。多少年也不回来，这边刚一咽气，那边突然就回来了，那中间难道真的一点儿关联也没有么？自己不这么想，能挡住别人也不这么想么？更何况，他本人目前正在这么想，正在心里一遍又一遍地嘀咕，涂染，放大……那么，别人又是如何想的呢？

他远远地望着那里，觉得迟早会有人从那个白纸黑布糊成的棚子里走出来，只要看到几个熟识的人，大致也就能知道是谁死了。

可是，直到他的脖子都有些酸了，也没有得到一个正经的答案。倒不是因为一直没有人从那个棚子里出来，事实上一直都有人在那个棚子的周围活动，不断地进进出出，相互对火点烟，聊天，独自站着发呆。难就难在那都是些戴孝的人，都是从头到脚一身白，就像是用一个模子刻出来的，就像是同一个窑里烧出来的一批一模一样的白瓷缸，隔着那么远，你能分清谁是谁？那么样的一些人，即使是到了他们的身边，也得一个一个地拔拉开，仔细看才能看清楚。

一个七八岁的孩子，正在追赶着一只鸡到处疯跑，在从商智永的面前经过时，被商智永一把捉住了。孩子一开始想反抗，想挣扎，但是没有成功，他的细瘦的麻秆样的手臂被商智永紧紧地攥着，他小鸡一样扑棱了两下后，就不再挣扎了。

商智永指着远处的灵棚问道：

“谁死了？”

孩子用一种害怕而又绝对敌视的神情看着他，根本就没有想过要回答什么。

他打开记忆的仓囤，在混合着清苦和霉味的往昔的气息中，快速地翻捡着一些褪色的图景，无数神态相似而运气和遭遇各不相同的人纷纷闪现后又都一晃而过，没有一个人走出来告诉他死的是谁，是西边的老人还是隔壁的女人，更没有人声称是自己不在了。

就在他愣神的时候，那个孩子像一块光溜的石头一样忽然从他的手里嗖地一下滑出去了。一定是他的手不知不觉地松了。孩子很好地把握着时机，机会一来，立即就蹿了出去，在一片觉得没有了危险的坡上停了下来，揉着大约是被他攥疼了的手臂，忽然用十分稚嫩的声音大声地对他说道：

"谁也没死，是你死了！"

商智永在树下做了一个捕捉的动作，那个孩子扇动了一下两个胳膊，很快就像一只土色的麻雀一样不见了。

这时候，两个一身白的人抬出一张颜色猩红的桌子，放在那个灵棚的前面。在午后的斜阳下，那张红油的桌子发出一种灼热辛辣的刺眼的红光。

为什么会搬出那么一张与眼前那白花花的事情极不协调甚至完全相反的桌子来呢？就在商智永愣愣地望着的时候，很快就看见又有人出来了，弯着腰在那里鼓捣了一会儿，接着开始有一张一张的白麻纸被举起来，白亮白亮地在那一带飘闪着。这么热的天，飘动的麻纸肯定还有一些响声，但商智永听不见，他只能看见它们都被一张一张地糊到了那张猩红的桌子上。不一会儿工夫，那张热辣刺眼的红油桌子就不见了，变成了一个白纸的台子。

商智永用自己的目光测量了一下那个白纸糊出来的台子，一个人要是躺在那上面，长度显然是不够的，至少两只脚，甚至小腿部分都得悬起来，架空在外面，除非把身体蜷缩起来，除非是一个孩子，孩子也得是那种还没有长够尺寸的小孩子。

这就对了，糊成白的就对了，让人一看就明白这家人不是在办什么喜庆高兴的值得神气的事，而是从里到外都被一种不祥的空气占领着、控制着、左右着。出来进去，从鼻子里吸进去的也全是那样的一种空气，吃饭喝水的时候也能捎带着把那种东西吃进去喝进去。心里有了那种东西，面目神情上也会不知不觉地表露出来，所有参与到那件事情里的人，每一个被卷入到那种气氛里的人，都没有平时洁净，身上都会或多或少地沾染上一些鬼气。

四

他刚想喊一声“报告！”忽然又意识到已经不在农场里了，不需要再喊了。

叔叔和婶婶看到猛然出现在门口的商智永时，都被吓了一跳，婶婶的脸上快速地升起一片急躁紧张的浮云；叔叔的嘴张得老大，好一阵才缩小，变得正常。

看到他身上的穿戴，他们怀疑他是逃跑回来的，他们马上想到有可能被连累。

“按道理不应该这么快呀！”叔叔说，“我算计着至少还应该有几年。”

听到叔叔这样说，商智永在心里苦笑了一下。二十年都过去了，叔叔还觉得他回来得有些快。也许所有不在其中的人都会有这样的感觉，觉得你并没有如数坐够，不是得到了什么好处，就一定还有别的不可告人的问题。二十年？怎么，已经过去二十年了？真没觉得啊，感觉也就是两三年的样子啊。

于是，商智永向他们解释，说到了一些规定和制度，说到了劳动表现，说到了减刑。又拿出释放证给他们看了。

叔叔咝咝地吸了几口凉气，对婶婶说：

“没想到监狱里还有这种事，像买东西一样，也能把价钱讲下来。”回过头，问商智永，“你讲了多少？给你打几折？”

“不是这么回事。”商智永向他们解释说，“也不存在打折，这不是商业。我不是用嘴讲下来的，是靠劳动换来的。”

解释好像也是没有用的，因为叔叔并没有用心听，仅仅只是不在意地匆匆扫了他一眼。释放证从叔叔的手里传到婶婶的手里，不久又从婶婶的手里回到叔叔的手里。叔叔用一只手摸着自己的脸，另一只手拿着释放证，在认真地看，苦苦地思索着。他不时地中断审看和思索，抬起头看看站在他面前的商智永，然后又去看手里的那张释放证。

“回家说吧，”叔叔终于说道，“别让人看见。”

说着，带头往屋里走。婶婶推了商智永一下，让他走在中间，她自己则自动地担当起断后的责任。

“叔叔，我是光明正大地回来的，”商智永在叔叔的身后说道，“我现在不怕被人看见了，谁看见也不要紧。”

叔叔没有应声。看时，人早已进了里屋，里屋门上的一道蓝底白花的帘子正在无声地飘动着。家的气息朝商智永迎面扑来。

叔叔老得厉害了，腰已经不大能伸直，嘴里剩下寥寥的几颗牙，稀世珍宝似的偶尔露出来一下。倒是婶婶看上去依然健壮、结实，似乎比二十多年前的那个女人还要有力。她的一条手臂上戴着一只镯子，那只镯子有些紧，套在哪里就是哪里，不能在手臂上来回滑动。

从院子里往屋里走的时候，商智永注意到东边的院墙下顺躺着一堆木头，有横梁、柱子和椽子，那一瞬间，他的脑子里浮现出家里的那几间房子，真不知道它们是在哪一年坍塌了的。整个村子里，也只有叔叔最有义务最有资格把那些塌下来的还有点用处的东西收罗回来。

街门突然被人用力拍响，用的是一种铁器。叔叔惊得脸色大变，婶婶瞪了他一眼，他立即慌慌地跑出去了。婶婶站在里屋与堂屋之间的门口，用一只手撩起那道蓝底白花的帘子，她一会儿偏过头去朝外面探望一下，一会儿又回过头看着屋里的商智永。

商智永听到一个粗鲁的声音在说：

“家里来了客人?”

“没有没有!”叔叔的声音一听就是在慌乱地刨土，极力地掩盖和埋葬，又像是被突然捕获。来人质问他为啥半天不开门，他说自己没有听见。叔叔好像有什么要命的东西攥在那个人的手里，十分的慌乱而又十分的低声下气，好像早已不再指望来人能把那个撒手锏一样的东西丢弃，更不指望能还给他。

来人说：“大白天插着门，肯定没有好事。”

叔叔赔着笑，笑声稀软，对来人的话既没有肯定也没有断然否定。

来人说：“我来是告诉你，你还得去一趟水磨。”

“怎么？有麻烦?”

来人哼了一声。

“这个蔡金花，不是说好了么……我饶不了她!”

“你打算什么时候去?”

“这会儿天快黑了，明天一早我就去。”

院子里没有声音了。叔叔跟在那个人的后面，送到门外后，重新把街门插好。婶婶放下帘子，到了外屋，商智永听到他们在说话。

二十年前的这间屋子里曾经都摆放着一些什么样的东西呢，商智永想不起来了。包括叔叔和婶婶在内，一切都是那么的生；包括院子里跑着的鸡，也完全都是新生的一代，最近一两年才出生的。

像在监舍里的时候一样，他规规矩矩地靠墙站着，挺胸，抬头，两腿并拢，目光直视着前方。他的正前方是一堵墙，靠墙摆着一排柜子。就是在那排已显出陈旧和疲惫气息的柜子上，他看到了一个方方正正的东西，前面镶嵌着一块方形的幽暗的玻璃……那个时候，他听见自己的心里叫了一声。

没错，是电视！就是一台电视机！

在农场里，他远远地看见过，只是从未走近过，更从未伸出手去在那上面摸一下。干部们差不多每天都能看，而他们却是几个月才能轮到一次，那也是后来这几年的事了，前十几年是没有见过的。所看的内容也都是经过严格把关，精心挑选出来的。

没想到叔叔的家里也有了电视，想来他们的日子也好过多了。街门虽然不太整齐，可是屋里却有电视，叔叔的穿戴虽然明显偏旧，可电视里面的人都穿得很好，那也不能说和他没有一点关系吧？二十多年前，举国上下，所有的人都灰雾雾的，不能说都穿得像讨饭的一样吧，可也已经快差不多了，稍微再多一些补丁和毛茬，就都像了。

五

婶婶是个精明的人，一眼就看出他这回回来身上有些积蓄。商智永也没想过要向他们隐瞒，他告诉她说，有，有三千多块呢。十八年的时光，六千四百八十天的劳动报酬。临回来前，他用细密的针脚缝在一个贴身的口袋里。一路上，坐火车，乘汽车，他的一只手常常会不知不觉地捂在那个此前从来没有过的让他深感不安的地方，像是在宣誓！脸上的神情除了深不见底的对于外面世界的恍惑和肃穆，剩下的便是无边无际的紧张，寒气一样，从脚底一路升上来，一直窜至头顶。在一辆浑身蒙满黄尘的开往故乡的长途汽车上，他梦见自己是刑期未满逃回来的，半路上又被重新捉了回去。沿途的黄黄的柳树成为最容易让人伤心难过的景色。不久，又梦见身上的那些钱全都要离他而去，都表示不再跟他了。他说："我带你们回家，回我的故乡……"一下没留住，眼看着它们就乱哄哄地窜出去了，然后就纷纷扬扬地散落着逃走了，像是一群鱼回到了大海里，像是飘荡着的树叶回到了森林里。他从座位上惊醒，吃惊地看着车窗外烈日下的平原和越来越近的熟悉的山地。

叔叔一早就去了水磨。

家里只剩下婶婶和商智永两个人。从婶婶的嘴里得知，他们的几个孩子都早已分出去另过了，最小的一个在附近的镇上。商智永想不起她叫什么，只记得是个女孩儿，二十年前他走的那时，她好像才刚刚学会走路，印象里像一个摇摇晃晃的蘑菇。

回来的路上，商智永看到了许多到处散落着的蒙古包，有的坐落在河边，有的在山上，甚至就在悬崖边上，还有的就在草地上，大白蘑菇一样。商智永一路上吃惊地看着，又以同样吃惊的心情不住地想着，他不明白家乡这边到底发生了什么事，为什么会有那么多的蒙古包呢？怪就怪在这里并不是草原，尽管离真正的草原并不算很远，坐车到那里也就是三五个小时的路程，可并不等于就是一回事。那么样的一种草原上才有的标志性的东西出现在这一带，真是太让人觉得奇怪了。那是要做什么呢？里面住的是蒙古人么？为什么在那些白色的包座的附近又看不到成群的牛羊和哪怕是一匹骏马？

迷惑的心情如同多年的陈旧性的溃疡一样使商智永的胃里突然之间变得又辣又烧，他腾出一只手朝那个热辣辣的地方按了一下，感觉那里不知从什么时候起似乎已碎裂成许多蚕豆大小的小碎块儿，正需要他用手去收拢、修补，重新捏合成一个相对完整的与原样相比不至于太离谱的东西。关于那些来历不明的蒙古包，他很想问一问周围的人，那是用来做什么的，哪一年，什么时候开始有了的？但是，他很快就发现，整个车上，除了他自己，再没有哪一个人的脸是冲着车窗外面的，远近各处的那些星星点点的白包包好像从来就不曾存在过一样。绝大多数的人都在打瞌睡，有的把也许平时扬得很高的头深深地低下去，认罪一样，悔过一样，把睡着了的脸贴在腿上。有的坐着的姿势倒是没变，只是眼睛一直闭着，上半个身体随着汽车的颠簸而前后摇晃着，一副人事不省、深度昏迷的样子。还有的一排座位上三个人，睡成一道斜坡，一个靠着一个，最里面的那个人靠着窗户，只能把自己的一张既清醒又迷糊的脸歪到玻璃下面。

有相当长一段时间，整个车上，只有商智永和前面的司机是醒着的。

直到那辆睡意蒙眬的车把他放在路边，又昏昏沉沉地开走，也没弄清那些野蘑菇一样的蒙古包是干什么的，更不知道它们出现的原因和意义。

一回来后，他就把它们全忘了。

二十多年，耳朵里得不到这边的一丁点消息，每一件事情，每一个细小的东西，都会引起他的兴趣和注意。他感觉自己像一捆吸水性很强的布，所有反映到他眼里和耳朵里的东西都能够被他如数地吸纳；吸纳得多了，一些不太重要不太强烈的浅淡的东西就会被暂时地遮挡起来，被一层一层地往后挤去，就以为那些被遮起来的被挤到后面去的都不存在了，永远不再见了；却不知它们并没有走远，更没有消失，而是都在记忆的暗影地带里蛰伏着，都在等待一线亮光似的时机，一旦时机到来，它们就会被重新照亮，慢腾腾地或者灵巧地站起来，大步流星地或者一溜小跑地向你走来。

现在，那些曾暂时被他抛到脑后去的野蘑菇一样的蒙古包就正在穿过记忆的原野，朝商智永走来……雪白的穹顶，穹顶上闪亮的避雷针，带有花饰和小窗户的包壁；门前的旗杆，旗杆上的绣有飞龙和骏马的图画，都无一不让他这个刚刚摆脱旅途踏上故土的人感到震惊和迷惑……而重新照亮、唤醒它们的正是眼前这位二十多年来没怎么见老，看上去比从前更加成熟更加精明的婶婶。

一开始他们在屋里，后来两个人都来到了窗前的葫芦架下，浓阴染遍的葫芦架下，甜菜，扁豆和南瓜纷纷向上蹿着、爬着，有的已越过了房檐，用细弱的看上去绝难成功的手顽强地向上攀登着。在葫芦架的阴凉以外，是一畦需要阳光照射的箭一样的黄花。

坐在有湿气流泻的绿荫下，商智永有一阵恍惚觉得正置身于一片没有声音的树林子里，他正在里面捡柴火。哨兵的黑洞洞的枪口有的朝天，有的朝着树林中的某一个弯下去的黑熊般的身体……而坐在他对面的婶婶又让他不时地从那片光线幽暗的树林子里走出来，穿过驳杂的记忆，艰难而又快捷地回到眼前这个再用不了多久就会硕果累累的葫芦架下。

二十多年没回来过，一定把这里的一切都想死了吧？那还用说么，金窝银窝，不如自己的狗窝，狗窝如今虽然没有了，可还有别的东西在。婶婶知道商智永现在的心情，知道他一定很想到处走走，看看。但是，婶婶说，有的地方能去，也能看，想怎么看就怎么看，而有些地方却是万万不能去的。

这还能叫作故乡么？什么样的地方不能去呢？

真不知道那种像命运一样神秘的通道是怎么修建起来的？说着说着，这就说到了那些不知什么时候冒出来的野蘑菇一样的蒙古包。

"尤其是那些蒙古包。"婶婶说。

本来商智永已经把它们忘了，因为它们不管如何奇怪、神秘，实际却离他很远，与他目前的处境更没有什么关系。然而，婶婶的一句话唤醒了他，长途汽车上车窗外曾经闪现过的那些谜一样的图景瞬间又在他的本已黑暗安静下来的记忆的原野上逐一地浮现了出来，清晰、雪白、浑圆、神秘……是婶婶提起了它们，不无善意地照亮了它们。——原来它们并没有走远，更没有消失，一直都安静而沉稳地蛰伏在那里，只是他自己一时看不见了，忘记了。

事实或者说答案是自己走来的，并不是商智永辛苦得来的，也不是他软磨硬泡地打闹来的。他就此正好向婶婶询问那些蒙古包的来历，住在那里面的是些什么人，在里面做些什么。

“就是做那种事的。”婶婶说。

“做哪种事？”

“就是那种事。”

浓密的绿荫使他这个时候看上去尤其显得面有菜色（其实不能怪那些绿荫，无论在哪里他都是这样的，站在光线充足、没有绿荫的地方会更明显）。他不解地看着婶婶，不明白她在说什么。“那种事”是哪种事呢，是什么事呢？

他有些呆傻地看着婶婶，为自己没有听懂她的话而觉得难堪。

“你是真不明白？”看见他那副样子，婶婶不由得把声音提高了一些。“连这也听不懂？他们没把你的脑子打坏吧？要是你的脑子真的不顶用了，你就完了，出来也没用了，自由也没用了，手里拿上十张释放证也没用了。”

“婶婶，我的脑子还好好的。我就是不明白你说的那种事到底是哪种事？”

“唉，就是那种事么……男人和女人的事……”

“男人和女人的事？”

“旧社会把那种地方叫作窑子。”

“你是说那些蒙古包里……”

“看你，嘴张得那么大！对，我说的就是那意思。咱们这里又不是草原，又没有蒙古人，你想想看，平白无故地八竿子打不着地把那玩意儿扎在那里有啥用？名义上是旅游景点，实际就是做那种事的。”

"旅……游?"

"连旅游也不知道？就是到处走，到处吃饭，住店，到处照相，那就叫作旅游。可能除了你们在里面不能动，全国的人都在到处走，到处照相。胡富林家的那个坑坑洼洼的石碾子，不知让多少人照过相，不知和多少人合过影。胡富林不干别的了，每天给客人们表演推磨，有的客人来了兴趣，也要上去推几下。他爹死得早，梦也梦不到他的那个破碾子会变成那样，成了他们家的摇钱树，现在每天都有人看着。"

"他们在蒙古包里做那种事情，就没有人管么?"

"她们只是挣钱，又不造反，不严重。她们的目的只有一个，就是挣钱，更何况那还是双方自愿的事。"

"我记得，从解放以后，一直到我走的那时，都从来没有过那种事。"

"没有就不会再有么，人是活的。有那种聪明人，能想出各种办法。你还不知道吧，现在遍地都是，繁华的大地方有，咱们这种山高皇帝远的地方更有。"

"婶婶啊，我没想到世道竟成了这样！"（他想，退回二十年前，三十年前，这些人至少也得被判处无期徒刑，甚至死刑，现在却都平安无事。）

"这算啥！慢慢你就习惯了，就不觉得奇怪了。那些蒙古包里铺着毛茸茸的地毯，厚厚的垫子，还有梳妆台；水管子也通到了里面，每一个包里至少有一个水龙头，能洗。"

"出了这样的事，竟然没有人管……"

"也不是完全没有人过问，一些部门的人也断不了来，一撩帘子，一弯腰，就进去了。进去就半天出不来，有时一整夜都出不来。"

世界变了！仿佛一块晾在绳子上的布，二十多年来，经过风吹、日晒、雨淋和别的遭遇，从颜色到内里都不再是原来的那块布了，完全变成了另外的一块东西：说它是布吧，早已没有了布的形态和品质，无论如何都再很难说它还是一块布；说它不是布吧，那又是什么呢？塑料？钢铁？木头？皮革？陶瓷？桑麻？显然也都不是。

“我担心的就是怕你一不小心去了那些地方，就你那点儿钱，两下就让人家掏空了。”

“婶婶，你尽管放心，我不会去的。”

“人都有管不住自己把握不住自己的时候呢。”

婶婶啊，二十多年来，我在监狱里受到的教育，了解到的国际国内的形势不是这样的呢。每周我们都要进行学习，政治，经济，科技，文化，由教员向我们讲述每一个时期的形势。国际上的形势不太好说，总的印象是很多国家都很不好，都有大问题，大麻烦，黑暗、肮脏、恐怖，形同人间地狱。纵观全球，只有我们一个国家欣欣向荣，形势一派大好，可以说没有任何的问题和麻烦。偶尔出一点儿交通事故，却也反衬出我们的经济取得了巨大的成就，完全是因为我们聪明勇敢的人民心高气盛，兴奋异常，把车开得太快的缘故。不过，也应该以正确的更加宽容更为积极的立场去理解人们的那种急迫的心情和行为：终于有了自己的车，容易么？为什么不把它开得更快更猛一点呢？奔驰在社会主义的伟大道路上，谁能不快，谁能甘心落于人后呢？退回二十年前，三十年前，凭的是两条腿在走路，想快也快不了。近三百年来，我们一直被鄙视，现在，我们终于可以扬眉吐气了！我们倒不一定要以牙还牙地也去鄙视别人，但我们已有资格有能力去同情别人，帮助别人。

现在想起来，讲那些主要是为了稳住人们的心，让大家好好劳动，认真改造，外面的社会已然非常完美了，而你在这里要是改造不成，还是那种人不人鬼不鬼的鬼样子，即使将来有朝一日放你出去了，你也一定难以融于外面那个完美无缺的世界，这样的结果不难想象。两年前已经退休了的薛教导员曾经打过这样一个比喻：一个衣衫褴褛、浑身脏臭的人，突然走进一个灯火辉煌、富丽堂皇的大厅，即使没有人说你，没有人撵你出去，你自己马上也会觉得不自在，觉得一定是进错了门、走错了地方……薛教导员就是这样比喻有罪的人与社会的关系的。简单的一个比喻，却尖锐、刺眼又刺耳，充满辛辣，让大家如针刺一般。

它的前提是：外面的人都是无罪的，都是好的。

六

“婶婶，你要做什么？”

“我要洗衣裳。帮我去提两桶水，顺便把你的衣裳也脱下来洗一洗。”

“我的就不洗了吧……我没有替换的衣服。”

“唉……穿你叔叔的吧，别嫌难看就行。”

“婶婶，这一千块钱你先帮我收起来，总装在身上也不安全。”

“对，还是放在家里保险一些，没有人动。”

“该动就动，那就是给你的。我每天不也要吃饭么，就算我的饭钱吧。”

“一家人何必说两家话呢，你不回来，我们不也得吃么，又不是过去那些年。那时候，突然间要是多出一张嘴来，谁家都会受不了。”

“我回来给你和叔叔添麻烦了。”

“你不像是从那种地方回来的，倒像是从一个文明世界里回来的，净是客套话。自回来以后，没听见你说过一句粗话。”

“这二十多年，每天除了劳动，就是学习，不允许说难听的话。看了不少书，明白了不少道理。另外，婶婶，我的字也写得很好看了，在农场里还独立出过两期黑板报呢。”

“我们倒是没有在那里面生活过，一直都生活在人民群众中间。可是，这么多年，耳朵里每天听到的全是粗话、脏话，要多脏有多脏。”

“明天我想去一趟镇上的派出所。”

“去派出所？”

“别担心，是一件好事。每一个刑满释放的人，都得要到当地的派出所去登记、备案，把释放证交给他们，重新启动你的户口。这样，你就真正又成了一个自由的人了。以后再从派出所的门前经过，也不用害怕了，能挺胸抬头地过去了；甚至停下来，就在那里站一会儿，点一支烟，也不用怕了，更不用躲藏了。”

“这样最好。世上什么事最难受？藏着掖着的事。不过，我还是想提醒你，办完事就回来，千万别到那些蒙古包里去。”

“放心吧，我不会去的。刚出来，我怎么能到那种地方去呢。”

“二十多年过着那样的生活，我怕你一时管不住自己。”

“我能管住。”

“嘴上不想，心里也不想么？”

“不想，人最重要的是能够认识自己，知道自己是谁，明白什么是你能干的，什么是你不能干的；什么地方该你去，什么地方不该你去；去了不该你去的地方，只能怪你自己。”

“你叔叔一辈子也不明白这个道理，有空多教教他。”

“有婶婶在旁边时常敲打着他，他也不会出什么岔，这么些年不是都好好地过来了么。”

“唉，你是越来越会说话了。”

“是事实本身就是那样的。”

七

已经很晚了，在村子西边的一处没有人住的空院子的山墙外面，有两个人还在说话。牵牛花的粉红的嘴和紫罗兰色的嘴在黑魆魆的墙头上悄悄地张开，吐露出粘有花粉和淡淡的香气的细语，没有落到地上，也没有加入他们的谈话，而是越过那两个人的头顶，进了不远处的一片青杨树里。

“我是后半晌看见他的，猛一下没认出来，可再陌生也还是有那么一点儿影。所以，已经走过去了，已经到了魏子云他爹的那个磨坊前了，我又停了下来，回过头去看，这一回，我认出他来了，就是他回来了。”

“说话不算数。”

“富大爷，你说谁说话不算数？”

“国家。”

“国家？”

“不是说好了是无期徒刑么，咋这么快就放出来了？”

“我的大爷，这还快？都二十年过去了，您瞧您的眉毛都全白了。”

“可当初明明判的是无期徒刑么。”

“富大爷，无期不等于一辈子不让他出来。十几年也好，二十几年也好，最终都得让他出来，没有在监狱里住一辈子的。”

“既然这样，那就不要叫无期徒刑。”

“无期只是一个等级，并不是真的没有期限，他表现好，就不无期了么。富大爷，我在镇上的法制中心学习过三个月，美国就没有无期徒刑，他们那里叫终身监禁。有期徒刑呢，有七十年的，八十年的，还有一百多年的，二百多年的，最高的有四五百年。”

“四五百年？那是多少代人的事了？”

“相当于一个人在明朝的时候犯了罪，进去服刑，一直服到现在才能出来，如果他能活下来的话。”

“谁能活那么长？就算他能活那么长，负责看管他的人也活不了那么长。你能想出现在的警察看管着一个明朝的犯人么？那等于看管着他的一位十八代的祖宗！我敢肯定，连人家当初犯的是什么事都闹不清。”

“那也是一条一款地精确地算出来的。”

“美国人，美国鬼子做事就是和人不一样。”

“富大爷，天不早了，回去睡吧。”

“我睡不着。”

“还在记恨他么？”

“怎么不恨？将来到了地底下我也忘不了。”

“这么多年过去了，也没把您心里的仇恨化掉。我原以为，二十多年，就是一块石头，也该风化得差不多了。”

“我这块石头化不了。别的石头也一样，你去沟里看看，二十年前的石头现在都还在。”

“是还在，可是都酥了，那还能叫石头么，用手一捻，粗面粉一样。富大爷，我觉得他和过去完全不一样了，像是从里到外换了一个人。”

“他换不换和我无关。”

“富大爷，把心放宽敞一点儿。”

“不!”

八

他睡了一会儿，后来听到院子里有响动，忽然又醒了过来。透过薄薄的窗户，能看到树枝的漆黑的剪影，就像是剪出来，插在夜空中的。

睡了多长时间呢，商智永没太在意。这些年来，睡眠已成为他的俘虏，被他成功地运用得灵活机动，易如反掌，困扰很多人的失眠问题，在他这里是不存在的；同样，在队里其他人的身上也是很少看到的。哪有时间失眠呢，这是大家共同的一个感受。

很多人之所以失眠，是因为过于讲究睡觉的形式和环境，在一些无意义的问题上徘徊，兜圈子，和自己过不去：换了地方睡不着，心里有事睡不着（无论是高兴的事还是麻烦的事，都能够让他们一直醒着，蜡烛一样地消耗着），甚至身底下不平坦不绵软也睡不着，周围有动静就更睡不着。所有的这些枝节问题，取其中之一，就会让那些身在福中不知福的人们一整夜一整夜地醒着，要是把以上的诸多因素都聚齐了，那就更不知会是一种什么样的后果。

其实，睡觉的根本问题、核心问题，是在于真正睡着了，而不是在哪里睡，与周围的环境也应该没有关联。另外，睡觉不一定非得躺着，更不需要非得躺在床上或者炕上，真正的入睡是不在乎这些的。坐着可以，站着也同样可以进入梦乡，甚至与人说话的时候，也能瞅准某个间隙，短暂地进入一下——只要是真实的进入，效果都是一样的。

感谢沙河农场，这都是农场培养的结果，使得每一个人都具有极高质量的睡眠，这在很大程度上弥补了营养的不足和因长期的劳动强度太大而造成的身心的疲劳。

推土机和搅拌机在轰隆隆地响着，高音喇叭嘹亮地唱着，说着。你把手里的铁锹或者镐头插进土里，仔细观察一下周围的情况，如果没有人在旁边监督，远处也没有一双眼睛在牢牢地盯着你，那你的好运就来了，机会盛情邀请你来了，——你应该识得抬举，而不应当拒绝命运打发人送来的这番深情厚谊。把铁锹或洋镐插进深深的土里以后，先不要忙着把它们从土里抽出来，因为这个过程正是一个抓紧睡觉的绝佳时机，并不是常有，要是错过了，这一天也许就再不会有了。你就那样身体前倾，两只眼睛看着工具，保持一种正在用力铲土或者刨动的姿势，这个时候，你的神经就可以暂时溜走一会儿了，让它迅速地沉到漆黑无底的睡眠中去，哪怕时间极短，哪怕前后只有一分钟，那也会发生翻天覆地的变化。

一分钟以后，你必须再从漆黑无边的睡眠中及时地出来（万万不可贪睡，那会有麻烦很快地找上门来），睁开眼睛，回到现实中来，铲起满满一大锹生土。推土机还在推着，哨子还在吹着，整个过程神不知鬼不觉，没有人知道你已经异常甜美地睡了一大觉，充分地好好地休息了一下。与那些每天拥有八九个小时的睡眠时间的有福的人们相比，你也一样精神饱满，心明眼亮，一点儿也不比他们逊色，虽然你前后只有短短的一分钟！要知道，把那一分钟充分地利用好了，一天一夜再不合眼也能扛过去。

有时候，一分钟过去了，你幸福无比地睁开眼睛，感觉像是刚刚饱餐了一顿有粮食、蔬菜和肉类，外加一杯茶组成的美食，觉得浑身有了使不完的劲，心情也异常得好。天上白云绵延，甚至烈日炎炎，地上的十几个小队分别在不同的地方做着不同的营生，乌鸦在附近叫着。最后一声哨子一响，所有的小队眨眼就站得笔直。回营？还是继续往远处开拔？没有人打听，也没有人在暗自猜测，相互之间也不用眼神交流，只需在整队前把头歪向一边，将耳朵里的土倒出来，把不知什么时候钻进去的乱草棵子揪出来，清理一下，以便能够听清队长或干部说什么就行了。

“喝水不喝？”

婶婶从外面把门推开一点，问他。

听到婶婶的声音，商智永急忙从炕上坐起来，接着又习惯性地站起来，站得笔直，两手下垂，中指贴着两边的裤线。

“不喝了。”他说。吃晚饭的时候，他多喝了两碗面汤。

要是有浓浓的茶，能够喝上一杯，那当然再好不过，可是，他没有把心里想的说出来。也不能说出来，已经够麻烦她的了，怎么能再让她给自己倒茶呢。能喝一杯固然好，可是不喝也没有什么，肚子里这会儿饱饱的，难道还不满足么？人的毛病全是惯出来的，常常是得寸进尺。没有东西吃的时候，总想着只要能饱饱地吃一顿，就万事大吉了，吃完后马上去死，也乐于从命，不再计较。可到了真正吃饱以后，却又想着最好能再有一杯茶，一支烟，一个水果……真正的得陇望蜀，贪得无厌。

什么时候有过这样幸福安宁的时刻？两年零三个月的监牢生活，十八年的劳动改造，教会了他什么？首先就教会了他不是在万般无奈的情况下，决不给任何一个人增加一点麻烦，即使真的到了那种最绝望最为无奈的时候，也不应当首先向别人开口，而是想办法咬牙挺着，也许能挺过去，也许挺不过去；过不去就过不去，也许命中注定你就过不去。

是的，如果把喝一杯茶的幸福建立在劳驾别人，让别人受累的基础上，那他宁愿不喝。

厚着脸皮喝了，会在心里感到愧疚和深深的不安，会让良心举债，甚至负罪；不喝，反倒能落得个轻松、坦然；孰轻孰重，心里一清二楚，并不是一件需要多么费心思量的事。

而所有这一切，全都取决于你的身份和处境。当你高高在上的时候，任何人为你做的任何事，你都会觉得坦然、自然，再正常不过，再应该不过。怎么啦，难道那不是他们应该做的么？不做这些，他们又能做什么呢……这样的事，并不是只有这个时代才是这样的，任何时代都是这样的。

婶婶好像还在院子里，一个洋瓷脸盆在石头的台阶上响了一声。

他重新躺下，闭上眼睛，心里却亮堂极了。他不想让这回来后的头一个晚上就以这样一种马马虎虎的方式随随便便地蒙混过去。闭上眼睛，一觉睡到第二天天亮，那很容易，可是那会让他感到一种空荡荡的无边无际的愧疚，总觉得做错了什么。用睡觉来打发时光，那是最容易也最省事不过的，睡觉谁不会，偷懒谁不会？就是因为有一种明明白白的感觉在告诉他，那样做有失恭敬。至于对谁不恭，他一时又有些说不清。是脚下这片离别了二十年的土地？是那些几十年来绿了又黄，黄了又绿的草木？是那些曾经清凌凌地流淌着的如今已枯干了的河流？是那二十年的监禁和劳改的岁月？……一回来就知道吃，就知道喝，吃完喝完倒头就睡，好像那不会说话的一切真的和他没有一点儿关系。

是的，用睡觉和睡着以后随后就到来的既像灭顶之灾又像时来运转的黑暗和宁静来应付、遮掩一切，敢说你的心肠在这其中没有变得无情无义么？因为那些被应付被遮掩掉的，本不应该被应付被遮掩过去。

在沙河农场的时候，在那些炎热的夏季和滴水成冰寒风刺骨的冬天，他有时会想起这片土地，贫瘠，荒凉，收成不好，产量极低，要想养活一代一代的人几乎是不可能的，可事实就是养活了一代又一代的人，很少听说有人是饿死的。

一代又一代的人都能活下来，靠的是什么呢？不知道。

千年的屯兵堡，老实木讷的容颜毁坏的烽火台，开阔的草地，露出白色和青色卵石的河滩，不太密集的树林，湖水一样的碧青的莜麦地，一条条通向草地深处的蜿蜒不绝的小路……不种桑，不养蚕，野花野草从来都比庄稼更茂盛，更能生长。除了杏树和李子树的果实，再没有任何一种能够生长任何水果的树木……典型的塞外风光！那些杏树，从远处看是粉红色的，到了近前再看，已变成雪白的，那种从远处看到的云雾或晚霞般的粉红色原来是它们的一种一开花就自然带来的天生的容颜和气质，像是一个人的精神或内心。

从最初啼哭着坠落到这片土地上的那一天起，多少年从来也没有想过她为什么会是这样的？从学会爬行，走路以后，便无时无刻不被她托着、举着，转而又在她的胸膛上走动、跳跃、奔跑、践踏，用火烧，用水淹，用铁器挖，用利器刺，刀砍斧劈，开膛破肚，褪毛剥皮，生吞活剥，打出各式各样的大大小小的洞，隧道、矿井，永无止境地不分昼夜地从里面攫取着想要的东西。个人打小洞，政府打大洞，打更宽广无限的洞，直至打断骨头，榨得油干血尽，千疮百孔。从幼年时代的不懂事的胡闹和闯祸，到成年以后的老谋深算，贪得无厌，下黑手，出阴招，卑鄙无耻，招招致命，所有的人都觉得一切都是应该的，正常的，就应当是这样的。脚下只有这一块土地，不折腾她又能去折腾谁？就像游手好闲的儿女勒令父母为他们建造房屋、操办婚事一样，不向她要，又能朝谁去要？尽管如此，仍然没有一个人认为自己是不对的，没有一个人不觉得自己委屈无比，受到的都是不公正的待遇。

三生塔很早就没有了，商智永小时候见过的就只是一个只剩下几块旧砖的有蛇和蜥蜴蜈蚣穿来穿去的长满荒草的矮小的土台子，几十年没变，白蝴蝶和红褐两种颜色的牛虻在那里飞来飞去。现在，却突然又起来了，巨人一样矗立着。据婶婶说，里面还安装了电梯。商智永没有见过电梯，因此也无法想象人是怎样一眨眼从塔底一下升到塔顶的。是像爆竹一样突然蹿上去的么，应该不是吧？

趁着夜深人静，他悄悄地从东边的这间终年无人居住的空闲的房子里出来，又轻手轻脚地穿过院子，来到街上。整个村子里没有一点声音，没有一星灯光。黑暗中，他吃力地辨认着一些过去的房屋。有些房子看上去眼熟，却不能肯定里面是否一定就住着人家，更不能肯定的是，就算有人，也不知道是什么样的人住在里面，他已经没有那个把握了。

因为，昔日的一切都好像被动过了。

很多东西还不是简单的错位和偏离。

这样的情形下，过去的记忆，经验，以往的一切的眼光和标准，似乎全都没有用了，全都用不上了。就如同早已作废了的粮票和布票，攥着一大把，攥得再多再厚，也没有用了，无非是废纸一堆。面对眼前新的困难，它们无能为力，不再有用。

粮票作废的那一年，商智永他们都不知道，因为大家从来都没有往那方面想过，怎么会想到那上面去呢。就算山南海北地想，就算想到山崩了，海裂了，也不会想到那么有用的票票有朝一日竟然也会作废，竟然也会变成废纸！它曾经代表的是什么？国家，政府，一种钢铁般的权力，一种不可动摇的制度。说一句最真实的话，他们能够想到自己被作废，也绝想不到那么有用的代表着统治意志和权力的粮票会被作废……由此可见，人的习惯一旦被固定起来，再想灵动一下是多么的困难。

粮票作废的消息是一个名叫康有财的人从外面带进来的。康有财告诉大家说，现在去饭店里吃饭，只要有钱就行了，不需要粮票。此外，购买点心一类的东西，也只要钱，不再要粮票了。总之，粮票是彻底没用了，退出了中国的历史舞台。

这个十分意外的消息并不像康有财一开始以为的那样像一个炸弹，因为它没有爆炸性，因为大家都不相信。这种事，别人不相信，你就无论如何都爆炸不了，不管你渲染得如何巨大，如何严重，如何的危险。长期关押在这里，不断地有新的犯人进来，什么样的人没见过，一进来就说胡话，说瞎话的，大有人在。刚来到一个新地方，有的是为了给自己壮胆，有的是为了打开局面，为今后的日子早做安排。那么，康有财是一个什么样的人呢？大家都不知道，更不了解他，只是把他看作是一个满嘴胡咧咧的从外面一进来就说瞎话的人。

康有财，豫州人，时年三十六岁，十九年有期徒刑的获得者，判决下达后的第二天，即乘闷罐车被发往沙河劳改农场。

康有财还说，购买粮食也不用粮票了，正经的买不到，就可以购买议价粮。大家问，什么是议价粮？都没听说过。康有财说，简单地说，议价粮就是价格比正常的粮食高出一截的。众人说，为什么要高出一截？那不是犯法的事么？康有财说，当然不犯法，国家说你不犯法，你就不犯法。议价粮是一个新名词，议就是商议，买卖双方共同商定一个价格，表示价格是可以商量的，而实际上也没商量，全由卖的一方说了算。

康有财被送进来的时候，恰逢商智永刚刚获得一次减刑，尽管只是减去了四个月，可是，与刚进来的身上背负着十九年徒刑的连农场的东南西北还分不清的康有财相比，四个月无疑就是一抹自由的曙光，温暖，明亮，鲜艳，隐约地浮现着希望的泰运。它使得劳动归来的商智永人逢喜事精神爽，拿出在一个墙缝里藏了差不多有半年时间的整整一盒滤嘴香烟，慰问本小队的二十个人，大家每人一支。那烟并不是商智永自己的，而是他十二次替巫孝明打饭，连续半个月为风湿病严重的白栋梁按摩、敲打膝关节，挤压虎口，用野艾蒿熏烤内关节换来的。

怀揣着减刑的喜悦和希望，商智永投向康有财的目光是充满同情和哀怜的，更觉得康有财一切才刚刚开始，正式起步的那十九年也显得格外的漫长而模糊，一眼望不到头，一条布满艰辛的荒芜久远的人生路。

不久，小队里又来了一个新人，卢平路，还不到二十岁，一副学生模样，一说话就脸红，不敢抬头看人。这么样的一个孩子，真不知道他是通过什么事情进来的。卢平路证实了康有财带进来的那个消息是真实可信的，粮票确实作废了，已不再在中国的大地上流通！从东海之滨到帕米尔高原，从大兴安岭到海南岛，大江南北，长城内外，粮票——曾经的那种二指宽的对每一个中国人来说不能缺少的至关重要的小票票，已不再在任何一个中国人的钱包里出现，再没有一个人出门的时候带着它了。

在来农场之前，曾经有几年，康有财历经千难万险，搜罗，囤积了三万多斤粮票，准备倒卖后狠狠地赚一笔。可是，他还没来得及出手，几乎是一夜之间，粮票就突然作废了。望着柜子里捆得整整齐齐的一摞一摞的花花绿绿的废纸，康有财首先觉得是这个世界出了问题，世界的神经错乱了！不是么，三万多斤粮票，注定是永远地瘫痪了，再也站不起来了，再也出不了他这个门！

来到河边，商智永回头去看，身后的村子里黑沉沉的，没有一丝一线的亮色。河里的水又薄又瘦，看上去更像是一张轻薄的用雾做成的皮，随时都有可能离开龇牙咧嘴的河滩，如一卷展开后的纸一样飘走。河里没有蛙声，两边也没有水草。

多年以前的那每到夜晚便响彻山区的嘹亮的蛙声和河两边的丰茂的水草像是已被整体迁移，移得不知去向，没有人知道它们离开这里以后又去了哪里。按照物质不灭的定律，它们应该还在，可是谁又能说出它们的下落，知道它们如今在哪里呢？明知道在，却没有人能够再找到它们。

这真像是一个谜啊！

站在这条现出丑陋模样的河边，商智永为突然想到的这个如一桩无头公案一样的问题而不由得战栗了一下，怎么会想到那上面去呢？又没有人暗中引导，也没有人在一旁鼓动，劝说，怎么会拐到那上面去呢？那样的一个问题，也不是他这样的人应该考虑的呀。又在替别人想事，忧心，就像他曾经真心实意地为康有财那三万多斤没有出路的呆傻地滞留在家里的粮票发愁一样。

九

那些崭新的庙宇也让他感到震惊，一看就知道都是新修的，竣工的时间都不太长。佛家的，道家的，甚至天主教的，都聚集在一起，各有自己的一块地盘。

香烟缭绕的寺院，彩幡飘飘的道观，耀眼的蜿蜒的红墙，灰色的青瓦，金色的琉璃瓦，天主教的尖顶，馒头状的圆顶……年轻的和尚和道士，骑着自行车到镇上来买菜。有的自行车竟然是带电的，跑起来飞快，和尚的光头反射着太阳的光。

夹在稠密的人流中，商智永不担心被人认出来，倒是另外的一种渐渐袭来的情绪像是蹦进鞋里的一颗小石子一样每走一步都硌着他——那就是对于这个镇子的一种无比陌生的感觉。按道理他是不应该感到陌生的，小的时候他还在这里上过两年初中呢。那时候，对这里仅有的两条街，街面上的那些房子，闭着眼睛都能摸过去。而眼前，他完全不认识这个地方了，一切都进行了更新一轮的变更和拆装，街道变得鲜艳、肥胖而任性，其间涌动着各种各样的气味和巨大的声音，人声、汽车声和比推土机、搅拌机和火车还要让人耳朵发聋的音乐。

而在这中间，除了那令人翻肠倒肺的声音以外，最让他感到一下不能适应的还是街上那汹涌不息的人流。一个小镇，怎么会有这么多人呢？好像比遥远的沙河县全县的人还要多上几倍。那年，商智永所在的第十四小队与另外两个小队——第十五、十六小队，被从一片盖满盐碱的生荒地里紧急调往沙河县城的北门，奉命在那一带挖掘一条深十米，长达七公里的壕沟。当卡车载着他们经由西门外的水库大道，一路开进他们认为是相当繁华漂亮的沙河县城时，尽管街上的人并不太多，但他们还是被当街指认了出来。有人在街边的房子前指着他们，惊呼道："看，犯人!"是的，三辆大卡车上载着的都是这个时代的罪人，与社会有过节的人。是谁帮他们挖壕沟？是谁为他们修水库？是那些身上有编号的灰色的犯人。他们都穿着统一的灰色的劳改服，头上戴的帽子也都是一样的，是那种被叫作瓜皮帽的帽子，像是被切成两半的西瓜，将其中的一半圆圆的扣在头上。上面的图案有人说是月牙形的，也有人说是花瓣式的，总之是一瓣深一瓣浅的颜色，就以那样的形式排列着。如此显眼鲜明的标识，恐怕只有那些拄着棍子，在街上深一脚浅一脚地走着的盲眼人不知道他们是谁。

一年以后，又是当初的他们三个小队，又被紧急调往沙河县城的北门。原因很快就知道了，一年前做出的那个挖壕沟的决策是严重错误的，新的一届党委会现在要纠正过去的错误，重新将那条十米深，七公里长的壕沟填起来，恢复原样。

随着热烘烘的散发着各种气味的人流走着，他终于明白了，多年以前的那种青色的行人稀少的街道以后再也不会有了。出售口感有些酸味的面包的小店，再推开临街的窗户以后，面对的也不再是一条有树荫的好半天才有一个人经过的寂静的小街。

更何况，也已经再没有那种带酸味的面包和出售它的小店了。

康有财认为世上最好吃的东西莫过于羊肉烩面和烙油馍。而在商智永的记忆里，则是那种带有浓重的发酵酸味的面包，看着挺大，愣头愣脑的一个方方正正的东西，用手轻轻一捏就没了，成了扁的。

在镇里上初中的头一年，好几年不见的舅舅顺路来看他，就在临街的一个小铺里给他买了一个那样的面包。舅舅不让他捏，说捏扁了不好看。他吃得手都有些颤抖。十来岁的孩子，手怎么会抖成那样呢，又不是中风的老年人。舅舅走后，他多半夜都没睡着，睁着眼睛时想的是那种带酸味的面包，闭上眼睛后，想的还是那个东西，甚至把出售它的那个临街的小店和一整条寂寥的小街也包括了进来：树荫浓一块，浅一块，临街的里面挂着绿色窗帘，外面同样漆成绿色的窗户里，有人正在细细地吹笛子，此外再没有别的声音；汽车？好长时间，好几个月才能看见一辆，也不知里面坐着什么人，蚂蚱一样，一转眼就蹦走了。

十

凭着一种久远而模糊的记忆，商智永在人流中四处张望，仔细地回想，辨认着昔日的派出所坐落的方向，他记得是在一条很短很窄的街上，临街有一个四合的小院，派出所的白底黑字的木牌子就挂在那里。每天出早操往东边的烈士陵园那一带跑步的时候常看见那块牌子，至于那个院子里有什么，却完全不知道，因为从来没有进去过。印象中只记得派出所的左邻好像是兽医站，右边的却无论如何都想不起来了。

三四十年过去了，一切都在变，难道派出所就不会变么，还会老老实实地留在原来的那个地方么？别人都不老实了，凭什么还要让他们老老实实地待着不动？

可是，谢天谢地，三四十年前的那个派出所真的没动，真的就还在原来的那个地方，只是商智永一开始没认出来，他没以为眼前的这条又长又宽的街就是多年以前的那条兔子尾巴一样的又短又窄的街。在镇上随着人流行走的时候，他其实早就看见了这条街，但他想也没有想过它会与派出所，与过去有什么关系。最主要的原因还在于它的艳丽的外表，过于艳丽过于人多了，那么样的一条新崭崭的街怎么可能会来源于几十年前呢？它和从前那条青灰色的行人稀少的小街难道真的有关么？

还有一个原因是，尽管派出所没有挪动地方，却也并不是一直都老老实实地趴在那里，而是也顺应潮流地识时务地跳起来了——原来的那个四合的小院不在了，变成了一幢三层高的楼房；昔日的那个白底黑字的木牌子换成了合金铜的。

没有人在楼里办公，所有的门都锁着。

商智永从楼下摸到楼上，没看见一个人。三楼上不去，一道铁栅门横在二楼通往三楼的楼梯口，半月形的锁子宛如一副正在待命出发的手铐。

在楼下的一排玻璃橱窗里，陈列着本派出所所有人员的照片，照片下印着他们的名字和警号。商智永从楼上下来，来到橱窗前，从那位眼睛里含有一丝睡意的所长开始，将里面的照片挨着个儿一张一张地仔细看了一遍。两排照片，十几个人，一律全是生面孔，没有一张脸是熟悉的，甚至似曾相识的。有一位堪称妩媚漂亮的女警员，长得楚楚动人，美目流盼，简直可以去当演员。

这就对了，都是一些生面孔就对了，二十多年前的那几个胡子拉碴的操着本地口音的警察肯定都不在了，按道理按自然规律也不应该再在了。退休的退休，调走的调走，甚至有的人说不定已经不在人世了呢。一个人二十多年窝在一个地方不动一下，也不是一件容易的事，除非是在监狱那样的地方。

当年，他们仅有的那一辆草绿色的三轮摩托车是方圆几十里以内最具有震慑力的一个东西。说句不恭敬的话，说句玩笑话，说句实在话，那辆一路跑一路冒黑烟的三轮摩托车曾经为那几个没有受过正规训练却又往往冒打冒失地使案件能够得以破解的警察增添过无穷的胆量和勇气。这样说并不是要怀疑他们的胆量和勇敢精神，而实际情形正是他们驾驶着那辆虽不标明却又明显具有政权威力和专政色彩的三轮摩托车出来的时候，与他们空着手像是去走亲戚一样步行走着的时候是大不一样的：坐在那辆摩托车上时是一种胆量，远离它的时候就会是又一种胆量，那其中充满了弹性，充满了距离，大有折扣，胆量与智谋会出现明显的波动，甚至会体现在他们说话的声调与音高音低上，表明在他们的神色和动作上。

当他们驾驶着那辆时常怒吼着的摩托车出来的时候，他们信心满怀，一切都不担心，甚至会因此显得骄傲自大。那是因为知道他们的背后有靠山，有万里江山，有强大的国家机器，摩托车每吼叫一声，都是国家在吼叫，政权在发威。而当他们两三个人甚至一两个人相跟着出来，蹲伏在一个月黑风高的夜晚时，他们会觉得背后空荡荡的，什么也没有，除了没有任何可以依靠的，反而会形成一种极易被从后面攻击的薄弱地带。

畏缩，担心，很多不好的东西也都纷纷地出来了，从他们的心里幻化到周围。腰里的枪有时确也能壮一下胆，心慌的时候伸手去摸一下，但并不能帮上真正的大忙。

当年的对破案很有一套却又不认识几个字的武所长就是一个爱出汗的人，很少能见到他有不出汗的时候，哪怕是大雪飞舞寒风刺骨的严冬。只要稍一暖和过来，他手里的那块不容易辨清颜色的手帕就上上下下地忙活开了。

派出所还在，但它旁边的那个兽医站却不在了。

现在，一个外表鲜艳的名叫玫瑰影楼的地方正处在兽医站的那个位置上。当年的那些曾在这个门前停留过的十里八乡的骡马们万劫不复，就连兽医站和为它们瞧病的兽医们也随着它们一起消失了，永不再回来。

商智永站在人来人往的外面，认真地打量了一会儿，也没有弄清那里面究竟是干什么的。他往后退了两步，脚下的一溜彩色的花砖把他吓了一跳，自己刚才朝那里面打量的时候，两只脚就踩在那些美丽的图案上，他觉得也许很快就要有人从那里面冲出来了，朝他张口大骂，骂过后说不定还会让他赔偿……他想好了，如果真要是那样，决不能还口，就让人家骂两句吧，谁让你的两只脚不小心踩到了人家那么好看的图案上呢？如果非要让赔偿，那也得赔，不要因此起争执。

他摸了摸装在贴身处的钱——它们极有可能要比来的时候有所减少了；早就嚷嚷着要离开他，这一回，可能要应验了，可能要来真的了。

但是，不久以后，他放心了。他看到好多人都踏着那些美丽的图案经过，并没见有人出来说什么，这是不是可以说那些东西是能够踩踏的？

接着，他看到了让他更为惊异的一幕：一个头发像钢丝一样的年轻人，竟然在那上面啐了一口！

商智永的心咚咚地跳了起来。他想，这一下总该有人出来说点儿什么了吧？还能继续没人管？不可能没有人出来吧？

在农场里，你在地上蹲一会儿，都会有人过来，看看你在干什么：是否是在画草图，设计逃跑的方向和路线。

他的脸颊忽然有些灼烧，仿佛那一口是自己啐的，仿佛此刻所有的人都在或远或近地看着他，看着他这个前来派出所递交释放证的人；释放证还没有递交成，却转眼又在大地上留下污迹，留下耻辱的印记。

可是，又过了一会儿，他慢慢地看出来了，确实没有人管，也没有人站出来说什么，那一切仿佛都不曾发生过一样。

头发像钢丝一样的年轻人早已消失在热烘烘的人流中，有更多的脚和腿正在或紧或慢地从那上面经过。世界还是不久前的那个世界，真的就像什么也没有发生过一样。

又看了一会儿来来往往的人流，他渐渐地恢复了平静，心里不再像刚才那么剧烈地跳了。

这以后，他向旁边的一位头戴草帽，正在钉鞋的老头打听那个鲜艳的门里是干什么的。那顶草帽慢慢地向上抬起来，露出一双三角形的眼睛和眼睛上方的一缕白眉毛，老头看了一眼商智永，很快又把两道驮着白眉毛的目光投到手里的一只粉色的皮鞋上。

好半天，商智永才听到从那顶颜色褐黄的草帽下传来一个漫不经心的声音：

“就是照相馆。”

照相馆？商智永吃了一惊。

不可能吧？他想。照相馆为什么不叫照相馆，而要另起名字呢？叫那样的一个名字，谁能看得懂谁能猜得到呢，谁能知道那里面是干什么的？就是真的要照一张相，也不会想着往那里面去，一定要找到那三个字，才敢踏实地推门走进去。

他看看旁边的草帽，又看看面前的那个彩色的门楼，草帽遮掩下的那张脸早已不再看他。一个锈迹斑驳的小铁桶被打开了，老头正在用一把小刷子将里面的一层黄浓的胶水拔丝一样地扯出来，商智永闻到一种十分刺鼻的气味。

他无论如何也不能相信眼前的这个地方竟然会是一个照相馆。照相馆，放着自己的本来的名字不用，却隐姓埋名，用起了别的名字，是不希望有人进去照相么？是嫌原来的那个名字不好么？就在不久前，在商智永向那个老头询问之前，他曾对眼前这个看不清道不明的地方有过自己的一些判断和猜测，认为很有可能是一个小型的电影院，里面可以容纳一二十个人，甚至更少的人（那么小的一个电影院，只有寥寥的几个人在看，那有什么意思呢）。这样的一种判断，也是实在有些迫不得已，因为在他看来这已经是最接近的了；别的，他实在再想不出来，不知道眼前的这个地方能和什么挂上钩。

他不明白那里面的那些人是怎么想的，甚至很想看看那是些什么人，头脑里的想法再奇巧，也不至于奇巧成这样。要是他本人有这样的一个地方，他一定会老老实实地就叫作照相馆，他相信有些名字是不可以被随意替换的。可现在，显然不是这样的，原来所有的界限都被抹平了，过去所有有特定指向的触角现在到处乱伸，张三的脚伸到王二的被子里，被认为是再正常不过的事；红的颜色执意要离开自己曾经的门户，拼命地向黑白的区域里渗透、灌注……也许连他们自己也说不清为什么要这样，也许其中并无深意，仅仅只是觉得这样做有趣罢了。

他又看了一眼那个用各种艳丽的色彩装裹出来的地方，心里已经决定了，即使将来哪一天要照相，也决不到这样的地方来，一定要找一家真正的门上有那三个字的地方。

那样的地方又在哪里呢？商智永很想再问一问一旁的那个很有些架子的老头，可是，他又担心那个很难亲近起来的老头会说出这样的话：

"再也没有照相馆了！满世界全都是这样的地方。"

于是，他决定先不再去想这件事。有一点他是清楚的，至少在最近一个时期内，他本人没有照相的打算。

暂时摆脱了这件事，他顿时觉得身上轻松了不少。细想起来，是自己主动去碰这件事的，而并不是被什么人或事情强迫的。幸好没有什么麻烦，要是由此酿出了什么不好的结果，那也完全是自己主动争取来的，怪不得任何一个人；真要是那样，将有负于那二十年规规矩矩的噤声屏气的生活。

街上如同一锅烧开了的水，上面热气蒸腾，下面的富含油性的木柈子还在继续往里冲，红黄的火焰如一条条大舌头一样欢快地舔舐着，跳动着。而派出所里依旧没有人。

从某些方面来看，这倒有点儿像是三十多年前的那个微小的如同一个秘密的党小组一样的派出所，安静，寥落，哪一扇门吱地响一声，周围所有的人全都能听得清清楚楚。而现在，处在这样的一条热闹得让人头晕，太阳穴始终都在突突乱跳的街上，即使那些房子里一个人没有，它看上去也是不安静的；至少，把安静这个词用在这里，用在它的身上是非常不合适的，明显地用错了地方。

他决定再等等看。

已逝的那二十多年的酷烈的日子在他的身上培育出很多的东西，往他的身上注入了许多先前十分稀少甚至从不曾有过的内容，其中就包括那种被叫作“耐心”的东西。成千上万个日子，它一天天地增长，每一天都要长一点儿，时至今日，究竟长到了多大多深，他自己也无法说得清楚。也许早已根深叶茂了吧！繁茂的枝叶稠密地远远地伸展出去，笼罩在下面的一定是大片大片的清凉怡人的绿荫。

十 一

耐心投下的浓荫不久以后就在他的眼前展开了。

快临近中午的时候，来了一个人，骑着一辆构造非常复杂的警用摩托车，车上的数不清的红蓝两色的灯飞快而醒目地闪烁着，相当强硬而又不耐烦地鸣叫着。那个人虽然没有穿着警服，却准确而熟练地在派出所前面的那一排玻璃橱窗后面停住了，甚至都没有熄火，就下了车，转身朝一间屋子前走去，很快地开了门，进去了。

不需要动用多年的经验，商智永也能看出他就是这个所里的一名警察，仅凭他那大大咧咧，不拘小节，无所顾忌的样子就能看得出来。像箭一样地突然射过来，既不锁车，更不熄火，转身就走了，那样自信，凭的是什么？不用说骑摩托者本人，就是站在一旁的商智永也相信绝不会有人去碰那辆红蓝两色强光频繁闪动的车，更不可能会有人打它的主意。绝大多数的人，身高多在两米以下，体重也在一百公斤以下，有多大的胆量和能力敢去捋法律的胡须？老虎的屁股摸不得，政权的，国家队的更不行。

商智永的心里已经开始动了，他决定跟随那个人进去，去碰碰运气，说不定事情就办成了呢。即使办不成，那也没有什么损失；即使有损失，那也必须得面对，人生在世，怎么可能会没有灾祸？万事如意那样的话只能用来赠予，去祝福别人，自己却绝对不应该信以为真。祈求万事如意，就像祈求长生不老一样荒唐可笑。

可是，前后不过仅仅一两分钟，商智永这边还没有开始行动，那个人很快就又出来了，并随手带上了门，朝轰响着的摩托车走去。

眼看就要又骑上去了，商智永快步迎了上去。玻璃的橱窗如一道屏风，尽管远远谈不上严实和隐蔽，却也在一定程度上把他们与身后的喧闹的街市暂时地隔开了。

运用多年来养成的习惯，商智永简明扼要地说明了自己的来意。对方果然就是这个所里的一名警察。商智永又把释放证拿出来，递过去。对方两腿分开，骑在一触即发的摩托车上，看过后又把释放证还给了商智永。

脸色却是想象不到的温和，与那辆过于威风过于强硬的车形成一种明显的反差。看他的脸色和态度，你想象不到那辆厉害的车会是他骑来的。他十分温和地对商智永说，这事不急，过些天也可以办。所里这些天没人，都在外面办一个案子。余下的话他没有说，他这一趟回来是取一份几年前的指纹，要拿过去比对。

用力拧了一下车把，摩托车的声音陡然增高，变得威猛而力大无穷。

就在那种嘈杂无比的噪声里，又对商智永说，反正你已经无罪了，自由了，这些天可以好好休息休息，到处看看，吃点以前没有见过也没有吃过的东西。

“这二十多年社会发生了多大的变化，恐怕你们还都不清楚，知道的也可能只是一些皮毛，表面现象。”

说得对啊！商智永把释放证捏在手里，使劲地点了点头。派出所的同志现在说的正是他一直以来心里所想的。

他很想对眼前的这位出乎他意料的和颜悦色的让他感到高兴和快乐的警察说，自己对他们这个派出所是熟悉的，远在三十多年前，他在这里上学，每天出早操跑步，来回两趟都要从派出所的前面经过。

他想说，可是没有说出来。说那些干什么呢？看眼前这位，退回三十多年前，他那时恐怕还正在母亲的怀里吃奶呢，甚至有可能还没有来到这个世界上呢。

十　二

在商智永快要刑满释放的前两年，有一个名叫江少卿的人，背负着十四年的刑期，来到了商智永所在的第十四小队。他带来了一个让大家普遍都认为荒唐而不可信的消息：他说现在有一种电话，叫作手机，全世界的人都在使用。这个东西有多大呢？只有一盒烟那么大，有的比那还小，握在手里根本看不见。只要有电，只要有信号，在任何时候任何地点都能打，千里之外，万里之外，对方都像是就在你的眼前。不过那会很贵，说话的成本远远地高出两个人面对面的交谈，每一句话都是用钱铺出来的，都是用钱接通的，没有钱你是接不通的。

江少卿说的是什么呢？是对讲机吧！

农场里的干部们都使用对讲机，几乎每人一部，时常握在手上。出工前，劳动的时候，劳动中间歇息的时候，听见好几部对讲机都在哇哇地讲话，说的是什么却听不大清楚，主要是因为距离远的缘故。大家都坐在地上远远地看着，干部们手里的那个东西像什么呢？大家边看边想，终于有一天，冀州人符本贵想出了一个堪称形象也够得上准确的比喻。他说干部们手里的对讲机很像是一个长方形的黑面包，一头插着一根黑筷子。众人闭上眼睛一想，都觉得符本贵想得绝妙，难道不像么？太像了。

但江少卿却反驳说，他说的不是对讲机，对讲机能叫作电话么？对讲机根本就不是电话，与电话完全没有关系，虽然看上去有点儿像，但像不等于是。香炉旁的那种时常被敲得梆梆响的在光滑的外表下甚至也有刺的木鱼难道是鱼么？难道能被归类到水产里去么？

江少卿的话一时把众人噎住了，大伙儿于是不再纠缠这件事情，而是转问另一个问题。大伙儿问江少卿，他本人有没有用他说的那种电话打过电话。江少卿含冤叫屈地说，真是笑话！连那些钉鞋的，捡破烂的都有，时常都要掏出来打一下，我怎么可能会没有。一些淘粪的甚至把自己的号码大大地喷涂在立交桥上最醒目的地方，后面还特别注明是热线。他告诉大家说，他已经用坏了两三部，现在的这一部是最新的，不过，自从被捕以后，就再也没有见过，现在在管理处暂时寄存着。(还“暂时”呢，十四年呢，那能叫暂时么)

“等我将来出去的时候，他们还是要还给我的。”江少卿说。

虽然漫长的刑期才刚刚开始，可江少卿已经在提前憧憬着未来，等待着获释的那一天，等待着管理处让他去领取他的分别了多年的电话。

有人很担心地问江少卿，把那么一个又有电又有信号的东西贴在耳朵上说话，不会爆炸么？

江少卿说，你端着碗吃饭，碗会爆炸么？会漏电么？筷子会像火箭一样蹿到天上去么？

碗能和那些东西一样么？碗来自于土，来自于泥，是一种实在不过的东西，没有太玄妙的东西在里面，你无论端着它还是放下它，任何时候心里都是踏实的，丝毫不用担心会有什么不测。要是哪一天它不小心摔碎了，那也必定完全是由于你的过错，你没有把它拿好。只要你一直好好地拿着它，只要你的寿命足够长，一千年，一万年，它也不会萌动起破碎的念头，还会和最初从窑里出来时一模一样。

江少卿摇着头，他觉得大伙儿在里面关了这么些年，都关傻了。许多问题，他即便浑身都是嘴也说不清楚。这么一群傻子，外面的世界颜色变了又变，黑红，青紫，蓝白，红黄，一天一个颜色，一夜一次突变；核心处也一变再变，里外之间不再有区别，从一开始的小打小闹，直到关键部位的崩溃和瓦解，新生的恶草开始咄咄逼人地生长，到处耀武扬威……而他们这帮人却只记得手里的磨秃了的不再坚利的十字镐头，只知道他们的倒扣在有蚂蚁和蟑螂频繁出没的阴暗墙角里的碗——碗底也有字，但不是“乾隆御制”，也不是“景德八年”，而是他们各自的如蝼蚁一样卑微的歪歪斜斜的名字。

现在，就在最近的一段距离内，在派出所前面的那排玻璃橱窗的一端，商智永生平第一次在最短的距离内猛然看见了一个东西——比手掌略小一些、长方形的有着一副深蓝色的看上去仿佛已经逾越了贫穷和落后的道貌岸然的外表！

像是亲眼见到了梦中的一幅情景，商智永明白了，他相信自己此刻看到的那个东西，就是江少卿曾经在108号监舍里或长满沙蓬的生荒地上大肆地描绘和渲染过的那种不无神奇的让初到农场的江少卿念念不忘的电话！看来江少卿并没有说谎，没有胡编乱造地欺哄大伙儿，世上如今确有那样的东西存在。

但是，让商智永惊奇的并不是看见了那个东西本身——他已来不及对那个东西本身表示惊奇——，而是此刻正在使用它的那个人——

一名胖大的和尚，穿着酱黄色的僧衣，正在玻璃橱窗的那一端打电话，说话的渠道正是他手里的那个比手掌略小一些，长方形的，有着一副深蓝色外表的铁盒子。随着他一边说话，一边不住地转动着胖大的身体，商智永看到了他虎背熊腰的背影和脖子后面隆起的一圈一圈的肉；随着他背朝那边，又一次把身体的正面转了过来，商智永看到那张白胖的脸上频繁变换着的极其生动的表情，眉头忽然收紧了，忽然又完全舒展开了，嘴边的笑意使两个圆圆的酒窝浮现出来。商智永暗自猜测，他的转来转去的身体，他的变来变去的面部表情，应该都与电话里所谈到的内容有关。

连和尚们也使用起了这种东西！商智永完全惊呆了。

也许他们已不再苦行修炼，甚至都有可能不再把寺院作为唯一的仅有的居住地？过去，在那些遥远漫长的年代里，需要翻山越岭、跋山涉水地行走几天甚至几个月才能办完的一件事，现在只需几分几秒，一个电话就省去了无数的水路和陆路，省去了无数个天上挂着金黄的满月和一弯新月的夜晚……再也不需要那么辛苦地赶路了，无论天上下多大的雪，多大的雨，也不必再费心地找地方投宿了。

渡江么？

不渡。我只是在江边看看风景。

雇驴么？

不雇。前面有空中缆车，乘缆车就可以过去。

有一个问题一直想问，却又觉得问不出口——

没事，你问——

从舍利塔的塔底走到塔顶，需要多长时间呢？

那得要看是什么年代。要是在过去，至少也得走上一个时辰；年纪大的，腿脚不好的，恐怕得两个时辰才能上去。现在，有了电梯，两三分钟就上去了。

雪停以后的头一个拂晓，最先出现在茫茫山道上的是哪一位师傅的身影呢？

哪一位都不是。是身穿荧光服的扫雪工人。公司内部严酷的问责制使他们不敢怠慢，要不，他们也不去扫。大雪天的，谁不知道在家里睡觉好。

没看见智清师傅种的梅花，怎么，不种了么？

早就不种了，最近在养伤。上个月在城里挤公共汽车的时候扭了脚，乘地铁的时候又挤丢了一部手机。也怨他，不该在人那么多的地方发什么短信息，回来就不能发了么？

山上也有信号么？

有。不过，再往高处去，到了螺髻殿那一带就没有了。

十 三

婶婶只是含糊地说，红叶现在也在镇上，却并没有给出一个明确的地址。

商智永明白婶婶的意思。

红叶就是叔叔家最小的那个孩子。那年，商智永走的时候，她可能还不到一岁，还没有完全学会走路。如果她真是一片未来的红叶，那时才算是刚刚吐出一点嫩芽。

做父母的总是要为他们的子女着想，忧远患近，婶婶其实有些多虑了，即使她把一个图文并茂活灵活现的地址说出来，商智永也不打算去的。二十多年的比普通人还要低一等甚至几等的生活，让他们这些人首先就学会了认识自己，明白自己是何等样的人，该去的地方去，不该去的地方连想也不去想。想那个孩子，那时候连人都认不全，除了她的爹妈，余下的人一概不认识，对她来说，全世界的人都是陌生人。二十多年后的今天，对她来说，对于刚刚归来的商智永来说，初始的那种陌生仍然紧紧地绷着，其间的空间和距离只会比原来变得更大更远。两个人见了面，就等于是两个各自身上都背着一点包袱的生人，远没有路上随便碰到一个什么人那样轻松而还可以不必挂怀。

关于多年以前的那个和一只小狗差不多大的孩子，商智永并未多想，几乎所有的概念或印象仅限于婶婶不经意之间的一次闲谈，只不过是来到镇上后才猛然想起还有那么一个孩子。现在，让他感到费心的是，他正在考虑要不要到姐姐家去看看？

姐姐是自己的亲姐姐。

姐姐原来不在镇上，是后来搬过来的，这也是婶婶告诉他的。在这一点上，婶婶相当的爽快，丝毫没有含糊其辞，而是把一个极为详细的地址告诉了商智永，什么街，什么巷，几号，甚至还有电话。够详细的了，商智永知道自己要是去找，一定能够很快找到。

他站在一棵似曾见过但此刻又绝难想起曾在哪里见过的树下，树枝呈古铜色，每一个枝头上有六片桃形的叶子，将一些白色的小花围在中间。严格地说来，那些白色的小花并不太像花朵，倒更像是某一种农作物的果实。什么样的农作物会有那样的一种果实呢？他不知道，一时也想不起来。

远远地还能望见派出所的房子，上面的玻璃发出无数道耀眼的碎光。他知道，以后几天里，那里大概也还不会有人在。

按照婶婶提供的那个地址，过了前面那个十字路口，往右手去的那条街应该就是姐姐家所在的方向。商智永注意那个方向已经有一会儿了，一些稀稀拉拉的杨树长在那里，像是养分不足的缘故，离茂盛还差得老远。

他惆怅极了，犹豫来犹豫去，不知自己是否应该越过前面那个十字路口，往有姐姐住着的那条街上去？

二十多年没见，现在要是突然出现在他们的面前，他想不出会是一种怎样的情景。姐姐肯定还是他的姐姐，可她并不是孤身一人，在她的身边还有姐夫，还有他们的孩子。自己不是那种衣锦还乡，荣归故里，可以让亲人们脸上添光，倍感荣耀和骄傲的人，而是恰恰相反的另一种人。

你现在站在这里，来来往往的人没有人知道你是谁，更没有人知道你是哪一种人，也没有人关心这事。但是你自己却再清楚不过，一旦你作为一个单独的人，出现在某一场合，开口，交流，详谈，而不再是烈日下大街上滚滚人流中的一分子，那时，你究竟是哪一种人，便不再是一个秘密。

另外，有一道高高的坎一直横在他的心里，他知道，只要能翻过那道坎去，说不定就能见到二十多年未见的姐姐……可是，翻过去难道就是正确的么？

在一根方形的上面镶嵌着半面镜子的立柱前，他忽然无比吃惊地看见了自己，二十多年前的服装，二十多年前的鞋，还有一副不是二十年前却也绝不属于当今时代的难以归类的神情，此刻全都暴露在那面镜子里……像是一次意外的遭遇，更像是一幅突然展开的画，上面的内容和情形让人不忍细看，不敢多看。他只瞥了两眼，便迅速地绕到了立柱的那一面。

不知道那个卖服装的胖女人怎么会把半面镜子镶嵌到门前的廊柱上？

十几年的时光，整个沙河农场也没有一面镜子。都是些没脸的人，照什么呢？有什么好照的呢？要想照镜子，就得趁劳动的间隙，在那些紫色的、泛白的正在拉起铁丝网的一眼望不到头的生荒地上，在那些里面映着天空和云彩的水沟旁，脸朝下，短促地停留一下，匆匆地张望一眼。水面上要是正好还漂浮着别的东西，那就什么也看不见。

很多人都曾经是那些水沟前的匆匆过客。鸿雁从头顶上面哀怨地叫着经过。

不行！这个样子无论如何不能去姐姐家！到时候，面对的不是她一个人，还有别的人，让她的脸往哪里放？马上退出来？事情没有那么简单，进去后再退出来和完全不去是两回事，是完全不同的两个东西。在没被那面镜子映照以前，他还有些犹豫，心里左右摇晃，总觉得这么多年没见，还是去看一看吧，实在不行就走，马上退出来。刚才，被猛然一照，就像在他多日未见阳光的心里开了一扇窗户，又像是被打了一个措手不及。他不再犹豫了，摇来摇去的心思也很快倾向到另一边。

这个样子去了，只会让姐姐更加难过，更加难堪，说不定还会因此给她带来什么意想不到的麻烦。

已经过了前面的那个十字路口了，商智永又忍不住回头去看了看那片有着众多方形廊柱的地方。那半面很容易被别人忽略的镜子，很像是一面只露出一半的照妖镜，只需轻轻一下，短短一瞬，便照见了藏在他心里面的那个妖！

每个人的心里都有一个妖？

他觉得应该感谢那一下；要是没有那一下，自己肯定糊里糊涂地就去了，此刻说不定就正直挺挺傻呆呆地站在姐姐家的门口。——太可怕了！

说是去看望多年没见的姐姐，实际却是把一大堆麻烦打包后送给了她！你不去，她就不会收到那一大包。你像一阵从她的门前刮过的风一样走了，剩下的就都会落到姐姐的身上，要由她来背负。要背负多久才能卸下来呢？也许永远也卸不下来了，得一直背着。

在这个酷热的夏日的正午，商智永深深地吐出一口凉气，他庆幸自己在关键的时候又一次紧急地刹住了自己，没有顺着恶草弥漫的惯性的斜坡滑出去。

鲍教导员说，谁要是又滑出去了，这么多年的改造就都白改造了。千万别把这种事写信告诉我，告诉了我，我会找个地方去碰死，我自己了断了！

生荒地上仅有的一片芦苇被一群野鸭当成了自己的家。嫩黄浅绿的夏天，他们排着队走过时，都把脚步放到最轻最微小的程度。透过芦苇间的空隙，能看到里面的圆圆的蛋，像是人类最初的一幅情景。

过了整整一个夏天，多半个秋天。深秋的时候，它们拖儿带女地走了。再打那一带路过时，芦苇丛已变得和夕阳一个颜色。

十　四

这就是多年以前的那条人烟稀少的一刮风便落满树叶的街吧？那时，整条街上只有一所学校，剩下的便都是些用树篱围起来的空地，空地上长满了一人高的荒草和一人高的野花。身处塞外，连花也开得那么愣，那么傻，一点儿也不妩媚，一点儿也不妖娆，一点儿也不会吸引人们来看它，站在它的面前夸它，欣赏它，用动听的话语赞美它。不会，所有这些有面子的风光的好事它们都做不来，就知道站在那里傻笑，傻长。有人看它们的时候是那样，没有人看它们的时候还是那样。最大的那种花朵，好像有大海湾那么大吧。野猫穿越草丛的时候，如果不小心从下面在它的古铜色的茎秆上撞一下，它那沉甸甸的碗一样大的头颅和鲜艳的脸庞就会十分沉重地悠荡起来，晃上半天，晃得人心悬，让人担心它会晃着晃着承受不住，扑通一声自己掉下来，把一张鲜艳秀丽的脸落进那茂密幽深的草丛里，摔得粉碎，几天以后干成枯木，或者腐烂成黏稠乌黑的一堆。

这就是那条学生们一放学便再也听不到一丝人声的无比寂寥的街吧？商智永之所以还能一眼就认出它来，就在于它的东边的尽头是一道越来越陡的高坡，像长颈鹿的头，越往上越高，甚至明显地高得有些离谱，离群，让人无法将它与下面的街道相比较，相关联。这么多年过去了，它没有被移动，也没有被削平，是因为太高从而才保住了自己么？是因为太高，远远地高出了人们的视野，因此被遗忘了么？

啊，这就是姐姐家所在的那条街吧？

怎么走到这里来了？商智永吓了一跳。

按照婶婶提供的地址，按照他此刻所在的位置，商智永吃惊地发现自己已经不知不觉地来到姐姐家所在的那条街上了，只要再往前走两三步，拐进前面的那个巷口有一家菜店的巷子里去，几乎就等于到了姐姐的家门口了。

这样炎热的天，他忽然打了一个冷战，把正要又不知不觉地迈出去的一只脚收了回来。他不明白自己怎么糊涂了，像是一个迷路的老人或孩子。

已经决定了的事，竟然被自己毫不知情地违反了，践踏了，一路心平气和而又稀里糊涂地走了过来。又没有人逼迫，也没有人在前面诱导，在一旁暗示，完全是自己走过来的，要怨首先得怨自己的那两条腿，是它们如同夜间开小差一样，擅自做主，把他带到这里来的。

他盯着前面两三步远的那个人来人往的巷口，心里担心姐姐或姐夫的身影会从那里突然闪现出来。至于姐姐的孩子们，他不担心，因为他们完全不认识他，即使面对面地站在一起，也丝毫不会想到面前的这个人会和他们有什么关系。同样，他们若是站在商智永的面前，商智永也照样不认识，根本不可能知道他们是谁。姐姐好像有两个孩子，商智永那年走的时候，第一个孩子才刚刚出生，还没有满月。

姐姐的婚姻被耽误了，中间有一些波折；要是没有那些波折，她的头一个孩子不会那么小。

嘴里有一些干涩，还有些咸苦。商智永把舌头从苦涩的嘴里伸出来，舔了一下干裂的嘴唇。

他掏出放在上衣口袋里的一角钱，向旁边的一个女人买一根冰棍。

卖冰棍的女人笑了一下，对他说，你这个人真有意思，现在哪还有一角钱的东西？一角钱，掉在地上都没人捡，因为捡起来也没用，还不如一粒扣子有用呢。

商智永吃惊地看着面前的女人，他觉得她不像是在和他开玩笑，甚至说谎。

“我这里最便宜的也要五角一支呢。”

什么？五角一支？

卖冰棍的女人看着站在她面前的这个人，应该是个吃过不少苦的。不是么，身上有那么一种气息，与苦有关，与受罪有关，往你面前一站，稍微伶俐一点儿的头脑都能感觉到几分。可是咋那么傻呢，倒像是一天也没有在这个世上生活过似的，倒像是今天早上才刚刚离开娘胎生出来的似的。把雪糕还老一套地叫作冰棍，还拿着一角钱来买，亏他能想得出来，也能做得出来。可是，看他的样子吧，又不像是一个脑子有问题的。

于是，这个长着一张憔悴的脸的女人又说：

“不信你再到别处去看看，都是这个价。你要是能找到一个比我更便宜的，我就把这一整箱都白送给你。”

她看到他的嘴翕动了几下，却又没说出什么。显然也没有要到别处去看，要去做一番深入的调查研究的意思。他轻轻地嘟囔了一句，以为对方没听到，可是这个憔悴而灵敏的女人却都听到了，而且清楚地听到他说的是什么。

“是，过去是五分钱，”女人接着他的话说道，“不止有五分的，还有三分二分的呢，可那是哪年哪月的事？”

商智永闻到了炎热的气息，鼻腔里仿佛有火正在通过。

最终，商智永付出五角钱，女人利索地拿出一根给了他。他没有离去，就站在她的面前，小心翼翼地将那冰凉的一头放进嘴里。

啊！不能叫久违，应该说吃这样的冰棍，生平还是第一次！拿到手里的时候，他就已经清清楚楚地看到了，也感觉到了，和多年以前的那种完全不一样，从颜色到形状，没有一处是一样的，够得上宽大，厚实。而且，女人还告诉他，里面主要的成分是糖和牛奶。闻听是这样，他顿时更加倍觉珍贵。

最后一次吃冰棍是什么时候的事呢？三十五年前？三十九年前？商智永不记得了……只记得它们瘦小，单薄，静悄悄地藏在一个挎在一个人身上的白木箱子里，里面又用白毛巾包裹着，宛如襁褓里的一个个不会说话的婴儿。他曾惊异于它们裹在那么厚的毛巾里，像是躺在被子里一样，竟然可以一整天不化。那是怎么做到的呢？

只记得它们冰凉得让人兴奋，只是在手里拿不了一会儿，就开始化了，开始往下嘀嗒；因为全是冰全是水的缘故，里面没有多少可以集结能够凝固的成分。除了冰，就是凉，也没有什么营养。

他又理解错了。他不知道，吃冰棍的人，并非是为了从中获取营养。只有他本人才会那么想，而且也正是抱着那样的一种一箭双雕的目的。

自从那个憔悴的女人告诉了他其中的成分以后，他吃得更加小心，生怕有一滴流到嘴边，甚至滴到地上。他极为认真地舔着，慢慢地吸吮着，有时会把驯顺而胆怯的目光暂时地从那块方形的上面闪耀着营养光泽的冰凉的物体上离开一会儿，落到那个女人的身上，脸上，甚至她枯黄的头发上。

女人最初先是看了他一会儿，然后把脸扭开，让那脸上的憔悴平淡地一览无余地面朝着人来人往的大街。一个大男人，那样对付一根寻常不过的雪糕，她卖了多少年，还从来没有见过呢。他的那种吃法叫她感到辛酸，让她不忍再看，也不能够再继续看下去，再接着看下去，她会觉得自己受不了。

要是自己的男人这样吃，她一定会忍不住说他几句，管他听不听。

有人手里端着一些鲜艳漂亮的小盒子，另一只手里握着一种类似于小勺的薄木片，边走边用那个薄木片从那些鲜艳的小盒子里挑起一点什么，然后送进嘴里。就那样吃着，脚下却并不耽误行走。——没有人注意到这些，但商智永却注意到了。

慢慢地来到那个女人的身边，商智永向她打听，那些看上去很悠闲的人，用那个薄木片挑起来的然后又送进嘴里去的是什么？

女人没有回过头来看他，连侧一下脸都没有，而是继续像刚才一样面朝着人来人往的大街，嘴里说道：

“那是冰淇淋！那更贵……”

她的后半句话应该是“你连想也不要想。”但是却没有说出来。

好在他也并没有注意到那些。不过，就算她真的当着他的面把那被她中途突然决定扣留下来的后半句话说出来了，商智永也不会感到不快的，他此刻的心里像一片正在流淌着蜜与奶的美丽芬芳的土地，百花盛开，天气晴朗。不是么，请看现在，嘴里先前的那种苦涩和干裂没有了，被远远地赶跑了，消失得不知去向；取代它们的是满口的绿荫般的清凉与甜蜜。

花五角钱，苦尽甘来，而且还有一道直通到心里去的清凉与惬意，商智永认为相当值得，非常合算！这样的一种不仅没有负面意义甚至非常圆满的事情在他几十年的生活中仅有过一两次，它们如同一种记录一样被他长久地铭记着。

姐姐与他之间的距离此刻可能还不到三百米，从两三步以外的那个巷子里进去就是，说不定只有一二百米，甚至会更短。不，数字和长度在此刻并不是最重要的，也丝毫不能说明什么。就算是五百米，五千米，那又算得了什么呢！对于从沙河农场里出来的人来说，五万米，五十万米，也不能够被叫作困难，比那更漫长更困难的，他们也都尝试过，经历过。

沉浸在清凉与甜蜜中，他想象着姐姐现在的样子，姐姐会比身边的这个卖冰棍的女人更憔悴么？他想不出来。

离开镇上，回去的路上，他还在想。

他按了按贴身的一个口袋，听见里面有窣窣的声响传来，释放证和钱都还在。钱固然重要，但就目前来说，释放证比那几张钱更重要，重要无数倍。释放证要是丢了，他就又会成为一个不明不白的人，不知要花费多少力气才能重新证明自己。当地派出所这一关首先就会过不去，在还没有正式把它交付给他们以前，没有那张关键的纸，就不能证明他是谁。

地里的玉米已吐出红缨，青麻也已经有一人高了。

很小的时候，他们有时会把那种清凉柔软的缨子扯下来，贴到嘴上，用来表示长长的胡须，像年老的神仙一样慢慢地捋着，从河边和山前经过，从人家的门前经过。如果挂了很久还没被弄坏，如果在到达学校之前，在睡觉之前忘了摘下来，它们很快就会被弄坏，被一只活生生的人间的大手一把扯下来，扯得七零八落，情景有如一场散了的戏。

此前一直展开在他们心间的神话情景不复存在。

十　五

事情尽管没有办成，但毕竟已经与派出所的人见了面，对方的回答也让他满意，他的心里比去以前踏实多了。

婶婶问他的时候，他就是这么说的。

婶婶对商智永说，就在他回来之前，有一群人在村口站着，她当时看见后担心极了，生怕他恰好就在那个时候回来。还好，后来那伙人都散了。说来奇怪，像是有一声令下，站得稳稳当当的一群人，本来看不出有要散的意思，却一下就都散了。

商智永对婶婶说："我不怕他们看见，我现在和他们也一样了。"

"你去问问他们，他们也是这么看的么？"婶婶说着话，眼神像是要冲破一种阻隔似的向上飞扬了一下，"他们可不这么看。"

从镇上回来的时候，已经是黄昏了。

夕阳正在谢幕，长时间地谢着。

西边的天空，西边的山岭，山岭下的平川，全都被映照得通红而透明。

在农场里，这个时候正是大家干活儿最卖力的时候，天气也没有午后那么热了，太阳晒在身上，不再像针刺一样让人疼痛难忍。最关键的是，从那愈来愈低落下去的万丈光芒中看到了希望：这一天行将结束，终于又过去了。队长一声令下，再猛干将近两个小时，就可以结束这一天的野外劳动，收工回去了。

吃过饭，哨子声响起，迅速地排队，点名，诵读。再经过一个小时的政治学习后，再点一次名字后，这一天的点名就算真正过去了，就可以躺在铺上卷烟了。有的在掏耳朵，有的在揉腿，捶腰。身上要是没有毛病的，毛病就一定在心里，就坐在小马扎上写信，或者写一些日记式的片言只语。写信也相当于揉腿，捶腰，只不过那是一种精神上的推拿。

新来的人会说一说外面的事。高速公路，汽车，高速究竟有多高呢？说了也白说，说了你们也没有一个正确的概念，那种几千年来从未有过的速度不是长期住在这里面的人所能想象到的。路越来越多，路上的车也越来越多，听上去好像是一件挺矛盾的事？足以说明外面的世界早已变得深不可测。有时，所有的人都会陷入一种深深的糊涂和寂静中，好半天没有人说话，提问，像是大家集体都迷了路。

那时候，有三万多斤粮票永久地瘫痪在遥远的家里的康有财就会压低声音，用尖细的假嗓子唱一段低回婉转、愁肠百结的河南坠子或者豫剧，或者向大家重点介绍羊肉烩面的具体做法，包括用料和火候。关于烙油馍，他费尽辛苦地描绘了半天，很多人还是不懂。商智永一开始也不太明白，曾经想当然地以为烙油馍就是油炸馒头。但康有财说不是。康有财说，烙油馍咋能是油炸馒头呢？后来商智永有些明白了，名义上叫馍，但不一定就是馒头，还有可能是饼状的。比如陕西省的馍，不就是一个饼么。再联系到康有财他们那里当地人的实际生活水平，觉得不可能是油炸馒头！馒头本身已经就够好的了，再用油炸，那不是造孽又是什么？无数的事实也会证明，勤劳节俭的中原人民是断不可能做那种只有不知天高地厚的败家子才会做的事情的，他们比别的地方的人更懂得珍惜粮食和一切。后来，听得多了，商智永也逐渐听出一些门道，他觉得烙油馍很有可能就相当于山西的烙饼，却要比烙饼还要简陋、粗糙一些，所用的油也更少一些。

关于对烙油馍的认识和理解，商智永私下里也曾与康有财交换过意见，康有财基本表示认可。缺少知音的康有财为此还称赞商智永，说全小队二十个人，就数他的理解能力和领悟能力最强，别的那些人都是些傻子，榆木脑袋。说烙油馍其实就是那么个东西，少抹一点儿油，在火上烙一烙，翻一翻。说是叫油馍，实际却并没有多少油，只不过是为了叫起来好听，听起来更诱人一些。尤其是孩子们，一听见那油汪汪的三个字，就会忍不住流下口水。

为了不让哨兵或巡夜的人听见，惠志官把头蒙在被子里，用极度压抑的声音来一声秦腔，就一声，好多年了，每次都只有一句："呼喊一声绑帐外——"

再没有下文。

吼过以后，人就没有了声息，好像睡去了一样，好像死了一样。至于是谁把谁绑到了帐外，大家永远都不得而知。

那时候，黑夜已经降临许久，萤火虫在农场的四周点起了它们的亮晶晶的小灯。白日里气焰汹汹的暑热受到了降服，被捆住了手脚，被压制住了。

黑暗的沙河里传来了清凉的水声。

十　六

没有人来，家里只有婶婶和商智永两个人。

叔叔好像是粘上了一件麻烦事，仿佛粘了一身的鸡毛，回来一下，又不见了。

是一件什么样的事呢？商智永问他们，他们也不说。出门的时候，叔叔鬼鬼祟祟地往一个口袋里掖着什么，在那同时，又用极其防范而敌视的目光飞快地瞥了商智永一眼。一想起他那种样子，商智永就决定再不打听了。不分场合的关心有时会成为对方的一种负担，这是他到农场几年后才明白的一个道理。既然别人不想让你知道，那就一定有他的道理，这时候你还要拼命地关心，过问，对于他来说，你几乎就要等同于缠住他的那件麻烦事。

这时候倒是可以问一些其他的事，一些无关对方痛痒的事。

于是，又问起了王永春的家人。婶婶说，早就都搬走了。王永春被执行枪决后的当年秋天，他们就全家搬走了，不知搬到了哪里，没有人知道。

商智永在心里算了一下，那时候，他已经熟悉了沙河农场的劳动，开始了漫长的刑期。就在那年秋天，已经长眠在烟山南麓下的王永春好像还曾经给他托梦来着。王永春说自己上路前只穿了一件半袖的衬衫，冷得厉害，家人只给他烧过一回纸，想要的东西从不见捎来……在梦中，商智永的心里咯噔了一下。不过，那个时候，他已开始接受辩证唯物主义和历史唯物主义的观点，没太把王永春的那番冷飕飕的鬼话当回事。

能搬到哪儿去呢？一个死了丈夫的女人，带着两个孩子，辞别一座新坟，无论到了哪里，都是一家不折不扣的外乡人，远远地住在别人的边缘上。

他打开外面的一层纸，拿出从镇上临回来前买的一把水壶，交给婶婶。还是在镇上的时候，就有一种隐隐约约的声音在他的心里树叶一样刮来刮去，雨点一样嘭嘭地敲着，又在他的耳边模糊而微弱地说着，告诉他，提醒他，好像不能够也不应该就这么空着两只手回去，多少应该为收留他的叔叔和婶婶买点儿什么。可是，买什么呢？整个镇上，十几条街道，到处都悬挂、堆积着各种各样的东西，而他却不知道自己买什么才算合适。有些东西是他熟悉的，但也有相当一些东西从未见过，因而对它们的用途非常隔膜，不明白有什么样的功能和作用，是用来干什么的。大的东西他不认得，小的同样不认识，至于那些花花绿绿的不知其名的众多东西，则更像是从另一个世界里运来的。商智永知道，那些东西大约永远也不会与自己有关，那都是为别人准备的，并不是为了他这样的人存在的。

在那些塞满人流的街道上，商智永边走边看，也不敢随便开口询问。他相信，自己一旦开口询问，一定会被别人看出他什么也不懂。还因为他发现，很多时候，他还没有站稳，没有来得及看清什么，对方首先就向他打招呼了，问他要什么。那种时候，往往会吓得他一激灵，不明白对方是怎么看出来的，怎么就知道他要买东西？心里惊得四分五裂，却又像有一个铁砣紧紧地坠着。觉得自己像一片树叶，离开森林里后，一眼就被认了出来。

另外，价格问题也是一个不能不面对的问题，许多东西一望便知非常昂贵，那也不是为他这样的人准备的。商智永觉得，在那样的一些东西面前逗留，观望，就等于是隔着门缝朝一座富丽堂皇的庭院里窥视，张望一样，不仅没有礼貌，而且会有罪孽的嫌疑反射到别人的眼里。

他不在那些既买不起同时又看不起的东西面前停留，最多远远地望一下，就像眺望一个被许多人簇拥着的自己因为有别的事情而不能继续留在那里观看的舞台，心中也没有太多的难过，甚至完全是平静的，高兴的。

他在一片又一片让他眼花缭乱的女人用品前站住，想给婶婶买一件东西，可是又完全不懂，不知买什么才算是合适的。

他在众多的香烟面前停住，叔叔突然浮现在他的眼前。叔叔抽烟么？商智永不知道，自回来后好像还没有看到过。那么多品种的烟，有几百种吧？

他自己已经不抽了，离开农场的两三年前就戒掉了。并非是因为抽烟有害，刻意要爱惜身体的缘故，而是实在难以为继，再也抽不下去了。没有长期的接济，谁能够坚持下去？有的人家里常来看望，不来看望的也能定期收到包裹，包裹里的内容其中就包括烟。

有一条相对稳定的后勤保障线，这样的人才能够长期抽下去。

没有人来看望商智永，二十年间他也从未收到过任何一个包裹，甚至一个手指宽的布条。要想抽烟，光靠替巫孝明打饭，为风湿病严重的白栋梁按摩、敲打膝关节，挤压虎口，用野艾蒿熏烤内关节是远远不行的，指望不上的。能够得到整整一盒未拆封的烟的机会是很少很少的，常常是白栋梁把自己吸剩下的半包烟犒赏给正在他的小腿边累得满头大汗的商智永，那已经让白栋梁觉得自己非常的慷慨，非常的仗义疏财了。而那种时候，也正是白栋梁从自己的箱子里又拿出一包新的未拆封的烟，怀着懒懒的神情，分发给大家的时候。小队里的不少的人都帮过白栋梁的忙，包括替他值日，倒尿桶。——白栋梁有什么呢？有通过关系弄进来的烟，还有一些容易长期保存的吃的，这就是他的法宝。

长期没有接济，要想抽烟，就得把自己磨炼成为一个脸皮比监狱的围墙还要厚还要坚实的人，没有这样的一种决心和意志是不行的。另外，眼要快，腿脚也要快，看见谁的一支烟快要抽完了，马上笑脸迎过去，怀着无限仰慕的心情，躬身站在对方的身边或者面前，向阳花一样地面朝着对方，而又不能表现得过于放肆和随便。耐心地等待一会儿—— 一定要有百倍的耐心，这一点至关重要——，等待对方把那个已经接近于烫手的烟头塞过来。厚道一点儿的人，这时候就基本不再吸了，把还剩下半寸或者少半寸的烟头给你。要是一个不厚道的人，明知道你在他的面前弯腰屈膝地等着，已经等了好半天了，但他就是故意不给你，甚至还有可能装作没看见你；在给你之前，还要用力猛吸两口——那样一来，把剩下的那点儿，就基本都吸完了，这时候即使接过来，也再没有多少吸头。在嘴上稍稍停留一下，很快就得扔掉。

你想抽烟，而又拉不下脸来，不想让自己过于不堪，那你就什么也抽不着，这是铁的定律。又要面子，又想抽烟，没有那样的好事。

商智永就是在那样的情况下决定要一劳永逸地最后解决自己的吸烟问题，而解决的唯一的办法就是彻底戒掉，永不再抽！除此以外再没有任何一种途径和办法，这是唯一可以不依靠不仰仗别人而自己可以独立完成的一个办法。

有人抽烟时，商智永就把脸转过去，或者用被子把头蒙住。蒙住了，眼前就是一个黑暗的世界了，再也看不到听不到什么让你心烦的东西了。

他想抽烟时的那种烦躁的心情就是那样一点点地淡化、安静下来的。经过了无数次黑暗中的斗争与挣扎，克制，再克制，一忍再忍，牙齿咬进枕头里，用充满灰尘和沙土的旧棉花堵住鼻子，不让它闻到任何气息。

到刑满前的最后半年里，商智永终于成功了，可以从容坦然地面对别人抽烟，无论什么人在他的面前抽烟，无论他们抽的是什么样的烟，他都不再动心。

此时已不存在内心抵抗的问题，是真的不再需要，不再动心了，因此也不再需要抵抗，不再需要与自己进行斗争了。

心不动了，一切就都好办了，天地一下变得辽阔起来。

十 七

婶婶将那把亮闪闪的水壶接过去，只是说了他几句，并没有过多地责备他。

出售水壶的那个人告诉商智永，水壶的材料为新型的不锈钢，外表永远都是这么亮。商智永还是第一次看见这样的材料，那就是说它既不是铁的，也不是铝的，也不是多年以前的那种钢，是一种经过混合以后生成的新材料。那个人对商智永说，你拿回去用吧，即使哪一天用到壶底漏了，它的外表也还是这么亮。

他像是在说，一个人，灵魂已经死了，可外表还那么光鲜，体面。

能够看出来，婶婶还是很喜欢这把壶的，拿在手里上上下下地看了又看。壶上的亮光映照到她的脸上，商智永看到的是一片喜悦之情。婶婶告诉商智永，她好几次到镇上，看见过这样的壶，只是一直没有买。

婶婶的话让商智永感到莫大的安慰。这么说买对了？终于买对了一件东西，一件婶婶喜欢——估计叔叔也喜欢——的没有明显性别特征的能够服务于整个家庭的东西，商智永想买的正是这样的一件东西，而不是那种只能供某一个人用，其他人，整个家庭，却只能以旁观者的眼光看而无法共同使用的一个东西。购买那种作用单一的东西，商智永觉得自己还远远不在行，那需要时光的淘洗和生活的教诲。今年的后半年，明年，后年，也许就会和现在不一样了。随着对生活的渐渐熟悉，有些能力是会增长起来的。

叔叔的一只手被人打伤了，他是用另一只没有受伤的好手托着那只已有丝丝缕缕的青肿表露出来的手臂回来的，一回来就到处找绷带，要把那只在他看来生死不明的手臂架起来。婶婶问他还能动么，他说不知道。他不敢活动那只手臂，因而不知道它还能不能动。商智永不知道是谁把叔叔弄成这样的，想来有可能是与叔叔一起做事的某一个人。

但婶婶似乎什么都知道，不用问也明白是谁干的。她把一卷绷带缠开后搭在叔叔的脖子上便不再管他了，任由他像一个年老的伤兵一样在一个远离战场的地方自行包扎。叔叔将绷带的一头用牙咬住，商智永走上前去把绷带的两头对接在一起，打了一个结，叔叔的那只手臂被架住了

“真是个窝囊废！他拧你，你就不会拧他么？你自己没有手么？”

“唉，你不知道，他们好几个人呢。”

“别给自己找借口！他们就是只有一个人，你也一样不行。跟你过了这么多年，别人不知道你，我还不知道你么。”

叔叔低下头，看看从自己的胸前垂直下来的那根暂时还没有完全拧成一股的绷带，又瞧瞧自己的那只倒霉的手，手臂部分好像明显地比平时胖了一圈，皮肉也绷得很紧，看着像是别

人的一只手。他摇了摇头。

这一下，好多事情他都不能做了，只能做那些用一个手才能做的事。

果然，吃饭的时候，他把碗放到面前，用另一个手握着筷子，偏偏被拧坏的正好是右手，因此筷子也使得不利索。需要喝稀的的时候，就得把筷子放下，再把碗端起来。后来他越来越感到太麻烦，就不再把碗端起来了，而是把头低下去，脸贴近碗，用嘴吸，有时候长长的一口能顶平时的好几口，抽水机一样，吱吱几下，半碗就下去了。

婶婶威严地问他：

“我喂你?”

“啊，不敢!”叔叔把脸从碗口上离开，哆嗦了一下，他有些羞涩而又惊恐地看着婶婶。他用筷子从碗里挑了一下，慢慢地往嘴边送去——突然送进去了，成功了！原来左手调教好了也一样可以当右手使用，这对他鼓舞不小。他对婶婶说：

“世上无难事，那些只有一个手的人，每天不也要吃饭，干活儿么？我要向他们学。”

手还在呢，只是肿了一些，何至于这样呢，已做着独臂的打算和今后的安排。商智永默默地看着他们，觉得自己插不上话去，完全是一位坐在一旁的客人，在等待主人吃完饭以后送自己上路。这一顿饭吃了些什么，好像也没有留下任何印象。

在农场里，某一顿具有纪念意义的饭会让大家长久地铭记并讲述着。有一年国庆节，平常用来盛汤的那个黑铁桶的里面突然不再是晃来晃去的汤，而是满满一大桶菜！小队里所有的人都惊呆了，这可是从来没有过的事啊！到底发生了什么事呢？哦，原来是国庆节到了。逢到国家过生日，他们这些大多不是公民的人也能跟着沾一次光。

桶里都有什么呢？什么都有。除了整桶菜的灵魂——几片肉以外，还有璞玉一样的豆腐，金子一样黄亮的土豆块，珠帘般的粉条，还有白菜。注意：白菜是真正的白菜，一半白一半绿的，长得十分年轻十分健康的，像是镶嵌在一起的翡翠和白玉，而不是平常吃的那种灰色的棉絮或旧布一样的被叫作白菜的东西。

肉作为整桶菜的灵魂，它肯定是真实存在的，这一点毋庸置疑，这一点首先要明确，要让大家都知道，都明白。不过，既然是灵魂，那就不能要求它的体积有多么的大，形态有多么的明显；如果满满一桶里到处都能看见肉，那还能叫作灵魂么？那样无论如何都不能称为灵魂。哪一个人的灵魂在体积上会大于他的身体呢？灵魂不是那种能够到处呈现，一块比一块大，一块比一块肥厚的东西。不，灵魂不是一种油汪汪的东西，从来都不是！谁敢说他自己的灵魂是油汪汪的？所谓灵魂，就是确实存在，却又从不轻易露面的……一种清瘦的，清爽的……一缕幽香……或者一道内在的彩虹或光芒。

那顿有灵魂在场的饭让大家铭记并谈论了很久，商智永所在的第十四小队一直谈论到第二年的夏天，才被别的一桩事情夺走。要是没有那一桩新的事情，谈论和铭记也许还会一直持续下去。原以为他们谈论的够长的了，够没出息的了，却没想到还有比他们更持久更有韧性更没有出息的，那就是第二十小队！他们竟然一直就没有中断过，一直谈论到下一个国庆节的到来。两个国庆节叠起来一比较，这个国庆节桶里的菜不知要比上一个国庆节逊色多少！新旧一对比，就更加证明上一个国庆节的菜完全是一个美丽动人的优美无限的传说，更加证明它是多么的值得被深深地铭记并长久地传颂。

叔叔的嘴里不时地传来咝咝的声音，每一次声音过后，他都要低下头去看看他的那只架在绷带上的手，然后抬起头望着窗外。叔叔的那种咝咝的声音，像一些细小的榫子一样不时地完全钉错了地方似的钉入商智永的思绪里，又如同一些咬人的蚊虫一样低声鸣叫着，飞舞在商智永的周围，不时地叮噬着他。

叔叔对商智永说，村里的样子你也都看见了，实在不像个村庄的样子，连个医生也没有。想要正经地看一次病，就得走到镇上去，你要是不去，就只能看不成。

商智永心里一惊，叔叔不像是在要谈论村里的现状，更像是在以另外的一种方式询问他关于以后的打算。商智永也在心里问过自己，却没有问出什么，答案像是锁在一个虎狼把守的密室里。但是，有一点他想到了，那就是要尽快想办法从叔叔家里搬出去，长久住在这里绝对不是个事。可是，现在他一下找不到那么样的一个地方，哪怕是一个狭小的容身之处。真正的房无一间地无一垄，一个没有家的人，这就是他眼前的境况。

仅仅才两天，叔叔已有些不耐烦，主要表现在很少与他说话。有时候，叔叔从外面回来，看见坐在屋檐下台阶上的商智永，叔叔却就像没看见他这个人一样，直接回到屋里，或者拐进旁边的厢房里去找一个什么无关紧要的东西。有时候进去半天，最后又空着手出来了。即使真的从里面拿了一个什么出来，也不是眼前就要用的，很快就随手放到了一边——原本就不是去找东西的。商智永眼里的那种想要说话的愿望，想要帮他做事，分担困难的亮亮的火苗般的光泽，随着叔叔的冷漠的拒绝和离去，渐渐地黯淡下去，直至完全熄灭。

叔叔好像并没有把他当成这个家里的一个人，因而无论好事坏事都不愿与他说，不想让他知道，更不想与他这个多年未见的侄儿一起分享。

十　八

有一种奇怪的现象，好像别的人都没有看见，只有离家多年的商智永一个人独自看到了：村里有好几处高大崭新的宅院，却总是都锁着门，从来没有人居住；而所有那些有人家住的房子，八九成以上都是几十年前建起的旧房子，墙皮脱落，门户黯淡，屋顶上长着在风中起舞的荒草，它们中间所谓的新房也有十几年的历史了。如同一个年过五十的人，不管他如何挺胸抬头，声音响亮，那张无法掩饰的老脸也会不言自喻地表明此前被他亲手打发走的时光绝不止是一二十年。

那些崭新宽阔的庭院里为什么一个人也没有呢？站在距离陡崛坚实的围墙二三十米远的地方，能看到那里面的树开了花，美丽的紫穗穗白穗穗悬挂在枝头上，隐约可见的红色的花朵，雪白的花瓣。高大的铁门日夜紧锁着，门上的比手指更加粗圆的铜环上落满整齐原始的灰尘，证明它已许久未被拉动、叩响过了。

空寂的庭院，没有烟火气息的房屋，多情的妖娆婀娜的寂寞无比的花草树木，它们的主人是谁呢？

“其实你都认识他们。”婶婶对商智永说。

婶婶说了几个人的名字。有几个人很快便在商智永的记忆里复活了起来，他们远远地站着，有的在点头，有的茫然若失地看着四周。商智永试着在心里确认了一下他们，有几个很快就答应了，如同洇开在纸上的水，他们各自的家庭也略显模糊地显映在他们的身后——是当年的那些他们各自成长过程中的兄弟姐妹一大群人的家庭，而并不是今天他们各自的家庭。满地的金黄的柴草，雨里的炊烟，农具，傍晚时分的哭声，诅咒……而另外有几个人却像是深嵌在雨地里的石板，怎么也翻转不过来，有关他们的一切也都像雨雾一样虚空，浅灰中透着靛青，商智永没有办法依靠他们的棱角和凹凸处把他们从空蒙蒙的雨雾和泥地里抠出来，更没有办法将他们一个一个地扶起来，立正，恢复成个人样儿。因此既看不到他们的正面，也看不到他们的背面，想不起他们的名字和模样，不再记得他们是谁。

但是，这些都不重要，无论商智永把他们想象成雨雾里的抠不起来的石板也好，与泥水一个颜色，混在一起看不出来的蜗牛也好，那都不过是他个人的一些完全属于过去的早已不再正确的意思或胡思乱想，那都无关紧要，因为那都不是他们目前生活的真实图景。他们目前生活的真实的图景不是他能想象得出来的，更不是如他所想的那样粗粝。什么雨雾呀，蜗牛呀，抠不起来的石板呀，完全是一个站在现今社会门槛外的人的一种一厢情愿的意思，其情形如同蚂蚁在用头顶门。

真实的图景是他们如今都成了富有的人，这才是最重要的。他们都想到要在昔日的曾生活了多年的故土上建造一座最大最好的宅院，所有的一切都仿照早年间的梦想布置。是的，就是要让它们全部都空着，要是派人回来住在里面，那还叫什么翻身，那还叫什么扬眉吐气？房子盖好了不住人，那才叫了不起！就是要让它们雄伟豪迈地矗立在那里，永久地盘踞在那里，像一根根棍子或某种利器一样每天每时都戳在那些曾经欺压、蔑视过他们的人的眼里，让他们只要一看见就会不由自主地感到刺眼，流泪，疼痛；在钻心的疼痛中喟叹，深刻地反省，让他们明白人是活的，是能够创造任何奇迹的，尤其是中国人！早先那种把人一眼就看死的做法是要多愚蠢就有多愚蠢的，看一眼就能把人判处死刑么？死灰还能复燃，更何况我们原本就不是死灰，而是生机勃发的原野，只要有一条缝，我们就能把它闹成一座辽阔的峡谷，甚至万丈深渊。

婶婶说，最先想起并领头干这种事的人是古忠义，他在他们原来住过的老房子的基础上盖了三间瓦房，青砖围起一个小院。古忠义他们一家人住在城里，每年只在清明的时候才回来一下。从父母的坟地里烧完纸回来后，就打开那个常年没有人住的青砖青瓦的小院进去看一下，很快就又走了。清明以后，天气开始转暖，一个夏天，院子里的草就纷纷地长起来了，有的爬上了窗户，攀上了墙头。

古忠义以后是毛旺，毛旺盖起了五间房，院子有古忠义的两个大。婶婶说，村里的人们谁都能看出来，毛旺明显的是受到了古忠义的启发，又踩着古忠义这架梯子前进了一步。毛旺虽然姓毛，但人却一点儿也不毛糙，为人精细，房子盖得比古忠义的精致，围墙上还有花栏。这些都不重要，最重要的是还通了电，一合闸，屋里屋外的灯就都亮了。而古忠义的那三间房子里一直都没有电，这也证明，从一开始，古忠义就没打算在那里面住人，盖那三间房和一个院子，纯粹就是一个样子，一种态度。

毛旺以后是谁呢？婶婶说，应该是刘成万，因为刘成万一下盖了六间房，无论从数量还是面积上，又都超过了毛旺，明显地又把毛旺压倒了。当初毛旺踩着古忠义这架梯子前进了一步，没想到自己转眼又作为一架梯子被刘成万踩着前进了一大步。刘成万的高大坚固的铁门上镶嵌着金黄的铜饰和绲边，这使他的富有似乎突然从此有了来历，与历史有了某种沾亲带故的联系，甚至是血缘上的继承或流传。

以后，又有人回来在昔日的故土上建起了常年没有人居住的空房子，空院子，但都没有超过刘成万的，都是五六间房，一个院子，屋檐上也都没有过于复杂的装饰，一看就知道都是新时代的产物，与历史没有什么瓜葛。

几年下来，在所有那些终年没有声息的空房子空院子里，古忠义最早建起来的那三间房和那个青砖的小院成为它们中间最寒微的一处。人们说，谁让他是第一个呢！最先启发了别人，最终又被别人踩在了脚下。

古忠义的那个青砖的小院当初突然出现在村里的时候，确实是非常好的，村里自从有人口居住以来，从来没有过那么好的房子，可以说是一个历史性的突破，没有人不羡慕的。青砖，青瓦，木头，一切都是新的。每天都有人专门去看，走路经过时更是要顺便停下来看一会儿，一边看一边幻想着自己一家人什么时候也能够有这样的一处称心如意的宅院。有人家里来了客人，也要领过去看一看，参观一下。对客人说，这回亲眼看见了吧，这就是我们这里的人，盖了这么好的房子，却不住人，纯粹就是个摆设，就是专门给别人看的。不是钱多得花不了，哪能够这样？客人在看完后也深受刺激，深受教育，甚至如五雷轰顶，发现世界真是太大了，许多人的活法不是别人能够想象的！原以为自己家里有一头牛一个骡子，外加一辆烧柴油的苹果牌农用车，就已经相当的不错了，过的是人上人的生活了，却不料完全不是那么回事，却不料还有更了不起的人，还有更让人想不到的人！想想自己，那辆苹果牌农用车每个月的柴油钱还要左算右算地计较呢。祖宗呀，这样的一种生活，怕是一辈子也撵不上了，即使拼着老命撵上来，恐怕到时候也早就累死了。

那么好的一处院子，常年没人住，本身就已经够可惜的了，到头来还硬是被后来陆续建起来的那些房子给活活地比下去了，让它从此再抬不起头来，让它每一天都蒙受着羞辱。主人常年不在，连该主人蒙受的羞辱，它也一齐揽了过来，沉坠坠地压在了自己的身上。

不过，要是和村里大多数人们的房子比起来，它还是很好的。婶婶对商智永说，再不好，也比咱们这房子好。

那是肯定的。那些一年到头都难得有一个人影的空房子空院子，包括古忠义的那个被比下去的青砖的小院子，任何一处都不是村里那些有人住的房子可以比的。

就在刘成万每年不定期地回来一趟，把屋里屋外的所有的整整寂寞了一年的灯都打开，把半个村子都照亮，就在他以为再也不会有更好的房子出现在村里的时候，多年在外的郭松仁突然回来了！

郭松仁带着四十多辆汽车，一大群随从，在亲自看过所有那些明显地带着穷人翻身，小人得志，报复，炫耀，扬眉吐气的意味的崭新的房屋和庭院后，回来的路上本来还准备要大干一场的郭松仁彻底放心了：原来如此，不过都是些耗子尾巴，都肿起来也没有多粗。没回来之前，没看到实际的情景以前，还以为它们有多吓人呢。

没想到事情竟是这样的简单。很快，郭松仁就建起两座三层高的楼，分别被称为南楼和北楼。楼下的院子有多大呢？没有人丈量过，只知道好多辆汽车同时开进去，每一辆车都可以随意地掉头，转向，互不受干扰。房子的上面有太阳能，下面有良好的排水系统。影壁前的青铜香炉里常年插着一点五米高，三十厘米粗的巨型香烛。

原本只是为了给大家做个样子，顺便镇一镇那几个盖了三五间房子就不知天高地厚的人，却没想到一不小心竟建得异常舒适。可能就是因为太好了的缘故，郭松仁的家人不得不每年回来住几天——是在天气最炎热的那一段时间回来，等到秋风刮起的时候就又走了。整整一个秋天，整整一个冬天，又整整一个春天，半个夏天，南楼北楼里的温暖的热水和绚丽柔软的长绒毛地毯从来没有人使用，只是在静静地等待着主人的归来。

有风水先生告诉郭松仁，这么好的房子，是应当常回来住一住的，一次也不住，白放在那里，有些不太好，是会有罪孽滋生的。至于是什么样的罪孽，什么时候滋生，应验在哪些方面，那就不好说了。郭松仁对风水先生的话是信服的，因为他本人冥冥之中也有类似的一些感觉，风水先生的提醒让他找到了那种说不清道不明又驱除不掉的感觉的根源。于是，他这才决定每年回来住一段时间。住过以后，深埋在心里的那种让他有所畏惧的某种时候不再抽象而是表现得有模有样的东西就会淡化，就会减轻不少。

那么，在他们都不回来的时候，村里有没有人去破坏那些耀武扬威的空房子空院子呢？婶婶说，断不了有。

隔着围墙，往里面扔一个死猫死耗子什么的，破鞋，破帽子。还有的用木炭或者学校里的红粉笔蓝粉笔在那些墙外写一些辱骂的话，下流的话，诅咒的话。还有一些画法简单却意思明显的图画，不知道是谁画的。

婶婶的话提醒了商智永，他想起在一座空宅院（也许是刘成万的那个院子）外面的墙上，用木炭写着一句十分醒目的话：

这一溜全是狗屎！

还有巨大的感叹号和一个够得上粗壮有力的箭头，很像是公路上的那种路标或指示牌，又像是爱国卫生运动委员会的一个温馨的提示，提醒路过的人们要注意自己的脚下。商智永当时就注意了，他朝周围看了看，却并没有发现什么。

现在想起来，那句话里面所谓的狗屎，并不是实指，而是指那一溜崭新的常年没有人居住的要把村里的人活活气死的空房子空院子。

十　九

"叔叔怎么还不回来？等他回来一起吃吧。"

"别等了，他不回来了。"

"叔叔去哪了？"

"白寺那里有一件事，早就说要去，一直没顾上，今天正好有顺路的车。"

"是白寺么，小的时候我也去过那里，很小的一个村子，全村不知有没有一百个人？叫白寺，却并没有寺。放一串鞭炮，全村人都能闻到火药味。"

“你说的那是过去。现在不小了，有好几千人，大部分是外来的，四川的，湖北的，贵州的，安徽的，河南、河北的，还有陕西的福建的……别小看陕西的福建的，一点儿也不比另外那几个地方的人手软。”

“哦？那么多人，他们住在那里干什么呢？”

“啥都干。有的下窑，有的盖房子，有的挣不到钱就拿着刀在路上抢人，还有的埋伏在树林子里，埋伏在高粱地里，玉茭地里；半夜的时候翻墙跳进人家的院子里，有钱的就要钱，没钱的就要人，每一回都不空手。”

“要——人？”

“就是强奸。”

“没有人管么？”

“也有人管，尤其是出了人命以后。可那些人不怕，上午刚看完崩人，——崩的也许还是他们的同乡，晚上就又出来行动了。”

“婶婶，我没想到咱们这个地方会是这样的。”

“这还只是一点点，更多的更深的，连我也不知道。你叔叔今天去白寺，我让他带一把切西瓜的刀或者棍子防身，他一听就连连摆手，又是摇头又是摆手地说，趁早啥也别带，带的越多，麻烦也就越多。他们要是突然拦住你要搜身，那就让他们搜好了，在口袋里准备二三十块、四五十块钱，让他们搜走就没事了，就平安了。相反，要是从你的身上搜出一把刀来，那就谁也不知道会发生什么事。”

“叔叔做得对。”

“斗争又斗争不过，反抗更是不行，闹不好就没命了。好多人家晚上睡觉的时候，都把骡子牵回来和人一起住；要是把骡子单独放在一间房里，他们就会来撬门。也有的不撬门，直接从房后掏一个一人高的大窟窿（有时候掏窟窿比撬门更省事），骡子就从那个窟窿里被牵走了。好几千块钱就又没有了，家里地里的活儿也会耽误了。”

“我一回来就觉得眼生，像是到了别人的老家，中间好像隔了好几层东西……我知道不对了，可是又说不上是哪里不对了。”

“黄瓜是不是咸了？一不小心多放了一勺盐。”

“不咸。”

“真的不咸?”

“真的不咸。别担心，多咸的饭也难不住我们，都能对付得了。我们在农场里的时候，每个人的枕头下面都有一个小纸包，里面包着一点儿盐，吃饭的时候额外加一点儿进去，要不然干活儿就会没有力气，分给你的任务就会完不成。一次两次完不成尚可，经常完不成任务，减多少次刑也轮不上你。只能眼看着别人哗哗地都走了，都走到新的生活里去了。”

“今天又有好多人在那些土台子上照相，还有外国人。”

“婶婶，那些烽火台是我们小时候常去的地方，我至今还有一笔钱埋在其中一个台的下面。三四十年过去了，不知还在不在。”

“一笔钱?”

“当时认为是一笔钱，还是很大的一笔，现在看当然不是了，可能连一个烧饼都买不了。加上我，一共四个孩子，每个人都在不同的位置上埋了一笔：最多的是成武，两角五分；我的是两角，都是硬币，都用纸包着……这么多年过去了，我相信没有人动过它们，它们一定都还在。”

“我还以为是多大的一笔呢。”

“当时就是很大的一笔，每个人都积攒了至少有一年。”

“你想去取回来么？”

“不取了，就让它们在那里埋着吧。每天都有那么多的人去那里，它们长见识了。近四五十年来，咱们这一带还从来没有这么热闹过呢。”

“你呢，你不喜欢热闹？”

“我挺好，能够获得自由，比什么都好。”

“你真的没有去过那些地方？”

“哪些地方？”

“那些蒙古包里。”

“没有。我怎么会去那些地方？那是为别人建造的。”

“千万不要去，以后也不要去。那种地方，杀人不用刀，就你那点儿钱，可禁不起他们盘剥，几下就把你剥削光了。”

“你不说我也明白。这么多年，别的收获没有，收获的全是教训，一摞一摞的教训，钉着血痂，打着十字。”

“你要是想……就在家里。”

“就在家里？”

“对。”

“婶婶啊，不能够那样！我刚出来，不能再回去了。我要是再回去了，鲍教导员首先就得碰死，他说他不希望再看见我们当中的任何人。”

“谁让你又回去了？我只是觉得你太可怜。”

“婶婶啊，我不可怜，我不认为自己是一个可怜的人。听我给你说：从最初的无期徒刑到二十年，以后又变成十八年，一连串的好事！一个真正可怜的人，是不可能碰到这么多好事的。你说对么？”

“一个人有几个十八年？”

“别管他有几个，一切都正在好起来。”

“你叔叔……”

“我正想说，叔叔就像我的父亲一样。”

“你错了，完全不是！他对你一点儿也不好，这一点我比你更清楚。你没看出来么，他连话都不愿意和你多说。”

“我看出来了。不过我不怪他，他可能有烦心的事。人都有心情不好的时候。”

“你倒是大方。”

“婶婶，当年叔叔把你娶回来的时候，我记得是一个冬天，天冷得厉害，你穿着一件红色的棉袄。”

“是么？我都不记得了，早就忘了。”

二　十

但商智永是记得的。

本来还想再吃一碗，可是他知道不能再继续吃了。他放下碗，不敢看对面的那张脸，尤其是那双里面似乎有星星般的火苗正在微微跳动的眼睛，转而盯着那张已经在流逝的时光中磨损得很厉害的桌面，低声说着，说自己要出去走走。

她嘱咐他不要走得太远——是担心他一不小心走到那些杀人不用刀的白包包里面去么？在她走到商智永这边来收拾桌上的东西的时候，她的饱满的前胸也许是不小心地触碰到了他的肩膀，让他的身体顿时紧缩了一下。

那时候，他感到自己很像是一名正在苦练缩骨术的艺人，竭力地想把自己的七十五公斤的身体紧缩成七点五公斤的一团，甚至变得更小。他清楚而又迷乱地地听见脑子里传来轰的一声，一大片雾一样的红彤彤的血光在眼前无声地散开。天空崩裂了，却在大地上形成一道又一道道的缺口，山川以发酵的面团的形象扭来扭去，草木和房屋都像闪电一样哆嗦着。

出了院子以后，他才发现自己的脸上是湿的，这样的时候是不应该湿漉漉的，可是他却满脸都是汗，这让他意识到自己是非常不正常的，是会引起别人的怀疑的。他走到一棵杨树下擦了一会儿汗，在午后的炎热中变软的树叶这时候重新又在傍晚的凉风中挺直了，油绿光亮，弹性十足地摆动着。远处的莜麦和胡麻的绿浪一轮一轮地滚滚地涌动着，凉爽清明地流淌着，缓缓地起来又下去。

塞外的天气就有这样的好处，中午时分还骄阳似火，烤得人冒油，一到傍晚，天地间开始变得清凉，凉风习习。

不要走得太远？恰恰相反，他决定要让自己走得很远。

清凉的晚风很快就擦干了他的脸，并让他不再那么燥热。望着远处的一幕幕幽蓝的群山，心里回味的却是不久前的情形，怎么会出现那样的一幕呢？类似的情景在他的一生中从来没有过，正因为如此，他震惊的程度要远远大于当年突然被冰冷的手铐和脚镣锁住的时候，尽管那也是第一次，可那仿佛是有准备的，知道迟早要来。自从咔嚓一声被锁住以后，反倒给他带来了意想不到的平静和安心。

婶婶也不是过去的那个婶婶了，这是商智永没有想到的。尽管人还是那个人，可是从另一方面说，真的还是那个人么？如果不是，那她又是谁呢？那一瞬间，商智永觉得她陌生极了，似乎此生从未见过！就连她往他的碗里添加饭菜时的神情和动作也是那样的眼生，像是一套涂抹着家庭色彩的舞台上的艺术。

啊，原以为变得惊人的是这个社会，却没想到那中间还包括每一个人，包括像叔叔婶婶这样的人。叔叔也变了，也和从前不一样了，他一回来就感觉到了，不是么？并不是说他的年龄增长了，在灰尘般的时光中老了，而是他的性情和心地也变得让人不认识了。现在的叔叔，更像是一块长满锈斑的看似不再锋利然而却仍然能够将人的手或皮肤划破的破旧的铁皮。商智永从第一眼看到他的时候，就有了这样的一种印象。那样的一块锈得有些不再像铁的铁皮，如果要用它来派什么用场，也许什么用场也派不上，可是要是用它来致使一个人流血，疼痛，化脓，它还是能够做到的。一块废铁皮的作用就是这样的。

不知不觉地，他已来到村外，风中飘荡着青草和泥土的气息，远处的那一幕幕幽蓝的群山已经看不清了，附近树上的一只鸟突然扇动了几下翅膀。他抬起头看时，那树上又已恢复了先前的幽黑和寂静。

就在这个阒无人迹的晚上，就在这片曾经打过架，流过血，曾经红旗招展，歌声嘹亮，曾经有人用簇新的麻绳上过吊的地方，他惊讶地发现，原来时光也是有气味的！他在一道砌成于三十多年前的曾经是优美的半月形的，如今已变得弯弯曲曲，高低不平的几乎被野狼蒿和野沙蓬共同掩埋起来的石头围堰上坐下来的时候，忽然清晰地闻到了从前的气息！

他不能送给那种气息一个姓氏，也难以为它起出一个恰当的名字，却深知它是属于过去的，是嗅觉告诉他的，深深的一嗅，即刻就都明白了，并不需要更多的物证和强调——就是那种生活早已远去而生活的余音却多少年都一直未曾中断过的用眼睛看不到的却用心和记忆能够闻得到的气息，就是那种东西。

婶婶说她不记得过去的事了，可他还记得。

多年以前的一个夏天，就是现在的这位婶婶，在一次看戏回来后，突然不再想活了，开始拼命地寻死。她不是在做样子，也不是为了吓唬谁，而是真的抱定了死的念头。

先是跳井，义无反顾地跳进了距离家门口五十步远的她有时也去打水的那口井里，所幸的是被及时地捞了上来。看见她穿了一双结婚时穿的新鞋，就明白她是真的想死。

又用她平常用来裁衣服的那把剪刀刺自己的咽喉，也刺进去了，咽喉那里至今还留有一条蚯蚓般的伤痕。

上吊，也上过，并不是没上过。从房梁上放下来的时候，人已经彻底硬了，都以为她这一回是真的死了，再也救不过来了，就把她停放在平时很少有人进去的房梁上结满蛛丝的西屋。当晚就请来了木匠，为她做棺材。谁也没有想到，快十点的时候，西屋里传来她长长的一声哀叹。天哪，她又醒了过来，她活了！有人说，请来木匠请对了，比请来一个只会打针号脉的医生更有用，是木匠们那叮叮当当的斧声把她从去往阴间的路上重新叫了回来。

年轻秀气的婶婶，为什么三番五次，不顾一切地要死？原因只有一个：那天在台下看戏的时候，被一个人摸了一下……尽管那只罪恶的来历不明的黑手在她的身上停留的时间不超过一分钟。

可毕竟还是在她的身上停留过了，一分钟也是时光的一种哪！往宏观的大的方面说，一分钟和一天、一年，甚至十年也没有什么区别，几乎就是一样的，几乎就是一回事。这么一算，顿时就天塌地裂了：一只罪恶的来历不明的黑手，在她的身上停留了整整一年，甚至十年！

整整一年哪！整整十年啊！一只从来都不认识的手就那么放在你的身上……还说什么呢，这难道还不够么，还需要有多大的理由才算是理由呢？

就因为年轻，她一直以为这个世界的门槛是相当高的。那么，生活中其间的每一个人也都必须得有相当的高度才行——不然你是怎么进来的呢？爬进来的么——，方方面面也都得能与这个世界相匹配，能够对得起这个世界。无论任何时候，无论说起来还是想起来，都不至于觉得自己太过于寒碜，而成为这个世界的一个污点，一处恶心的秽迹。

可是她错了，她知道世界有门槛，却不知道原来什么样的人也都可以在其间生活；生活在其间，也并不需要什么标准和资格，似乎只要有一口气就行，哪怕是一口邪气！哪怕这个人满打满算就只有一口邪气！

戏台下的那只罪恶的手，让她觉得自己猛一下矮下去半截，让她猛然发现自己的高度和尺寸都不够了，再继续说服自己，让自己厚着脸留在这个世界上，无异于耍赖，蛮不讲理，不知廉耻——她可干不出那种事情来。

于是，就有了那一连串的不回头的决绝的行动。

只知道有人把他的手放到了正在出神地看戏的婶婶的身上，至于放到了哪里，当时还年幼的商智永则完全不知道，家里的大人们也从来不提这事。他们只谈论如何把去意已决的婶婶看管好，日日夜夜都得有人在看着她，防止她再把自己投到井里或者挂到房梁上。万幸的是她第一次跳进去的那口井距离家门并不太远，周围一带也常有人。如果她当初没有奔那口井去，而是一口气跑出好几里地，奔向另一口偏僻的深井，那不是就死定了么？大人们越分析越害怕，越不踏实，每个人都像是练习吹口哨一样嘴里咝咝地响着，倒吸着凉气。

每个人都有自己的事情要做，可是还得腾出手来轮流看管她，今天是你，明天是他。这么样的一个知廉耻，识礼节的女人，能不管她么？即使是一个大家都认为是真正不要脸不像话的女人，那也得管她呀，也不能看着她去死呀！毛病归毛病，可是要和一条命比起来，所有的毛病都不算什么，都可以被忽略或原谅。

天快亮的那一段时辰是人最容易迷糊的时候，一定要打起精神，把眼睛睁得大大的，把心头上的那盏灯拨得亮亮的。她折腾了这么些天，她累了，她可以睡，想睡多长就睡多长。但是我们不可以睡，更不能够睡着了！我们只能在一旁看着她睡，小心翼翼地注视着她。国家不让讲迷信，我们就不讲，可是也不能不操心那些前来勾魂的鬼魅，趁夜深人静的时候进来把她的魂勾走，那样一来，我们大家所有的人就都白忙活了，无论有多少人在瞪大眼睛看着她，守着她，也都没有用了——魂已被勾走，已经离去，我们一群人守着一具没有灵魂的躯体又有什么用呢，又有什么意义呢？

有一天，大人们实在轮不过来了，于是，年幼的商智永就和姐姐一起奉命去看守婶婶。他们按照大人们的吩咐，紧紧地包围在婶婶的身边，目不转睛地看着她。姐姐抱着婶婶的胳膊，商智永蹲在地上，抱着婶婶的一条腿。婶婶一动，他们姐弟俩也马上跟着一起动。什么叫寸步不离，什么叫形影不离？那就是！商智永还是在很小的时候便体会过了。

要是忽然看见她有要站起来——站起来就有可能冲出去——的意思，商智永就和姐姐一起用力，抱腿的抱腿，抱胳膊的抱胳膊，一齐上去先把她按倒，然后再慢慢地扶起来。办法虽然笨了些，却相当得保险，实在，能够保证她整个人还在他们姐弟两人的手里。

接着，他们又有了更大的收获：从她的身上搜出了一把剪刀，姐姐命令商智永把刚刚缴获的剪刀藏起来。晚上有人来接替他们姐弟两人的时候，商智永竟然忘记了口袋里还藏着一把剪刀，一直回到家里以后才发现。

甚至在她去茅房的时候，他们也要跟着去。大人们特别交代过，别小看那种地方，那种地方恰恰是最容易出事的地方，有人往往能够在那里成功地逃脱，也有人不逃脱，直接就在那里面自戕了。大人们的这些话，商智永和姐姐都懂，还用交代么，还用提醒么，电影里就经常能看到类似的事：一个人假借上厕所，进去后就永远不再出来了！不是逃跑了，就是在里面自尽了。

姐姐在茅房门口拦住商智永，对他说：

“我进去就行了，你就在外面等着吧。”

几个月以后，婶婶平静了，恢复了正常，开始做家务，不再想死的事。有人偶尔提及前一段的事情时，她会脸红。

秋天里的一个晚上，商智永他们一家人正在吃饭，叔叔忽然来了，来讨要他们那把几个月前被商智永在忙乱中不小心带回来的曾经一个时期成为最危险的凶器的剪刀，说要拿回去裁剪一块布料。

二十一

曾经是那样的一位烈性的女子，与现在的这位婶婶，她们能是同一个人么？

可是，她们难道不是同一个人么？

这中间到底发生了什么？商智永觉得自己糊涂了。他实在无法把前后两个人叠加在一起，她们很像是两张分别拍摄于不同年代的照片，无论照片上的人像还是照片本身的尺寸、材料和整体的色泽，都相去甚远，完全是两回事，两个概念，两种东西，非常不同的两个人，试图把它们综合、还原成一个人，不仅不可能做到，甚至连这样的愿望和想法都是不切实际的，胡闹的，荒谬的。谁能说清楚这中间的秘密呢？她本人能说清楚么？

可是，看她的样子，她一定会认为自己没有什么需要说清楚的，因为她会认为自己没有什么变化，从来就是这样；要说有变化，只不过是年岁增加了一些。

她真的从来就是这样的么？当然不是，每个人都不是。

每一个人都不再是最初的那个人了，从里到外都不再是了。

是每一个人都进步了么？可以这样说，这样说也没错。

是每一个人都变得更精明更复杂更奸猾了么？这样说也许更接近事实本身。

二十二

赵兴旺，商智永小时候最要好的一个伙伴和同学，山上的某一个烽火台的下面埋藏着商智永的一笔钱，那里同样也埋藏着赵兴旺的一笔钱——十五枚一分的硬币。对于当时每天两顿饭都需要用清澈见底的米汤灌饱自己的肚子的那个家庭来说，年少的赵兴旺能够不带一点儿犹豫地痛快无比地将辛苦积攒了差不多两年时间的十五枚硬币埋进古老烽火台下的那些千百年的土里，出乎除了商智永以外的其他所有人的意料。赵兴旺不想让同伴们在背后议论自己，同情自己，虽然他埋藏的那笔钱是几个人当中最少的，钱的品种也相对单一，全都是一分一分的硬币，没有别的面额，可那完全是另一回事。埋藏完毕，下山回家的时候，他也同样理直气壮，谈笑风生，像一位藏宝归来的富人，心里怀着无边的兴奋和幸福，眺望着一种远大而又异常模糊的目标。那种时候，他们觉得把全世界的人都加起来也没有人比他们更神秘，没有人比他们更幸福。

昨天，天还没有黑的时候，在村外的那片曾经多少年一直是雪白的荞麦地，如今被厚厚的光滑结实的水泥覆盖住的已成为旅游者的停车场的地边，商智永突然遇到了骑着一辆自行车正要往南去的赵兴旺，车前面的梁上还坐着一个孩子。

看见赵兴旺，看见儿时的形影不离的伙伴，商智永的心突然怦怦地跳了几下，他一眼就认出了赵兴旺。然而，推着自行车正若有所思地慢慢走着的赵兴旺却迟疑了好一会儿才认出商智永。接着，赵兴旺露出了一丝笑容。商智永在那笑容里觅到一些多年以前的熟悉的东西，小时候他就是那么笑的，一边的嘴角朝上歪去，那就证明他要笑了。

赵兴旺把坐在自行车前梁上的那个孩子放下来，把自行车支好。

停车场里的一辆银灰色的汽车已经发动起来了，几个外地人正在上车，两个女人的手里分别拎着里面装有玉米、红枣和核桃的藤条篮子，另外还有荞麦的深加工产品。花香雪白的荞麦地消逝了，但以荞麦的名义制造的无糖、降血、降脂的产品却被一批又一批的兴致勃勃的人们带走，带向四面八方。

那两个女人所带走的红枣和核桃，也都不是塞外的干旱贫瘠的土地所能够生长、结果的。随风荡漾的玉米地倒是在塞外的原野上到处都能看见，却并不是她们带走的那种不知来自何方的被叫作黏玉米的东西，而是原来的那种干硬粗糙的只有与它相匹配的同样粗糙同样不讲究的尝遍了人生苦难的肠胃才能够消化得了的古老而落后的玉米。

赵兴旺，那个多年以前的数学成绩曾经灵光闪现的小伙伴，如今两鬓染霜，已是三个孩子的父亲。他骑着自行车往南去，是去看望身患好几种疾病的岳母。坐在车前梁上的那个孩子是他最小的一个孩子，此刻正趴在地上捉蚂蚁。

“起来！”赵兴旺对孩子说，“把身上的土拍一拍。”

孩子没有起来，似乎完全没有听见他的话，正在专心地看着一窝繁忙至极的蚂蚁。手指粗的一个黑洞，一些蚂蚁源源不断地从里面出来，另一些则正要进去，两股人马在黑洞前相遇，但这还不是造成它们繁忙和混乱的主要原因。真正繁忙和混乱的在洞口的另一边，数不清的蚂蚁们聚集在一起，它们像是在准备迎接一场即将就要到来的暴风雨，或者在准备迎接一位至关重要的大人物；同时又好像是要集体出发到某一个地方去，正在等待一个指令。在那个过程中，边缘部分的一些在窜来窜去，一些不安分的分子们已经爬到了赵兴旺的孩子的脚上——孩子受到瘙痒，从自己的脚背上捉下一只，拿在脸前看着。

他们在一根断裂成好几截的水泥管子上坐下。赵兴旺从身上掏出烟递给商智永，商智永摇了摇头。商智永把烟戒掉了，而多年以前一直烟酒不沾的赵兴旺却抽起来了。

赵兴旺的岳母患的是乳腺癌兼咽喉癌。

“我真是不明白，”赵兴旺对商智永说，“她那么大年龄了，我说句难听的不敬的话，按说两个乳房也基本没用了，像退休了一样，该消停了。可老天捉弄人，偏偏就是让她那个地方出了问题。另外，她也不抽烟，却得了咽喉癌。”

“听说乳腺癌是能治好的，”商智永说，“是所有癌症里面最好的一种癌。”

“那得看是谁，”赵兴旺不以为然地说道，“有的人，得再大的病也不怕，本身有钱，又有运气，命又好；有的人就不行了，事情一来了，一点儿办法也没有。”

“要做手术了吧？”

“还没有呢。孩子他姥爷说，‘需要割就割了吧，反正那东西留着也没用了。’老太太也知道这一回自己的那两个东西是无论如何也保不住了。”

他们浅浅地说着一些无关紧要的话，像水面上的浮光，天空里的云彩，既没有勾起过去的回忆，共同的往事，也没有在别的事情上谈得更深。尤其是赵兴旺，总是小心地绕开商智永这二十来年的生活，就好像在一座山的背面行走，表面上不张望，不越界，却都在心里面装着。他只问了商智永是哪天回来的，又用一种相当明确的表情询问他关于今后的打算。

赵兴旺就是用表情来询问的，并不是用话语来询问的。赵兴旺的那种神情，商智永打小就再熟悉不过。小时候，他问别人吃饭了没有，从来就不是直接问，而是用他的那张红扑扑的脸看着你，你一下就明白他要问什么了。

对于这位昔日的伙伴，商智永倒是想知道得更多一点，他多么希望赵兴旺能和他慢慢地细水长流地说一说他这些年来的情况，他的家庭，他的妻子和孩子们，他早些年曾经做过的事情，眼下正在做的事情，总之，说什么都行，说什么商智永都愿意听，说上几天几夜他也听不烦。重要的是说，而不是说什么，不是么？天底下还能有比两个好朋友细细地说话更有意思的事么？

可是，赵兴旺却没有时间了，他得赶路去岳母家。

他看了看天色，说天黑前也未必就能赶得到。另外，还得顺路到镇上去买点儿东西，癌症病人能够吃的东西。总不能空着手去吧？且不说岳母得了这样的重病，就是过去没病的时候，他每次去也都从来没有空着手去过呀。

说着，他率先从那根断裂成好几截的水泥管子上站起来，对那个这时已经从蚂蚁王国中撤离出来的孩子说：

“去姥姥家了。和叔叔再见！”

说着，一面又按响了车铃。孩子听见了铃声，摇摇晃晃地走了过来。

不知什么时候，商智永早已把一百块钱捏在手里，他不知道行情，不知道现在多少才算合适。他来到那个孩子的面前，弯下腰，对孩子说：

“头一次见你，也不知道你叫什么名字？叔叔给你的压岁钱。”

他刚把钱塞到孩子的手里，赵兴旺突然又从孩子的手里把钱夺了过去。他面色严峻地看着商智永，有些生硬地说：

“不行！绝对不行！”

说着，已把那一张钱塞回到商智永的手里。

“我是给孩子的。”商智永说。

“不行！”

赵兴旺脸色铁青，执拗地摇着头，像是搏斗一样地用力阻挡着商智永的手，他没有更多的言语，只有两个字：不行。

“兴旺！”商智永突然有些失声地叫了一声眼前这位儿时的好友。听到这叫声，赵兴旺也突然愣了一下，看着他面前的商智永。

“这钱是干净的，是我用劳动换来的。”

“我不是那个意思……”赵兴旺的脸忽然有些红，先前挂在他脸上的那种坚硬而疲惫的铁青色如同一个面罩一样被突然扯去。

“你现在的情况，不说我也知道，”赵兴旺说，“我还没有帮过你一点点呢。”

“那是另一回事。”商智永说。

但是，不管是哪一回事，赵兴旺都坚决不肯让孩子接受商智永的钱。他把孩子从地上抱起来，放到车子前面的梁上，又像一只老鹰一样伸开两条胳膊，把那个孩子圈护在他的羽翼下。这样一来，商智永就很难再接近到那个孩子了。

赵兴旺对孩子说：

“和叔叔再见。”

不知道那个孩子说了没有，反正商智永没有听见，也没有再看见他，因为他那个小小的身影正被他的父亲遮挡得严严实实，如同一枚包藏在巨大羽翼下的卵。

道别之后，赵兴旺骑着自行车带着孩子走了。

商智永站在原地，手里一直捏着那张费了好大的劲却最终也还是没有给出去的钱，目送着赵兴旺越走越远。后来，一片黄绿相间的杂树林挡住了商智永的视野，他看不见赵兴旺了，昔日的伙伴从他的眼里消失了。

说不上是没有来得及还是一时忘记了，他没有向赵兴旺提及多年以前他们共同在山上的烽火台下埋钱的事，赵兴旺的话题也压根就没说到那么远。穷孩子们的游戏，或许他早就不记得了，尽管他本人也是一个穷孩子。

天上白云如盖，如一件巨大的说不上是官方的还是民间的蓝底白花的饰品，罩覆着下面的这个复杂多变的人间。

二十三

没有月亮，没有星星，天上面是黑蓝的，地上一片墨色。在有月亮也有星星的夜晚，星星们也不常在月亮的旁边。

已经半夜了，商智永才从村外的那道弯弯曲曲的石头围堰上起身回来。穿过黑黢黢的村口和睡梦中的村子，在从叔叔和婶婶的黑暗的窗外经过的时候，忽然听到里面在说：

"……把你那个鬼爪子拿走！"

"你……"

"你不害臊么？"

"老曹要留我住下，我都没有住。"

"谁让你不住！"

“九玉，你和原来不一样了。”

“那是因为原来不懂事。”

“现在懂了？”

“走开！你还要不要脸？”

“咱们两个不知究竟是谁不要脸？”

“我不要脸，我比你更不要脸，行了吧，你满意了吧？”

“我知道你羡慕蒙古包里的那些女人，可是你去不了啦！你的年龄就是一道你迈不过去的门槛，是它把你挡住了。”

“你说对了，我要是比现在再年轻二十岁，十几岁……”

“唉，我这一辈子啊……”

叔叔忽然低声哭了起来，哭着从里屋到了堂屋。商智永急忙从窗前离开，回到他住的那间房子里。他为自己无意中听到他们的谈话而感到难过。

他们的谈话让他震惊。

不，那不能叫作谈话。

叔叔在漆黑的堂屋里哽咽着：“全世界的人都疯了！男疯子，女疯子，老疯子，小疯子。”

他在黑暗中躺下，没有开灯。窗户的上方有一线奇怪的鱼肚白，他盯着看了好一会儿，也还是没有弄明白那是什么。半夜三更的，离天亮还早，怎么会有那种东西出现在窗户上呢？

到今天为止，他回来才仅仅三天。可是，在他的感觉中，似乎已过去了三年也不止。怎么会比农场的日子还要慢呢？

并不仅仅是他本人有这样的感觉，就连叔叔也有类似的与他一样的感觉。那天，就是他回来后的头一天，他帮叔叔在院子的西边砌了一堵墙，手艺之好，让一旁的时刻准备说三道四地挑毛病的叔叔变得哑口无言。昨天，他又爬上房顶，帮助叔叔把葫芦和南瓜的头牵引到房上，叔叔站在下面，用那只没有受伤的手指点着。挂好最后一根绿色的长茎后，叔叔在下面仰望着他，忽然对他说道，回来这么长时间了，也不知你对自己的今后有啥打算？

叔叔就是那样说的。当时他蹲在房顶上，愣了好一会儿，像是被叔叔突然扔上去的那句石头一样的话狠狠地砸了一下。背后的黄泥的烟囱里冒出一缕一缕的青烟。整个村子都在他的视野里，看上去如同一盘凌乱的已被下坏了的再也无法挽救的棋；棋子有新有旧，旧的居多，新的就是以郭松仁的别墅为首的那些常年无人居住的庭院。

是的，一盘凌乱的已被下坏了的再也无法挽救的棋！当时他蹲在叔叔的房顶上时，眼里看到的就是那样的一幅景象。

是谁下坏了那盘棋？下坏后便不知去向，一走了之。棋局的四周已没有人再守着，看不见任何一个与那件事有关的人。

没有人承认，没有一个人会把那种错误记到自己的名下，说那盘棋是自己下坏的。不止这事，在任何一件事情上，每一个人都认为自己很无辜，有问题也是别人有问题，决不在自己的身上。至于罪恶，那更是别人的事。

二十四

那天，从镇上回来的时候，商智永在路上捡到一张报纸，很长时间没有看过报纸了，他怀着激动的心情在风中抓住了它。

是一张别人包过食品的报纸，除了有几处明显的油渍，大致上还算干净。他在路上张望了一下后，走到一棵树下，决定先把这张报纸读完以后再回去。

那把新买的水壶就放在他的旁边。

他先浏览那些零碎的新闻，把两篇较大的文章有意地留到最后读，这是他十几年来在沙河农场里养成的习惯。

某某县植树造林，森林覆盖率已达百分之九十。（真希望这是真的，他边看边想）

然后是一些社会新闻：珠宝店被洗劫，却原来是里应外合；盲女背诵《新华字典》；八旬老人痛失巨款，却又喜得贵子；王振龙医院，专治各种癌症；姐夫怒告妻弟……木匠强奸房东……经销商当众痛饮刷墙涂料，以证明涂料之清白，无害……一百零八具尸体的背后……从即日起，广大的皮肤病患者们有救了……

两篇较大的文章，其中一篇是关于本省国民经济情况的报告，占了整整一版，商智永是一字一句地读完的，他渴望了解本省的情况。另一篇《马克思主义的科学观和方法论》，也读得极为仔细，好几次想停下来用笔画一下，或者记下一点什么，可惜身上没有笔。

在沙河农场的时候，也没有笔，他有时会把心里的某些感想用树枝作铅笔写在地上，自己蹲着看一会儿，想一会儿，然后再用脚把它们全部蹭掉，沙土上被蹭得连一个标点符号也不剩，就好像那上面从来都什么也没有发生过一样。

还有的时候，为了保险起见，他蹲在地上，一边写一边擦，写完第二个字的时候，第一个字已经被擦去了。这样的方法有很大的好处，首先是安全，不留痕迹，所写的字速生速死，瞬间便又消失了，别人很难看到；其次是能够反复地硬碰硬地锻炼你的记忆，需要你把那些刚刚诞生便迅速又被迫消失的字全都记住，清晰地揽入你的脑海里，否则，你的冒险和书写便没有什么意义。

朴日新在没来沙河农场以前，是研究和讲授哲学的，其中的认识论和方法论又是他主要的研究方向。可是，他本人犯的正是认识和方法上的错误，错误不回头地向深水航段行驶，才致使他来到了遥远的沙河农场。朴日新常自嘲地说，他这相当于自戕。

朴日新瘦得像农场四周的那些到处觅食的山羊，却又不具备那些山羊的力气和敏捷，时常完不成任务。商智永帮助他完成过好几次定额。没有什么可以用来感谢的，朴日新便只能时断时续地由浅入深地对商智永讲一些哲学上的问题。那是一个商智永此前从未进去过的世界，其中的一草一木都陌生得让他无比惊异，致使他不敢随便触碰任何一个地方。朴日新那时候在商智永的眼里突然变得如同一位力气巨大的引路人，从入口处的尘埃、碎石和苔藓讲起，慢慢地往里去，往深处去，黑暗随时呈现，昏暗和亮光也往往就在黑暗将尽之时闪现。商智永小心翼翼地走着，紧紧地拽着朴日新的衣襟，拉着他的手。他深信，要是没有朴日新在身边，没有他的声音在那个陌生而奇异的世界里不断地回响，凭他自己是找不到路的，既不能一直往前去，又不能顺着原路退回来。

有一次，在农场的厕所里，朴日新用一块比指甲盖大不了多少的灰色的碎砖头在地上写了一个字，然后问商智永是什么字。商智永望了一眼，很快就回答出来了，是一个人字。

朴日新写的就是一个人字。

朴日新让商智永系好裤子，站到对面去看。正看的时候是一个人字，反着看呢？

商智永提着裤子，来到朴日新的对面，几乎忘记了把裤子系好，盯着那个只有两笔的字看了一会儿，然后对朴日新说：

“什么也不是。”

“再好好看看，”朴日新对商智永说，“看看它最容易也最有可能变成什么？”

商智永一边系着裤子，一边望着那个已不再像一个字的字，有人忽然在外面咳嗽。也就在那个时候，商智永倏忽觉得自己好像看出一点什么，只是心里没有任何把握。他低声对朴日新说：“如果短的那一画一不小心再出一点儿格，就会变成一个代表错误的叉。”说完后，像是等待裁决似的不安地看着朴日新。

听到商智永这样说，朴日新腾出一只手，就用他的那只并没有多少力气的手在商智永的肩上重重地拍了一下，力气之大，连商智永也吃了一惊。

“我说对了？”商智永低声问道。那只落在自己肩上的手的重量让他预感到自己猜对了。

朴日新点点头。

在从卫生区回监区的路上，他们小声地不动声色地说着话。从远处看，从高处有哨兵站立的四面都不受阻的瞭望塔上看，是看不出他们正在说话的，只能看到两个穿着相同衣服的人正在目视前方往监区里走着。也不存在并肩行走的违规行为，两个人一前一后，甩着相同的正步，中间是有标准的距离隔开的。

商智永走在前面，朴日新走在他的后面，朴日新小声地说着话。他说，看到了吧，每个人——包括那两位荷枪实弹的正在瞭望塔上执行任务的哨兵，其实都站在错误的边缘，与罪恶相距甚近，只有一墙之隔，有的甚至一墙都不到。所有的人都认为自己与罪恶无关，相距十万八千里，说到罪恶，总以为那是别人的事；殊不知，那正是罪恶层出不穷的原因。

几年的牢狱生活让朴日新渐渐地意识到一副坚实的翅膀已在自己的内心深处长出并日趋成熟，这个意外的发现让他欣喜不已，完全出乎他的意料。在许多自由而轻松的甚至不乏美好的地方没有完成的事情，却在这么一个封闭的处处受到监管的而本质上却又接近于无限透明和敞开的公开拒绝隐秘和个人秘密的天地里令人不可思议地完成了！在许多自由而轻松的，甚至不乏美好的地方，哲学被拔光了羽毛，被开膛破肚，没有翅膀，没有呼吸，没有脉搏，如同一块深嵌在众人脚下的冰凉的卵石。做梦也没有想到，在这个被所有人公认为是苦难之所的地方，却有一股永不枯竭的活水被他找到了，那不正是他半生都在苦苦寻求的东西么？那副羽翼渐丰的有力的翅膀就是最好的证明。

灵魂的活水疏导着他的认识，在接下去的流程中，每一个弯道都是清澈明净的。

从此他不再像一开始那样期盼着早日获释，相反的是，他希望自己能比任何人在这里留得更久一些。在沙河农场所有的人中，包括那些拥有选举权和被选举权，拥有出版权和言论权的广大的干部和职工们在内，他是唯一的一个不想离开的人。

有时，朴日新会故意做一两件违规的事，虽不能为他直接增加刑期，但至少可以保证不让自己的名字出现在下一批减刑人员的名单里。

在遥远而清苦的沙河农场，没有人比他的心情更舒畅，更安心。他甚至幻想着将这里作为自己的终老之地，将自己的灵魂与躯干托付于此。

二十五

朴日新就像一面亮度适中的镜子，既不幽暗模糊，也不亮得刺眼，因而才让商智永清晰地看到了自己。

像队里其他的那些人一样，他们都是那样的渴望早日获释，就像小时候渴望过年一样，就像出笼的小鸟一样，渴望早日奔向外面的那个世界，重新回到往日的生活中去，重新回到曾经的队列里去，尽可能地遵守秩序，吃喝玩乐。如能重新或意外地拥有金钱或权力，封妻荫子，那将更是锦上添花，万事如意。

获得第三次减刑的当天晚上，商智永用自己从白栋梁那里挣来的半包烟请客，主要是请朴日新一个人。

难以抑制的喜悦之情如同过年时的灯笼一样挂在商智永的眼角和眉梢，他甚至都顾不上专心致志地吸烟，享受一支烟带来的宁静和幸福。也许他需要的不是宁静和安心，而恰恰是与之相反的坐卧不宁的亢奋和一种火烧火燎的激动。

而朴日新则默默地抽着烟，坐在黑暗的下水道的一侧，很少开口说话。

商智永多想让他开口啊，满心期望他能在这个繁星满天的晚上说点儿什么，说什么都行，说他的哲学，说说人世间的事，甚至哪怕是天上的事。

在商智永的一再恳求下，朴日新终于开口了。

“我不说话是不想打击你。”朴日新对像挖开一个宽敞的大洞的土拨鼠一样激动不安的商智永说道。

“看到你这样高兴，实在不忍心扫你的兴。”

听到朴日新半天不开口，一开口说出的竟是这样的话，商智永愣住了！他脸上的笑容像晚霞一样褪去，消失在无边的黑暗中。

这以后，他侧脸面对着朴日新，用这样的姿势和神情代替自己的疑问。

朴日新读懂了他的疑问。于是，轻声问道：

“外面的世界真的一切都好么？”

商智永小心地看了朴日新一眼，也用同样的轻声说道：

“难道不好么？不好，那么多人为什么都拼命地急着要出去，都想早日出去？至少，再不好也要比这里强吧？”

朴日新说：“你能肯定么？”

黑暗中，朴日新深深地吸了一口烟，烟头忽然被他吸得又红又亮。下水道里的水哗哗地响着，不知流向何方？想象它黑暗无比，罪孽深重，像是另一个世界里的一条河流。

就在商智永愣神的时候，朴日新又说：

“现在说那种话还有些为时过早。对于大多数人来说，其实并不在乎周围环境的好坏，从来都不怎么在意；人们真正在意的是能够在这个世界上得到什么，能够让自己成为什么。”

到这时，一直奔突在商智永心中的那种亢奋汹涌的火焰抑或洪流已被朴日新浇灭、截断了一半，像快乐的陀螺一样旋转了许久的商智永终于能够坐下来慢慢地接近于半冷静地吸一支烟了。整个晚上，他的嘴里还没有感受到半点儿烟味，全都被酷热一样的喜悦和兴奋占据了。其实烟也没少吸，但吸进去的烟又如数地冒了出来，仿佛经过的不是他的口腔，而是距离他十万八千里以外的另一个系统的另一条通道。

商智永知道，朴日新也知道，很多人为了能够早日出去，都在极力地利用一切机会和场合表现自己，拼命地劳动，遵规守纪，带头吃苦，与管教干部贴近。说得好听一点是建立感情，实际纯粹就是在巴结，奉承，讨好，套近乎，个别的人甚至还会在暗中贿赂。

所有这一切是为了什么呢？就是为了能够早日出去。

“而出去以后又是为了什么呢？只是为了重新获取和拥有，包括弥补这些年来的所谓的损失，觉得自身这些年来太亏了，太委屈了，即使加倍地补偿回来也还是不够。”

商智永深深地吸了一口气，他不得不承认朴日新的分析是完全正确的。包括他本人在内，不也一直就是这样想的么。

“所以，我敢肯定，有相当一些人，出去以后，用不了多久还得回来，也许不一定再回到这里来。”

“为什么呢?”

“因为他们的根本问题并没有得到真正的解决，连缓解都够不上，当然也就谈不上彻底的甚至更进一步的根治和解决。”

“怎样才能真正解决呢?”

“就像航行，一开始就把方向定错了，无论走多远，无论走得多热闹，都不会是对的，只能是走得越快越远，事情本身就越荒谬。”

“你不想出去，是因为没有你想要的东西么?”

“感谢沙河农场，我已经找到了。”

他找到的是一个源头，一股永不枯竭的活水。因此，对于朴日新来说，现在无论是在哪里，对他来说都是一样的，这也是能够使他不急不躁，安心宁静的主要原因。

朴日新已经在这里找到了他想要的东西，因而他不再左奔右突地寻求出路，想出去。可是，对于除他以外的其他人来说，他们想要的东西都在外面，只有从这里出去，才是能够获得那些东西的唯一的途径。

“所以我不想扫你的兴，只希望你能高高兴兴地出去，去寻求你想要的东西。”朴日新对商智永说，“你非让我开口，让我不得已说出这些。”

黑暗中，商智永认真地想了一会儿，忽然对朴日新说：

“这恐怕对我是有好处的，我会记在心里。”

“如果真的对你有好处，那就算是我送你的一件礼物吧。”朴日新说，“你是知道的，我也再拿不出别的什么。”

停了一会儿，又说：

“你认识了一个穷朋友。你看，连烟都是抽你的。”

“不，你一点儿也不穷，”商智永仿佛用尽全身的力气，认真地说道，“你是我见过的最富有的人，我不知道你有多少东西。”

他们黑黢黢地低声笑了起来，但是，彼此都能够听到对方的笑声是雪白的，像两只扑棱棱地正在飞起的鸽子。

二十六

此刻，躺在这间没有亮灯的东耳房里，四周一片漆黑，商智永忽然有些想念至今还仍在遥远的沙河农场里的朴日新。

商智永离开农场的那一天，朴日新奉命把自己的铺位调到了商智永在上面睡了好几年的那个位置上——靠墙，临着窗户，尽管那扇窗户只是一个不到二尺的小方孔，且又高高在上，踩着一个凳子都够不着窗户的边儿，但要比他原来的那个位置好得多。

朴日新原来的位置在一进门那个地方。现在，那个一开门就会有风扑上来的铺位让给了一个新来的名叫张清水的人。名叫张清水的人弯着腰，安顿自己的东西，总是觉得有一只奇怪的手正在奇怪地没有礼貌地抚摸着他的已被剃光的头皮和弓得像山梁一样的脊梁……而实际却并没有那么样的一只手，是从外面进来的风正在吹拂着他。

安置好东西以后，张清水做出一副可怜相，对未来充满忧虑地对大家说：

“睡在这个位置上，总有一天我会中风的。”

听到他这样不懂事，这样不懂规矩，大家纷纷谴责他：老朴（朴日新）在这个位置上睡了好几年，老朴之前的彭举人更是在这个位置上睡了长达十三年的时间，别人都好好的，你刚一来了，就说要中风，要不省人事。真要是哪一天中了风，真的不省人事了，那也纯粹就说明你这个人本身就有问题。

张清水尖声尖气地说道：

“我有问题？谁没问题呢？凡来这里的人谁没问题呢？没问题能来到这里么？”

“蠢货！”有人对张清水说，“是说你的身体有问题，并不是指别的。”

“我的身体没问题。”张清水尖着嗓子申辩道，“我也不是蠢货。”

“你看你，说话，做事，都像个女人一样，还敢说你没问题？”

一个人，向别人声明自己不是蠢货，这个人是不是真的不是一个蠢货呢？张清水一点儿规矩也不懂，不懂，还不虚心学习，向别人讨教，还拧着脖子叫唤，谁说他就跟谁叫唤。吃苦头的日子排着队在后面等着他呢。

远去了，一切都远去了……身在故乡的商智永再也不会听到他们的争吵，再也不会听到惠志官仅有的一声“呼喊一声绑帐外”和康有财的尖细婉转的河南坠子，再也不会看到悬挂在农场外面的那个有时兴致勃勃喜悦无限，有时灰头土脸无精打采，还有的时候一连好几天都不露面的，像是被狗吃了，又像是去走亲戚一样的落日和月亮。

现在，离得远了，商智永开始有些羡慕朴日新了。一个人活在世上，能够寻求到自己最需要的东西——而且那些东西并非沉甸甸的物质利益——，原来竟是那样的重要！当初，朴日新对他说这些的时候，他表面上装着在听，实际上却在心里不以为然，认为那不过是读书人的一种习惯或者说毛病，就像读一首诗，唱一支歌一样无关紧要，是一种比空气还要虚空还要不实在的属于梦想性质的东西，并不是那种根本的实质性的有钱有权有血有肉有米有面的能够看得见摸得着的粗糙砺手的或者精致如丝的生活。

可是，就是那种在他看来是花朵或云雾一样的属于点缀性质的，在人的一生当中可有可无的东西，自从被朴日新找到以后，老朴整个人都变了，变得心平气和，心安理得，那种安心和宁静不是多少钱财或者多少手段所能够换来的。就这一点，就是让他觉得最奇怪也最想深究明白的。

对于一个人来说，究竟什么才是最重要的呢？

在没有认识朴日新以前，商智永几乎没有过这样的疑问。

如果从一开始起，老朴被送到别的农场里，甚至就在同一个沙河农场里，老朴被一支疲倦的早已失去书写的新鲜感的笔胡乱一划拉，从而编进别的队里，他们之间也会永远地错过，顶多在出工收工的时候经常见面，混个脸熟，但绝不可能有深交。那样一来，他就还会像过去那样，也就永远不可能知道在这个现实的世界以外，还存在着另外的一个神奇无比的世界，一个大多数人永远也不知道的同样也永远到达不了的世界。

于是，人世间最神奇最不能让人相信的一幕就在朴日新的满足和微笑中徐徐地拉开了！作为那幅图景的唯一的一名观众，商智永看得惊呆了，用迷惑和激动，用半明半暗来形容他那时的心情，再恰当不过。

他头一次目睹沉甸甸的使人能够赖以生存的物质利益在某一个人的世界里被降到最低，简化到不能再简，就像大多数的人对待梦想一样。

精神和梦想也能够让人有饱胀的感觉么？

是的，回答是肯定的。如果有人问起这样的问题，商智永一定会抢先替不急于表白和回答的朴日新做出一个明确的回答。老朴安详地站在那些已经使用了几十年的农具前，认真地擦拭着每一片即将就要耕耘到深土里去的犁铧，难道他是在强忍着饥饿么？饥饿虽然与货真价实的物质有关，奇怪的是，它竟然也是一种看不见摸不着的东西……一刀切下去，割下几公斤精神，会相当于别人几十公斤甚至几百公斤的食品。

事实胜于雄辩。事实就是那个人一直都在快乐地生活着，常用千分之一的一丁点精神发酵，烤制出一排又一排的金黄松软、香甜怡人的生活。

想念归想念，像朴日新这样的人，事实上是用不着别人为他担心的，尽管他是生活在劳改农场里，但对于他来说，与生活在别的任何地方并没有什么不同。一个人，能够解开那么样的一些让无数人感到头疼和困顿的死结，相信再没有什么能难住他的。

商智永非常清楚，自己的眼前和将来，倒是一件让远在沙河农场的朴日新颇为担忧和挂念的事。那种时候，安详宁静的朴日新也会是一个不平静的人。

黑暗一直笼罩在他的周围。他翻了一个身，在心里对自己说，睡吧。

二十七

早上起来，看到婶婶，他不敢看她的脸，更不敢看她的眼睛。倒是婶婶看上去比他更豁达，更无心，就像什么也没有发生过一样。

婶婶把烤好的烧饼放到桌子上，然后对他说：

“你不在的时候，赵兴旺来找过你。”

婶婶的这句沐浴着朝阳的话如同春风化雨，如同盛开的桃花，他抬起头望着她，望着这个有些过于明丽的早晨，听到自己的心里好像正在嘀嗒嘀嗒地掉眼泪……赵兴旺啊赵兴旺，别看他两鬓染霜，儿女成群，人模狗样地过起了安心踏实的日子，但他该来的时候一定会来的；要是不来，肯定就不是那个赵兴旺了。

小的时候，赵兴旺哪一天不往商智永他们家里跑十几趟？一家住在河边，一家住在山下，但距离不是问题，在成年人那里很是个事情的距离，在他们年幼的心里从来就没有成为过一个问题。嘴里打着呼哨，上树，下河，翻山越岭，捉鸡撵狗。煤矿上也很少死人，好几年才冷不丁砸死一个，死了就要开一个隆重的追悼会来纪念他，看追悼会的人与平常看戏的人一样多。青绿的杏儿突然出现在树上的时候，他们是最早发现并被酸倒牙的。

很多时候商智永他们一家人已经开始吃饭了，赵兴旺还不走。让他一起吃，他也不吃。并不是不想吃，而是因为稍微大了一点儿了，开始懂得吃别人的东西是一件多么难为情的事了。就坐在一边说话，什么都说，村里村外的，上下四十里以内的，看来的，听来的，好像没有他不知道的。他说，县城里逮住一个裁缝，这么多年，人们只知道他衣裳做得不赖，却不知道他竟然还是个特务，一条假腿里藏着一台发报机，每天晚上关了门以后就不再做衣服了，而是开始滴滴答答地给台湾发报。

赵兴旺喜欢谈论他们家里的生活状况，仿佛他主管着他们家里的政治和经济。他的母亲，素以干活儿麻利快速著称，利用拉风箱的一会儿短暂的间隙，还要给他们兄弟缝制一条裤子。赵兴旺的弟弟，穿出去不到十分钟，裤子上的线就全开了，弟弟哭着回来。赵兴旺对此颇有看法，他批评自己的母亲，太马虎了，太潦草了，咋能这么做事呢？

说到今年秋天，他说茴子白的价格又涨了！但尽管这样，他们家里还是决定要买二百斤，腌起来；不腌吃什么呢？

“今年是多少钱一斤呢？”商智永的母亲问赵兴旺，“我们还没有买呢。”

“二分八厘。”赵兴旺相当准确地报出今年的价格，“贵得厉害吧？反正比去年贵。”

此外他还知道羊肉和淀粉的价格，今年是多少，去年又是多少，今年比去年贵了还是贱了。一般情况下，草原那边的人带来的羊肉要比本地的略高一些，因为有长途的运费和成本在里面。他们除非遭遇特殊情况，比如翻车，车毁人亡，或者按投机倒把被查处，被没收，不是这样的突发情况，他们是不会贱卖的，宁可十天半月地窝在手里也决不出手。更何况，他们本来主要就是来拉煤的，带一些羊肉和淀粉过来出售只不过是顺手捎带的事。

母亲惊羡而又怜爱地看着儿子的这个少年老成的朋友，回头又看看自己的儿子，她对商智永说：

“你知道二分八厘么？你不知道，无论变成几分几厘你都不知道。你只知道羊肉好吃，你知道羊肉一年比一年贵么？你不知道。”

又说：

“哪一天我和你爹都不在了，把你一个人留在这个世上，真叫人不放心。”

“你们放心地去吧，”商智永说，“我没问题，肯定能活下去。”

父亲猛地一拍桌子，把桌子上的碗筷震得叮叮当当地跳了起来。真是个没良心的东西！不能像赵兴旺那样懂事也就罢了，却还连最起码的情义竟然也都没有。他们都还正当年呢，从来没有想过要离开这个世界，尽管这个世界对他们从来都是那么的苛刻，严酷，连一个不需要动用什么成本的友好的微笑都很少给过他们。

母亲说：“将来长大成家立业了，赵兴旺要比你有谱得多。”

赵兴旺有些不好意思地笑了，但这样的预言他是喜欢的。三十亩地一头牛，老婆孩子热炕头，说不定那正是他的全部的梦想。

包括母亲在内，没有人能想到她的这样一句一半是对自己儿子的担忧一半是对儿子的朋友由衷的赞赏的平平常常的在一家人吃饭时随便说出的话，竟会是一句首尾不见的阴森可怖的谶语，直到多年以后才猛然掀开伪装得与生活一模一样的面纱，露出狰狞无比的本来面目……可憎么？当然可憎，但你已没有权利去憎。

赵兴旺，就像母亲早年间预想的那样，生活过得虽说不上太成功，但也绝不属于没谱的那种。儿女双全，日子平稳，还要怎样呢？岳母身患两种癌症，说到底那是她自己的事，细说起来与赵兴旺并没有太直接的关系。作为病人的女婿，中间始终还隔着那么一层膜一样的东西，因此，那并不能算作是他人生的磨难。纵使有九九八十一难，也没有那么样的一难，不能够记在他本人的名下。尽孝与遭受磨难，亲历痛苦，完全是两回事，把那两种东西等同起来，混为一谈是不对的。

赵兴旺啊，看他那天愁眉苦脸的样子，他一定是把尽孝心当成是人生的磨难了。

等他来了，等再见到他时，商智永要告诉他：不是，不是那样的。

婶婶对商智永说，赵兴旺走时留下了话，说还要来的。

他忽然有些冲动。

赵兴旺浇麦子去了。等他浇完麦子再来的时候，就像小的时候那样，他们或许应该再去一趟那些荒草连天的烽火台下，去看看多年以前他们埋在那里的那笔钱，没有什么别的意思，就只是去看看它们还在不在。

赵兴旺是个细心的人，应该是不会忘记的。他一说，他就会想起来的。

二十八

麦子没有浇成，还和一个人打了一架。

一个失去了祖先姓氏的倒插门女婿竟然也那么的厉害，一点儿也没有把自己当外人，一点儿也没以为自己身处异乡，狼一样地扑了过来，倒把他这个土生土长的当地人惊得张口结舌，好半天说不出话来。光顾着吃惊了，根本没想起要还手，更忘记了水房的钥匙这时到底去了什么地方。赵兴旺想，我这是在哪里呢，难道不是在自己的村里么？

经过最后的裁决和赵兴旺的让步，赵兴旺的麦子被排在第二天浇。今夜先让那个狼一样的名叫陈献礼的倒插门女婿浇，这样的结果很是让倒插门满意。所以，还没有开始放水浇灌，那张平板的脸上就已经提前开满了胜利的花。

天快黑的时候，赵兴旺去了一趟菜园子。

周围一带没有人，整个村里也看不见几个人，可是他却听到附近有无数的人正在说话，全都是过去村子里的人声，其间也夹杂着一些别的地方的口音，有口外的，也有关内的，但所有那些话没有一句能听得清，全都嗡嗡的；偶尔也有刀刃或麦芒一样的尖声从那片嗡嗡嘤嘤的人声中冒出来，尖刺般地竖起来，像是一位姐姐正在呵斥自己的弟弟或妹妹；嘈杂的男人和女人的声音稠稠密密地搅和在一起，像是在开会，又像是戏台下的人潮。

他歪着头听了一会儿，那嘈杂的人声好像又没有了。

天正在模糊中变黑，阔大的葫芦叶子下已经提前进入了黑夜。赵兴旺在黑影乱窜的小树林子般的菜园子里转了一会儿，拣大个儿的番茄摘了两三个，两个装在兜里，一个拿在手里。还有几个大的，本来也能一起摘了，但他没有摘，手伸过去以后又缩了回来。

他是有意留下的。因为他知道，天黑以后，夜深人静的时候，一定会有人摸着黑从外面翻进他这个园子里来。进来的目的很简单，也就是想趁夜深人静的时候摘一些东西回去。作为园子的主人，你要是把该摘的都绝情地一个不剩地摘走了，他们黑乎乎地进来一趟，最后就只有空着手回去，不利索的甚至还会带着伤，流着血回去；来时什么样，去时还是什么样，多出来的只有可能是一身的惊慌和恼恨。

一无所获的恼恨常常会结出致命的苦果，让你辛辛苦苦地忙碌了大半年的菜园子遭到毁灭性的损坏，所有的秧苗都会被连根拔起来，第二天太阳一照，全都软软地死在地里，再也活不过来了。但是，你的园子里要是有能够采摘的东西，能够让他们进来一趟不空手回去，你的园子就不会受到任何损害。人心都是肉长的，他们拿了你的东西，就不会再损害你的园子，损害了你，也就等于是间接地损害了他们自己。

但是，并不是所有的人都能够明白这样的一个道理，也并不是谁都能明白了这样的一个道理以后还能够想得通，让贼人把东西摘走以后也不生气，只有赵兴旺能够做到这一点。赵兴旺难道不心疼自己的东西么？当然不是，然而他明白不这样不行，生气也没有用，心疼更没有用。为此，有人戏称他是专门为坏人种菜的，是坏人们的后厨和加油站。赵兴旺想，谁愿意做别人的后厨和加油站呢？不这样又能怎样？只有这样，才能保住整个菜园子。不是么？尽管他的园子里经常丢东西，丢过整垄整垄的小白菜，整畦整畦的黄花，至于南瓜葫芦什么的就更不计其数了。但是，与此同时，他的整个菜园子也就保住了，整个夏天都郁郁葱葱，里面简直要什么有什么。贼来偷，能拿走多少？大部分的还是给他留下了。只要不遭受毁灭性的打击和损害，只要有足够的阳光、空气和雨露，土地是能够生长一切的。

所以，像郭福成那样的人是不值得同情和效仿的。郭福成号称精明过人，但有些账他却永远都算不过来。他绝情，贼人们也就更绝情，深夜进到他的园子里有时候连一把葱都捞不着，气急之下，就帮他拔苗，帮他深翻土地，致使他的园子里经常总是一片萧瑟。

郭福成的女人到处谩骂，给人的感觉是所有的人都成了他们的敌人。他的两个孩子，才一点点大，有一个刚刚比一张桌子高一点，就已经懂得仇恨了。出门的时候，手里握着石头，兜里装着改锥，腰后别着斧子，有时甚至是一根胳膊那么粗的上面钉满钉子的被村里的人们称为狼牙棒的榆木棒，对着空气嗖嗖地挥舞，明显地是在挑衅，向所有的人叫板，希望有人应声，有人出来接茬，然后狠狠地打一架。

然而，从来没有人出来满足过他们。郭福成的女人，在街上哭得昏死过去，也没有人出来扶她一下，最终还得依赖大自然，依靠风把她慢慢吹醒，或者雨把她淋醒。大人们告诫各自的孩子，千千万万不要去招惹郭福成一家人，尤其是那个手持一根狼牙棒的孩子！走路要是不小心遇上了，一定要想办法绕开，多绕一二里路，多辛苦一点又有什么呢，无非是回来后多吃一碗饭，多睡一会儿，可那至少是安全的。相反，你要是也当面锣对面鼓地迎着那根正愁没有目标的狼牙棒走过去，那就什么样的事情都有可能发生，不是么？一念之差，说不定你的一条胳膊就没了；出来时还好好的，等再回去时，一只眼睛就再也看不见东西了，成了一个永远的黑洞。

没想到这样做也是有报应的。一开始原本只是一种漫无目的的发泄，也可能正是由于那种漫无目的没有具体的针对性的缘故，慢慢地把所有的人都得罪了。后来不是他们把所有的人看作敌人，而是所有的人都把他们一家人看成是敌人，觉得他们一家人比那些深夜跳进菜园子里的人还要危险，更加可怕。

一条又一条的影子在园子里跑来跑去，都是些永远也逮不住的精灵古怪的东西，多少年了，赵兴旺熟悉它们，胜于熟悉这个社会。县长的名字他不知道，但是他知道它们当中的一些名字；省长的来历他也不清楚，像冥王星一样陌生，但它们中间的一些来历他是清楚的。

摘了番茄，他又摘下两根黄瓜，割下一小捆韭菜，另外还拔起几棵小白菜和一把扁豆……黄花呢，好像也应该有一点。

商智永回来了！别人可以假装没看见他，但他赵兴旺不能。

早就想请这个儿时的好友来家里吃一顿饭，顺便让他看看自己的这个家。今天，女人和孩子们正好都不在，他觉得这好像是老天爷特意安排的。

即使老天不这样安排，他也会想办法的。

回到家里以后，他杀了一只鸡。把肉炖到锅里后，他决定再出去买两瓶酒。买完酒，顺路去他叔叔那里叫他。

很多年没有喝醉过了，很多年一直都在清醒而疲倦地计算着一家人的生活，从来不敢糊涂一下。他隐隐地觉得，今天晚上有可能会糊涂得不知东南西北，不知今年是何年。

二十九

婶婶在院子里说：“赵兴旺来了。”

等他从屋里出来，走到街门口时，听到一阵脚步声正在黑暗中响着。抬起头，他又看到星星不在月亮的旁边。

他摸了摸胸前的口袋，释放证还在，仿佛还在他的身上甜甜地睡着。没有咆哮，没有哭闹，也没有大呼小叫，像一个熟睡的婴儿。

原载于《十月》二〇〇九年第一期